BASTEI
LÜBBE
TASCHENBUCH

Fredrica Alleyn

DUNKLE OBSESSION

Erotischer Roman

Aus dem Englischen von
Sandra Green

BASTEI
LÜBBE
TASCHENBUCH

BASTEI LÜBBE TASCHENBUCH
Band 16 642

1. Auflage: März 2012

Vollständige Taschenbuchausgabe

Bastei Lübbe Taschenbuch in der Bastei Lübbe GmbH & Co. KG

Deutsche Erstausgabe

Titel der englischen Originalausgabe: »Dark Obsession«
Published by Arrangement with
Virgin Books LTD., London, England
Dieses Werk wurde vermittelt durch die Literarische Agentur
Thomas Schlück GmbH; 30827 Garbsen

Titelillustration: © panthermedia.net/Anja Roesnick
Umschlaggestaltung: Kirstin Osenau
Satz: Urban SatzKonzept, Düsseldorf
Gesetzt aus der Palatino
Druck und Verarbeitung: CPI – Ebner & Spiegel, Ulm
Printed in Germany
ISBN 978-3-404-16642-8

Erstes Kapitel

»Aber ich kann doch nicht allein nach Leyton Hall fahren!«, rief Annabel und starrte David ungläubig an.

David Crosbie, fünfzig Jahre alt und seit langer Zeit der gefragteste Innenarchitekt des Landes, lächelte sie an. »Natürlich kannst du das, Annabel. Du hast in den letzten drei Jahren so viele Renovierungen mit mir gemeinsam durchgezogen, dass du weißt, was verlangt wird.«

»Aber doch immer mit dir zusammen«, wandte Annabel ein. »Ich habe noch nie etwas allein ausgeführt.«

»Dann ist es umso wichtiger, dass du damit anfängst. Du bist jetzt dreiundzwanzig Jahre alt. Wenn Martin und ich uns auf die Seychellen zurückziehen, wirst du das ganze Geschäft übernehmen. Wie willst du bestehen, wenn du noch nie allein gearbeitet hast?«

Annabel fuhr sich mit den Fingern durch die langen braunen Haare und schob die widerspenstigen Locken aus dem Gesicht. »Aber das wird noch Jahre dauern! Außerdem hatte ich gedacht, du würdest mir einen kleineren Auftrag geben. Lady Corbett-Wynne wird einen Trainee vielleicht gar nicht akzeptieren. Ich würde es nicht tun an ihrer Stelle.«

»Mädchen, Schatz, du hast das Kunststudium mit Auszeichnung abgeschlossen und drei Jahre lang an meiner Seite gearbeitet. Wenn das für die Lady nicht genug ist, wird sie sich eine andere Adresse suchen müssen. Ich habe nicht die Zeit, mehrere Wochen irgendwo in Wiltshire unterzutauchen, denn so lange wird es zweifellos dauern, bis sie sich entschieden hat, was sie will. Ich meine, schau dir doch nur den Brief an! Hast du schon mal so was von Unentschlossenheit gelesen?«

Annabel lächelte. »Sie klingt ein bisschen unsicher, aber deshalb braucht sie dich.«

»Nein, deshalb bekommt sie dich!«, korrigierte David sie. »Du bringst frische Ideen mit und gehst mit viel mehr Elan an die Aufgabe heran, als ich das tun würde. Ich werde es langsam müde, verfallende Landhäuser mit knappen Budgets zu retten. Dann lieber jede Woche ein Penthouse in London.«

In diesem Augenblick kam Martin Wells dazu, Davids Partner und langjähriger Lebensgefährte. Er war zehn Jahre jünger als David, und während David groß, schlank und grauhaarig war, hatte Martin eine gedrungene Figur und eine dichte schwarze Mähne, die immer so aussah, als brauchte sie dringend einen Schnitt. Trotz ihrer körperlichen Gegensätze bildeten sie ein perfektes Paar. David war intensiv und neigte zu Depressionen; Martin nahm das Leben leichter und hatte eine Schwäche für guten Humor, den aber nicht alle Kunden schätzten.

»Wo liegt das Problem?«, fragte er und schenkte sich eine Tasse des starken Kaffees ein.

»Ich habe Annabel gerade gesagt, dass sie den Leyton-Hall-Auftrag übernehmen soll«, erklärte David. »Sie sagt, dafür sei sie nicht gut genug.«

»Du bist gut genug für alles«, sagte Martin und ließ sich in einen Sessel fallen. Er hielt die Tasse in beiden Händen. »Verdammt, wie viel habe ich gestern Abend getrunken?«

»Zu viel«, gab David zurück. »Haben wir dich bei unserer Heimkehr geweckt, Annabel?«

»Ich war noch nicht eingeschlafen. Ich habe darüber nachgedacht, welches Blau ich für Amanda Grants Bad verwenden soll und ...«

»Siehst du, das ist haargenau der Grund, warum ich dir Leyton Hall übertrage«, sagte David triumphierend. »Du lebst in deiner Arbeit. Tag und Nacht, wach oder im Schlaf. Du denkst an nichts anderes als an Inneneinrichtungen. Von dem, was ich gehört habe, wirst du auf Leyton Hall deinen ganzen Enthusiasmus brauchen. Den habe ich nicht mehr, meine Liebe, und das ist die reine Wahrheit.«

»Es wird dir guttun, eine Weile von uns weg zu sein«, sagte Martin, der sich langsam wieder als ganzer Mensch fühlte, nachdem die Wirkung des Kaffees eingesetzt hatte. »Du musst junge Leute kennen lernen und mehr ausgehen.«

»Aber ich will nicht ausgehen und auch keine jungen Leute kennen lernen. Ich liebe es, mit euch hier zu arbeiten. Außerdem seid ihr meine Familie. Falls meine Eltern jemals nach London kommen, bezweifle ich, dass sie sich bei mir melden würden. Und wenn doch, würden sie mich nicht erkennen. Sie haben mich das letzte Mal gesehen, als ich siebzehn war.«

»Niemand würde dich heute noch für siebzehn halten«, sagte Martin und sah sie musternd an. Sie war immer gut gekleidet, und heute trug sie eine marineblau und weiß gestreifte Jacke, die eine gute Handbreit über ihrem Knie endete und fünf Zentimeter länger war als der Mini, den sie darunter trug.

Eine frische weiße Bluse mit einem marineblauen Seidenschal, den sie mit einer Schleife um den Hals gebunden hatte, komplettierten ihr Kostüm, und die schlanken Beine steckten in undurchsichtigen blauen Strümpfen. Die hochhackigen Schuhe betonten ihre wohl geformten Waden, und nicht zum ersten Mal fragte sich Martin, warum sie kaum Freunde hatte, seit sie bei ihnen war.

»Wie soll ich junge Leute auf Leyton Hall kennen lernen?«,

fragte Annabel. »Lady Corbett-Wynne ist doch nicht mehr jung, oder?«

»Nein, ich schätze sie auf Anfang vierzig«, sagte David. »Sie ist Lord Corbett-Wynnes dritte Ehefrau, recht hübsch und zierlich, wenn ich mich recht erinnere. Gute Knochenstruktur, aber nicht jung in dem Sinn, den du meinst.«

»Aber es gibt einen Sohn«, warf Martin ein. »Ich kann mich noch gut an den Ehrenwerten Crispian erinnern.«

»Es gibt auch eine Tochter im Haus«, ergänzte David. »Sie ist Lady Corbett-Wynnes Tochter. Ich glaube, nach der Heirat hat der Lord sie adoptiert, aber ganz sicher bin ich mir nicht. Mir fällt auch ihr Name nicht ein, aber sie muss etwa in deinem Alter sein. Beide Kinder leben auf Leyton Hall.«

»Es ist auch egal«, sagte Annabel. »Ich bin an solchen gesellschaftlichen Dingen nicht interessiert. Es ist die Arbeit, die mich begeistert.«

»Du solltest an mehr als nur an Arbeit interessiert sein«, sagte Martin. »In deinem Alter habe ich kaum Zeit für Arbeit gefunden. Das kam erst später, als sich die Leidenschaft abgeschwächt hatte.« Er sah liebevoll zu David, und sie lachten beide.

Annabel seufzte. Sie liebte das Paar. Sie hatten sich ihr gegenüber beide als sehr großzügig erwiesen und sie wie ein Kind aufgenommen. Aber sie wünschte, dass sie aufhören würden, sie in die Arme junger Männer zu schieben.

Es war nicht so, dass sie Männer nicht mochte, aber sie glaubte allmählich, dass sie eine geringe Langweiligkeitsschwelle besaß. Kaum hatte sie eine Beziehung begonnen, begann der jeweilige Mann, ihr den Nerv zu töten. In letzter Zeit hatte sie es erst gar nicht zu einer Beziehung kommen lassen; weil es schwierig für sie war, einem jungen Mann den Laufpass zu geben, ohne dass er sich verletzt fühlte.

»Hast du Lady Corbett-Wynne schon gefragt, ob es ihr recht ist, dass ich den Auftrag übernehme?«, fragte sie David.

»Noch nicht, aber ich habe mir das für heute Morgen vorgenommen.«

»Und du glaubst wirklich, dass ich es schaffe?«

»Wenn ich das nicht glaubte, würde ich dir den Job nicht überlassen. Du musst in Erinnerung behalten, dass du es mit einer wahrscheinlich gelangweilten Lady zu tun hast, die Geld wie Heu hat, Zeit im Überfluss und keinen Geschmack. Sie wird dir freie Hand lassen. Ist das keine Verlockung, wenn schon der Ehrenwerte Crispian keine ist?«

Annabel kicherte. »Ich muss zugeben, der Job ist die größere Verlockung.«

»Eines Tages wirst du den Irrtum deiner Lebensweise erkennen«, seufzte Martin in gespielter Sorge. »Du magst zwar alles über Stoffe, Farben und Oberflächen wissen, aber wenn es um die Freuden des Fleisches geht, bist du unschuldig wie ein Lamm.«

»Ich bezweifle, dass ein paar Wochen auf Leyton Hall mein Wissen auf diesem Gebiet vermehren werden«, rief Annabel und nahm ihre Autoschlüssel an sich. »Sage David, dass ich ihn im Büro treffe. Wir haben einen Termin mit Amanda Grant um halb zwölf. Kannst du ihn daran erinnern, bitte?«

Wenn er sich an einige Geschichten erinnerte, die er über Leyton Hall gehört hatte, bezweifelte Martin, dass Annabel mit ihrer Prognose richtig lag. Falls die Gerüchte auch nur ein Körnchen Wahrheit enthielten, würde sie als neue Frau nach London zurückkehren. Er hoffte das. Seiner Meinung nach musste sie erkennen, dass es mehr im Leben gab, als die Häuser anderer Leute in großartige Schmuckstücke zu verwandeln. Das sollte für eine hübsche junge Frau nur eine zweitrangige Befriedigung sein, fand Martin.

Zur gleichen Zeit, als Annabel sich durch die verstopften Londoner Straßen kämpfte, wachten die Bewohner von Leyton Hall allmählich auf.

In seinem Schlafzimmer im dritten Stock schlug Lord Corbett-Wynne die Augen auf und ging die Liste der Dinge durch, um die er sich an diesem Tag zu kümmern hatte. Es waren die üblichen Anforderungen, die das Anwesen an ihn stellte, aber er schätzte, dass der Hausverwalter die meisten allein regeln konnte. Doch er selbst musste seiner Frau beibringen, dass er den neuen Nachbarn am Freitag zum Abendessen eingeladen hatte. Das war keine sehr erfreuliche Aufgabe, doch er gab auch was, worauf er sich freute – in den Ställen arbeitete ein neues Mädchen.

Er hatte schon gestern Nachmittag einen Blick auf sie werfen können. Die gerundeten Gesäßbacken in den engen Jodhpurs waren ihm aufgefallen, als sie Solomons Stall ausmistete. Sie hatte zu ihm geschaut und auf eine Weise gelächelt, die er als ›wissend‹ bezeichnen würde.

Es war das Wissen hinter diesem Lächeln, das er erforschen wollte, und zwar schon an diesem Morgen. Bei diesem Gedanken rührte sich sein schwerer, wenn auch noch schlaffer Penis. Erregung erfasste ihn. Nichts genoss er mehr, als sich die neuen Stallmädchen vorzunehmen.

Im Westflügel des Hauses war Lady Corbett-Wynne schon seit einigen Stunden wach. Ihr Dienstmädchen Mary hatte ihr um halb neun den Earl-Grey-Tee und zwei Scheiben Toast gebracht, und seither lag sie im Bett und starrte an die Zimmerdecke. Sie hoffte, dass sie an diesem Tag von David Crosbie hören würde. Es ging ihr nicht schnell genug, bis die neue Gestaltung des Hauses beginnen konnte. Sie strich mit den Händen über die Flanken ihres schlanken Körpers, schwang die Beine aus dem Bett und drückte auf die Klingel.

Mary konnte ihr Bad einlaufen lassen, dann würde sie sich auf einen Spaziergang begeben, bevor sie sich ihrer Nadelarbeit widmete. Einen kurzen Moment lang kam ihr in den Sinn, dass sie mit ihren vierundvierzig Jahren zu jung war, um ihre Tage allein zu verbringen, aber die Alternative war schlimmer. Wenn sie sich an die amourösen Begegnungen mit ihrem Mann erinnerte, die meist bizarr verliefen und ihr keine Freude brachten, schüttelte es sie. Dann war sie ohne ihn besser dran.

Aber es gab Zeiten, in denen sie sich vorstellte, wie es mit einem anderen Mann sein könnte, mit einem Mann, der mehr Rücksicht auf sie nahm und auf ihre Wünsche einging. Der sie in die Arme nahm. Sie dort berührte, wo jetzt ihre Finger schwelgten, zwischen den heißen Schenkeln. Ihre Berührungen waren federleicht und zuckersüß.

Das Klopfen gegen die Tür unterbrach ihre Gedanken, und rasch zog sie ihre Hände zurück und legte sich wieder aufs Bett, überrascht von ihrem eigenen Verhalten. Das muss an der Jahreszeit liegen, dachte sie, währen Mary das Bad einlaufen ließ. Der Mai war immer ein wunderbarer Monat mit so vielen Versprechungen.

Zurück zur dritten Etage, in der auch Lady Corbett-Wynnes Tochter Tania ihr Zimmer hatte, aber im Gegensatz zur Mutter war sie nicht allein. Sie lag auf allen vieren, das Gewicht auf Arme und Beine gestützt, während ihr Stiefbruder, der Ehrenwerte Crispian Corbett-Wynne, unter ihr stöhnte, da sie ihre inneren Muskeln um seine berstende Erektion einsetzte.

Seine kräftigen Hände umfassten ihre festen Brüste und drückten sie, und als Tania ihre Pobacken hart über seinen Unterleib rieb, drückte er noch fester zu, und sie wimmerte, weil sie sein Pressen liebte.

»Lass mich kommen, verdammt«, knurrte Crispian.

Tania lachte. »Nicht, bevor du dich für dein Flirten mit Amanda gestern Abend entschuldigt hast.«

»Ich habe nicht geflirtet. Ich war nur höflich. Du kennst Pa doch. Er will, dass ich sie heirate, also kannst du mich nicht beschuldigen, denn ich habe nur höfliche Konversation betrieben, sonst nichts.«

Die grün-grauen Augen seiner Stiefschwester funkelten boshaft, und plötzlich richtete sie sich auf und schaute von ihm weg, wodurch sie den steten Aufstieg seines Höhepunkts ruinierte. Ihr geschicktes Muskelspiel war nicht mehr da.

»Ich glaube, ich werde vor dem Frühstück ausreiten«, kündete sie an, und bevor Crispian begriff, was geschah, glitt sie von ihm und stand am Fußende des Betts. »Du gehst besser zurück auf dein Zimmer«, sagte sie süß. »Was würde dein Papa sagen, wenn er dich so bei mir entdeckt?«

Crispian starrte sie an. »Du kannst mich doch nicht so einfach liegen lassen.«

»Und wie ich das kann! Vielleicht bringen wir es später zu Ende, nach dem Frühstück.«

»Ich muss an einem Gespräch mit Papa und dem Hausverwalter teilnehmen.«

»Wie schade.«

»Du bist ein Luder, und das weißt du, nicht wahr?«, murmelte Crispian wütend.

Tania nahm eine Bürste in die Hand und zog sie durch ihre kurzen rotbraunen Haare. »Deshalb liebst du mich doch«, gab sie zurück.

Crispian stand hinter ihr. Seine Erektion pochte gegen ihre Pobacken. »Bück dich«, wisperte er. »Lass mich mal auf diese Weise ran. Ich will es so sehr wie du.«

Tania schüttelte sich. Er hatte Recht; sie wollte ihn, aber er würde trotzdem warten müssen. Sie liebte es, die Kontrolle zu haben und ihn zappeln zu lassen, bis sie ihn so weit gebracht hatte, die Beherrschung zu verlieren. Das gefiel ihr am besten, denn dann vergaß er alles außer seinen geilen Gefühlen.

»Später«, wiederholte sie und begann sich anzukleiden. »Lauf jetzt zu Papa. Du willst ihn doch nicht wieder verärgern, nicht wahr?«

»Ich kann mir nicht erlauben, ihn zu verärgern«, antwortete Crispian. »Wenn ich nicht aufpasse, streicht er seine Zuwendungen, und wie stehe ich dann da?«

Tania lachte. »Du würdest dir einen Job suchen müssen. Oder eine reiche Frau heiraten.«

»Du weißt, dass ich niemanden heiraten werde – du bist meine Auserwählte«, sagte er entschieden.

Tanias Augen blickten kalt. »Aber ich bin deinem Papa nicht gut genug. Meine Mutter war gut genug für ihn, aber er hat höhere Ziele für seinen Sohn und Erben.«

»Nun ja«, sagte Crispian neckend, »deine Mutter ist eine Lady, und du nicht.«

Das war Tania egal. Sie wusste, wenn sie wie ihre Mutter wäre, hätte Crispian nie dieses heiße Interesse gefunden, und sie hatte nicht die Absicht, ein Leben wie ihre Mutter zu führen, die im Westflügel festsaß und sich Nadelarbeiten hingab. Lieber würde sie sterben, dachte Tania.

Tania Corbett-Wynne spukte an diesem Morgen auch in den Gedanken eines anderen Mannes herum, abgesehen von ihrem Stiefbruder. Als Sir Matthew Stevens um die alte Mühle herumging, ein weitläufiges Gebäude aus dem siebzehnten Jahrhundert, dessen Grundbesitz an den von Leyton

Hall grenzte, musste er an das Mädchen mit den rotbraunen Haaren denken, das eben vorbeigeritten war. Sie hatte ihn auch gestern schon angeschaut, als sie ebenfalls über den Weg zwischen den beiden Grundstücken geritten war.

Seit Matthew vor kurzem Witwer geworden war, sah er in allen Frauen eine Herausforderung. Er war fast ein Meter neunzig groß, hatte dunkle krause Haare und ein gebräuntes Gesicht mit einem interessanten geheimnisvollen Ausdruck, und diese Zusammensetzung war vermutlich der Grund dafür, dass er kaum Schwierigkeiten hatte, eventuelles Zaudern der Frauen zu überwinden. Aber sobald er sie erobert hatte, verlor er das Interesse.

Es war wie bei einer Fuchsjagd – es war die Jagd, die für den größten Spaß sorgte.

Er pfiff seinen Hund herbei, der einem ihm angenehmen Geruch gefolgt war, und fragte sich, ob Tania eine Herausforderung für ihn sein könnte. Er zweifelte daran, aber die Jagd war es vielleicht doch wert. Sie kannte vielleicht den einen oder anderen Trick, und wenn nicht, würde er ihr einiges beibringen können.

Die Aussicht frischte seine Laune auf, vor allem, weil er in drei Tagen bei ihren Eltern eingeladen war. Er schritt weiter aus. Es gab kaum was Schöneres als ein Morgen im Mai.

Um ein Uhr, als das Treffen mit dem Hausverwalter beendet war, kehrten Crispian und sein Vater zum Mittagessen ins Haus zurück. Zu ihrer beider Überraschung wartete Crispians Stiefmutter im Esszimmer auf sie. Es geschah selten in diesen Tagen, dass sie den Westflügel verließ, es sei denn, sie hätten Gäste eingeladen, deshalb glaubte ihr Ehemann, dass irgendwas Ungewöhnliches geschehen war.

»Was ist denn, Marina?«, fragte er gereizt. Er war immer gereizt, wenn er sich etwas nicht erklären konnte.

Sie hob ihre perfekt gezupften Augenbrauen, ein sanfter Ausdruck von Überraschung im Gesicht. »Bin ich nicht mehr erwünscht im Hauptteil des Hauses? Seltsam, ich dachte, ich wohne hier.«

»Natürlich wohnst du hier, verdammt, aber daran kann man sich kaum erinnern, seit du beschlossen hast, dich vom Rest der Familie abzuschotten.«

»Ich wollte mit dir über die Renovierung sprechen«, sagte seine Frau. Ihre Stimme klang sicherer, als sie sich fühlte.

Ihr Mann blickte mürrisch drein. »Ich habe dir doch schon gesagt, dass wir kein Vermögen dafür ausgeben können. Die Zeiten sind schon schlimm genug.«

»Wenn du dich erinnerst«, sagte seine Frau mit eisiger Stimme, »habe ich selbst eine erkleckliche Summe mit in die Ehe gebracht. Eine bestimmte Summe gebe ich gern aus, um deinen Familiensitz zu kultivieren. Mit den menschlichen Bewohnern ist mir das nicht gelungen, deshalb dachte ich, ich wende mich jetzt dem Haus selbst zu.«

James, der an nichts anderes denken konnte als an die neue Pferdepflegerin, die er gleich nach dem Essen sehen würde, begriff aber, dass Marina bereit war, ihr eigenes Geld für die Renovierung einzusetzen, und so zwang er sich zu einem schwachen Lächeln, das er ihr zeigte. »In dem Fall, glaube ich, werden wir zu einer Einigung gelangen.«

»Mir ist es gelungen, uns die Dienste von David Crosbie zu sichern«, fuhr seine Frau fort, was James für eine maßlose Übertreibung hielt.

»Großer Gott! Wie viel Geld willst du denn aus dem Fenster werfen?«, explodierte er. »Du musst verrückt sein! Er ist der teuerste Mann im ganzen Land!«

»Er ist auch der beste. Aber es ist nicht ganz so schlimm, wie es sich anhört. Er schickt uns seine Assistentin. Er hat mir heute Morgen am Telefon versichert, dass sie hoch qualifiziert ist und extrem begnadet. Er verbürgt sich für sie. Sie trifft am Freitagmorgen hier ein und so lange, wie es nötig ist, wird sie in einem der Gästezimmer wohnen.«

»Eine Frau! Wie alt?«, fragte Crispian.

Marina warf ihrem Stiefsohn einen verächtlichen Blick zu. »Es wäre mir nicht im Traum eingefallen, David Crosbie nach ihrem Alter zu fragen.«

Crispian grinste. »Ich glaube nicht, dass sie jung ist. Eher Futter für dich, Pa.«

»Der Geschmack deines Vaters läuft auch auf junge Frauen hinaus«, sagte seine Stiefmutter scharf. »Wie auch immer, die Frau ist zum Arbeiten hier und nicht, um den Gentlemen zur Unterhaltung zu dienen.«

»Da wir gerade von Unterhaltung sprechen«, warf ihr Mann rasch ein, dankbar für das Stichwort, »ich habe unseren Nachbarn für den Freitagabend eingeladen. Es handelt sich um Sir Matthew Stevens, dessen Frau vor ein paar Monaten gestorben ist. Ich glaube, er ist wegen Verdiensten um die Industrie oder so zum Ritter geschlagen worden. Ich dachte, da er jetzt in der Old Mill wohnt, sollten wir ihn kennen lernen. Schaffst du das, meine Liebe?«

»Natürlich. Soll er der einzige Gast sein, oder hast du vor, noch jemanden einzuladen, damit er sich nicht so allein fühlt?«

James hob die Schultern. »Ich hatte das eigentlich nicht vor, aber warum lädst du diese Innenarchitektin nicht auch ein, dann haben wir eine gerade Zahl. Große Gesellschaften sind noch nicht sein Ding, nehme ich an, weil er noch in Trauer ist.«

»Ich dachte, Trauer wäre aus der Mode gekommen«, bemerkte Marina und wandte sich ab, um das Zimmer zu verlassen. »Ich kann mir nicht vorstellen, dass du lange um mich trauern würdest, wenn ich sterben sollte.«

Crispian schnaufte vor Lachen. »Sie hat es auf den Punkt gebracht«, sagte er, sobald seine Stiefmutter gegangen war. »Warum sollte Sir Stevens trauern?«

»Weiß ich auch nicht, aber ich habe gar nicht erst darüber nachgedacht, noch andere Leute einzuladen. Und was deine Stiefmutter angeht, so würde ich länger um sie trauern, wenn sie mir eine echte Ehefrau wäre.«

»Zum Glück für dich haben wir einen ganzen Stall voller Ersatzfrauen«, gab Crispian zurück. »Jedenfalls gibt es keinen Mangel an heiratsfähigen Mädchen.«

»Ich wünschte, du würdest mehr Interesse an heiratsfähigen Mädchen zeigen statt an diesem einen, das aber völlig unpassend ist«, kommentierte sein Vater.

»Du lebst dein Leben, und ich lebe meins«, sagte Crispian verärgert. »Schließlich war Tanias Mutter gut genug für dich.«

»Wenn Marina stirbt, geht der größte Teil ihres Vermögens an ihren Sohn. Da er verheiratet ist und eigene Kinder hat, wird für Tania nicht viel bleiben. Du musst Geld heiraten, Crispian. Du kannst das Mädchen vögeln, so oft du willst, aber zum Teufel, suche dir eine Frau. Du hast gehört, was Robert heute gesagt hat. Wir brauchen eine Geldinjektion für Leyton Hall.«

»Vielleicht kannst du das Haus für Besucher öffnen, wenn die Stiefmutter es erst einmal renoviert hat«, schlug Crispian vor. »Ich muss jetzt gehen. Dringende Verabredung, wenn du weißt, was ich meine.«

Sein Vater ließ einen knurrenden Laut der Verärgerung hören. Er wusste nur zu gut, was der Sohn meinte.

Crispian klopfte an die Tür seiner Stiefschwester und empfand tiefe Erleichterung, als sie ihn hereinrief. Sie würde wissen, dass er vor der Tür stand, dachte er grinsend. Niemand sonst im ganzen Haus traute sich in Tanias Zimmer. Sie betrachtete es als ihr Eigentum, das ihrem privaten Rückzug von der Welt diente, und den wollte sie nur mit ganz engen Freunden teilen, und das auch nur auf ausdrückliche Einladung.

Wie gewöhnlich herrschte in ihrem Zimmer das absolute Chaos. Ihre Reitstiefel lagen achtlos vor einem Sessel, ihre Jodhpurs und die Reitjacke lagen auf einem Haufen in einer Ecke, und ihre Unterwäsche zog eine Spur von den burgundroten Damastvorhängen an der Kopfseite ihres Betts bis zum Badezimmer nebenan.

Im Gegensatz dazu sah Tania makellos aus wie immer. Crispians Herz begann laut in seinen Ohren zu pochen, als er sie anschaute. Sie hatte ihren Körper von Kopf bis Fuß in einen olivgrünen, die Figur umschmeichelnden Bodysuit gezwängt, der auch ihre Beine bedeckte, aber die Arme freiließ. Passende Dreiviertelhandschuhe aus Seide und Schuhe mit sehr hohen Absätzen rundeten ihre Kleidung ab. Ihre rotbraunen Haare hatte sie mit einem Gel behandelt, das die Strähnen in ein aufregendes Durcheinander brachte.

Sie lag quer über ihrem Bett und zog mit ihren vollen Lippen einen Flunsch. Crispian begann, sein kariertes Hemd aufzuknöpfen.

»Lass das«, kommandierte sie streng. »Ich habe heute das Sagen.«

Crispian schluckte schwer und schob die langen hellen Haare aus der Stirn. Wenn sie sich so benahm, spürte er stets einen überwältigenden Drang, sie mit Gewalt zu nehmen, und manchmal tat er das auch, aber als er jetzt in ihre katzigen Augen sah, wusste er, dass er heute am besten auf das hörte, was sie von ihm verlangte.

Sie glitt vom Bett und schritt hinüber zu ihm, stellte sich auf die Zehenspitzen, damit sie den obersten Hemdenknopf erreichen konnte. Sein Atem beschleunigte sich, als die Hand mit dem Seidenhandschuh über sein Kinn strich, während sie ihre Mühe hatte, den Knopf zu öffnen.

Tania befeuchtete ihre Lippen mit der Zunge und öffnete langsam alle Knöpfe. Zu seiner Überraschung zog sie ihm das Hemd nicht aus, stattdessen trat sie hinter ihn, presste ihren in Seide verhüllten Körper gegen seinen Rücken und ließ ihre Hände wandern, bis die seidenen Handschuhe seinen nackten Bauch erreichten. Sie drückte ihn leicht mit den Fingerspitzen, und er seufzte leise.

Ein paar Minuten lang ließ sie die Finger über seinen Torso gleiten, von der Brust bis hinunter zum Bauch, und er war nahe daran durchzudrehen, wenn sie nicht bald mehr für ihn tat. Sie bewegte sich nun wieder vor ihn und öffnete seine Kordhose. Sie zog sie ihm über die Hüften und bis ganz nach unten, dann richtete sich Tania wieder auf.

Sie starrte in seine Augen, und er sah das Glitzern der sexuellen Erregung in der Tiefe ihrer Pupillen. Langsam legte sie die Hände auf seine Schultern und übte einen leichten Druck aus, der sich dann verstärkte, bis er schließlich nachgab und zu Boden sank. Als er reglos vor ihr lag, zog sie seine Schuhe und Socken aus und dann auch seine Kords.

»Zieh deine Knie an«, flüsterte sie.

Wieder gehorchte er. Seine Erregung war an seiner Erektion zu erkennen, die sich gegen das Elastikband der Boxershorts drückte. Tania trat vorsichtig über ihn, dann ließ sie sich auf seinen Körper sinken und lehnte sich gegen seine Beine. Das Streicheln ihres Bodysuits gegen die nackten Stellen seiner Haut geilte ihn noch mehr auf, und er griff an ihre Taille.

»Fass mich nicht an!«, fauchte sie. »Wenn du das noch einmal machst, höre ich auf.«

Crispian murmelte einen Fluch und spürte die hohen Absätze, die gegen seine Gesäßbacken stießen. Diese Erinnerung an ihre absolute Kontrolle ließ seine Erektion noch mehr anschwellen, und er ruckte mit dem Unterleib gegen ihren.

Mit einem leisen Lachen drehte sich Tania um, sodass er ihr Gesicht nicht mehr sehen konnte. Ihre Hände hoben das Elastikband der Shorts an, damit seine geschwollene Eichel aus dem Gefängnis entweichen konnte. Ein paar Sekunden lang neckte sie die Penisspitze mit den Fingern in ihren Handschuhen und beobachtete interessiert die klare Flüssigkeit, die aus dem winzigen Schlitz drang und träge über den purpurnen Kopf und an den Seiten nach unten rann.

»Was für ein ungeduldiger Junge«, murmelte sie, dann senkte sie den Kopf und leckte mit der Zunge die Flüssigkeit auf, bis nichts mehr davon übrig geblieben war.

Crispian fühlte eine unangenehme Enge in den Hoden, und die Spitze des Penis begann zu prickeln. Er strich mit den Händen über Tanias kleine, feste Pobacken und fuhr über dem Stoff die Kerbe entlang.

Tania stand sofort auf. »Ich habe gesagt, du sollst mich nicht anfassen«, erinnerte sie ihn. »Jetzt hast du es dir verdorben. Du wirst bis heute Abend warten müssen.«

Zu seiner Verblüffung drehte sie sich um und wollte von ihm weg, aber er war zu schnell für sie. Seine rechte Hand schoss hervor und umklammerte ihr Fußgelenk. »Ich warte nicht bis heute Abend«, sagte er atemlos. »Um genau zu sein, warte ich höchstens noch fünf Minuten.«

Tania trat nach ihm, aber damit hatte Crispian gerechnet.

Er wich aus, und Tania verlor ihr Gleichgewicht und fiel ungeschickt über ihn.

Crispian lachte, packte sie an den Handgelenken und zwang sie auf den Rücken. Er grätschte über ihren Körper. Sie schaute zu ihm hoch, und ihre Augen glänzten aufgeregt.

Crispian ließ seine Hände über ihren Körper wandern; er drückte ihre bedeckten Brüste und sah, dass die großen Nippel, die er so gut kannte, sich sofort aufrichteten und gegen die Seide pressten. Er leckte sie, saugte sie mit dem Stoff in den Mund, während seine Hände sich tiefer nach unten bewegten. Er streichelte über die Hüften seiner Stiefschwester.

Diesmal war es Tania, die kurzatmig wurde. »Ich wollte das Kommando übernehmen«, protestierte sie, aber er wusste, dass es nur ein symbolischer Protest war. Das verrieten ihm die Reaktionen ihres Körpers. Er streifte sich die Boxershorts ab und stieß mit der Erektion gegen ihren Bauch und Unterleib. »Gefällt dir das denn nicht?«

Tania antwortete nicht. Ihr Körper pulsierte im engen Bodysuit, und ihr Verlangen nach ihm ging in echten Schmerz über, der sich zwischen ihren Beinen ausbreitete. Sie fühlte einen seiner Finger, der mit den Falten ihrer Schenkelinnenseiten spielte. Sie erschauerte. Er lächelte hinunter auf sie, aber es war nicht unbedingt ein liebevolles Lächeln.

»Wo soll ich dich jetzt berühren?«, fragte er.

Tanias Hüften bäumten sich auf. Sie versuchte, ihre Vulva gegen seine Hand zu stoßen.

»Noch nicht«, murmelte er, dann griff er in den Ausschnitt des Bodysuits, und bevor sie es bemerkte, hatte er ihn vorn eingerissen, und ihre Brüste lagen nackt vor ihm.

Crispian liebte ihre Brüste. Sie waren groß, wenn man bedachte, wie zierlich der Rest ihrer Figur war, aber sie waren auch fest und cremig weiß, während im Tal der Brüste ihre Sommersprossen blühten.

Er barg den Kopf zwischen den Hügeln, nagte am zarten Fleisch und strich mit den Zähnen vorsichtig darüber, während er gleichzeitig die Hände zu ihrem Po gleiten ließ, den er leicht anhob, um sie noch fester an sich zu pressen. Jetzt konnte sie seine Erregung deutlicher fühlen.

Zwischen Tanias Schenkeln war der Bodysuit nass vor Erregung. Er lachte, als sie sich verzweifelt nach ihm streckte. Endlich, als er wusste, dass keiner von ihnen es länger aushalten konnte, zog er auch den unteren Teil des Bodysuits aus, zerrte ihn an ihren Beinen hinunter und hatte nun nichts anderes mehr im Sinn als die Erfüllung ihrer Lust.

Tania stöhnte erleichtert auf, dann spürte sie Crispians Hände, die ihr Gesicht seitlich auf den an vielen Stellen abgelaufenen Teppich drückten. Sofort hob sie den Po hoch in die Luft. Crispian gab ihr mit den Fingerspitzen einen Klaps auf den Hintern und langte zu der Schachtel, die Tania am Fußende ihres Betts aufbewahrte. Er zog etwas heraus, und Tania spürte die köstliche Berührung mit der kühlen Gleitcreme, die er um ihre hintere Öffnung schmierte.

Er nahm den schlanken, glatten Latexfinger aus der Schachtel und schob ihn langsam in Tanias Öffnung. Sie wimmerte ekstatisch, als sie die plötzliche Invasion spürte, und als er den Kunstfinger einschaltete und er sich gegen die empfindsamen inneren Wände zu drehen und zu winden begann, fühlte sie die wunderbare Enge in sich, und Funken der Begierde stoben hoch bis in ihren Bauch.

»Heb dich noch ein bisschen höher«, murmelte Crispian heiser, und Tania gehorchte bereitwillig. Ihr ganzer Körper pochte nun, denn ihre Anspannung wuchs noch, und als Crispian dann seinen Penis zwischen ihre Schamlippen presste, fühlte sie, wie sich ihre Muskeln bündelten, als wollten sie sich sofort für den Orgasmus vorbereiten.

»Warte auf mich«, raunte Crispian, dessen Höhepunkt auch schon gefährlich nahe war, aber Tania wollte nicht warten. Sie spannte ihre vaginalen Muskeln an, die seinen Schaft quetschten und gleichzeitig ihre eigenen Sensationen erhöhten. Die Erregung breitete sich immer mehr in ihrem Körper aus, und bald schon konnte sie sich nicht mehr um ihren Geliebten kümmern, sondern nur noch um sich selbst. Der Latexfinger drehte sich unablässig, und sie wankte auf eine glückliche Erlösung zu.

Als Crispian begriff, dass sie beide nicht länger warten konnten oder wollten, reagierte er mit wilden, stürmischen Stößen, bis er spürte, dass auch er bald den Punkt ohne Wiederkehr erreicht hatte.

In diesem Moment griff er um Tania herum, und seine Finger fanden die feuchte, geschwollene Klitoris, die stolz aus ihrem Versteck hervorlugte. Er spürte, wie der Samen aufstieg, und nahm sie zwischen die Finger und drückte zu.

Für Tania war diese heftige Sensation, so ganz anders als die sanften Gefühle, die ihren Körper erbeben ließen, der Auslöser für ihren Orgasmus, und mit einem Schrei der Erregung spannte sich ihr Körper an. Sie bäumte sich gewaltig auf, dann erlebte sie die Intensität der Explosion, die sie von Kopf bis Fuß kräftig durchschüttelte.

Crispian steckte immer noch tief in ihr und fühlte das Zusammenziehen ihrer gut trainierten Muskeln, als ihr Körper sich in den Zuckungen des Höhepunkts verlor, und obwohl sein Orgasmus vorbei war, hielten ihre Muskeln ihn umschlungen, bis sich auch ihr Körper beruhigte. Langsam zog er sich zurück, und als er den Latexfinger aus ihr herausziehen wollte, murmelte Tania ihren Protest.

Er bewegte den Finger sanft in ihr hin und her. »Was ist denn?«, fragte er.

»Lass ihn da, wo er ist. Ich glaube, ich kann noch einmal kommen.«

»Wir haben keine Zeit«, antwortete Crispian, und ohne jede Warnung zog er den Latexstab aus ihr heraus.

Tania sackte auf dem Boden zusammen. Sie wandte den Kopf und schaute ihn an. »Warum hast du das gemacht?«

»Weil ich es wollte.«

Sie bewegte sich schlängelnd auf dem Teppich. »Ich bin noch nicht fertig.«

Crispian lachte. »Aber ich, muss ich leider sagen.«

Tania rollte sich auf den Rücken und starrte zu ihm hoch, und plötzlich wusste er, dass er sie noch einmal haben wollte. »Gib mir fünf Minuten.«

»Nimm die Peitsche«, flüsterte sie. »Bitte.«

Eine dunkle Erregung schoss durch Crispians Gehirn. »Bist du sicher?«

»Natürlich bin ich sicher. Du kannst mich zuerst fesseln, wenn du willst«, fügte sie noch hinzu, weil sie wusste, wie gern er das mochte.

Crispian fühlte, wie seine Hände zitterten. »Also gut, ich werde …«

Es klopfte an die Tür. Die beiden sahen sich überrascht an, aber es war Tania, die sich zuerst zusammenriss. »Wer ist da?«, fragte sie.

»Dein Stiefvater. Ist Crispian da drinnen?«

Tania hatte Mühe, ein Kichern zu unterdrücken. »In was, bitte?«

»In deinem Zimmer«, kam die wütende Antwort.

»Nein, tut mir leid. Vielleicht ist er ausgeritten?«

»Ich habe in den Ställen nachgesehen. Er ist bei dir, nicht wahr?«

»Nein«, quetschte Tania heraus. »Geh jetzt. Ich muss mich ausruhen.«

»Wenn du ihn siehst, sagst du ihm, dass ich ihn sofort im Stall sehen will. An diesem Nachmittag kommt eine Stute, die Solomon decken soll, und keiner hat irgendwas vorbereitet.«

»Okay«, sagte Tania. »Wenn ich ihn sehen sollte, werde ich es ihm ausrichten.«

Sie verhielten sich sehr still, bis sie hörten, dass James' Schritte sich entfernten.

»Verdammt«, knurrte Crispian. »Ich muss gehen. Wir können uns das nicht entgehen lassen. Solomon bringt uns ein Vermögen ein.«

»Er sollte dich als Deckhengst verpflichten, du würdest wahrscheinlich auch ein Vermögen bringen.«

Crispian begann sich anzuziehen. »Wir machen heute Abend weiter«, versprach er.

»Heute Abend bin ich vielleicht nicht mehr in dieser Stimmung«, antwortete Tania, hob sich vom Boden hoch und ging aufs Bad zu. »Ich bin fast sicher, dass ich nicht in Stimmung sein werde. Vielleicht morgen.«

Crispian hielt sie an der Schulter fest. »Warum tust du das? Warum kannst du nicht ehrlich sein und zugeben, dass du das die ganze Zeit schon tun willst?«

»Weil das nicht wahr wäre«, log Tania, die genau wusste, wie sie Crispian in ihren Bann ziehen konnte. »Manchmal brauche ich eine Auszeit, solltest du wissen. Lauf jetzt zu deinem Papa, er wartet auf dich.«

Crispian ging. Manchmal wünschte er, dass Tania nicht so einen großen Einfluss auf ihn hätte, aber bisher hatte er noch keine Frau kennen gelernt, die ihn derart erregte wie sie, oder die so köstliche Praktiken liebte, denen er nicht widerstehen konnte. Er konnte sich nicht vorstellen, irgendwann mal eine Frau zu treffen, die es mit ihr aufnehmen konnte.

»Heißt das, du hast es ihr gesagt?«, fragte Annabel am Ende des Tages.

David Crosbie nickte. »Sie hat es sehr gut aufgenommen. Ich habe ihr erklärt, du würdest bald sehr gefragt sein, und diese Situation gäbe ihr die Chance, den anderen einen Schritt voraus zu sein. Sie könnte ihren Freundinnen erzählen, dass du Leyton Hall renoviert hast, bevor du zur Berühmtheit wurdest.«

»Aber was ist, wenn ihr meine Ideen nicht gefallen?«, wandte Annabel ein.

»Sie werden ihr gefallen. Vermutlich gefallen ihr alle Ideen, die ihr vorgetragen werden, aber in deinem Fall holt sie einen größeren Vorteil heraus, als sie verdient hat.«

Annabel seufzte. »Du weißt doch nicht, was sie verdient hat und was nicht. Vielleicht ist sie eine sehr nette, kenntnisreiche Lady.«

»Und Schweine können fliegen.«

»Ich habe das Gefühl, dass ich keine große Freude an diesem Auftrag haben werde«, murmelte Annabel. »Ich hoffe, dass ich nicht allzu lange da bleiben muss.«

»Es sollte nicht länger als drei Wochen dauern, wobei man das erst vor Ort genauer entscheiden kann«, meinte David. »Martin und ich wollen dich heute Abend zum Essen einladen, um deinen ersten Alleinauftrag zu feiern. Was sagst du?«

Annabel lächelte. »Das klingt eher nach Bestechung, aber nach einer sehr schönen.«

»Gut, dann haben wir das geklärt.«

Es war fast Mitternacht, als sie vom Abendessen nach Hause zurückkehrten, und Annabel fühlte sich nach dem vorzüglichen Essen und dem köstlichen Wein angenehm angeregt. »Ich hoffe, dass das Essen auf Leyton Hall auch so gut ist«, sagte sie seufzend. »Dann werden die drei Wochen wie im Flug vergehen.«

»Ist es aber nicht«, sagte Martin und blickte zu David, der sich damit beschäftigte, ihnen allen einen Brandy einzuschenken. »Hat David dir nicht erzählt, dass wir mal ein Wochenende dort verbracht haben?«

»Nein«, sagte Annabel erstaunt.

»Nun, es war kein großer Erfolg, deshalb hat er es wahrscheinlich für sich behalten. Das Essen war entsetzlich, und die Gesellschaft war noch schlimmer.«

»David, ist das der Grund, warum du mit dem Auftrag nichts zu tun haben willst?«, fragte Annabel anklagend.

Es war einer der seltenen Momente, in denen David errötete. »Nicht wirklich, Darling. Sagen wir eher, dass das Landleben und ich nicht zusammenpassen.«

»Aber du kennst Lord und Lady Corbett-Wynne?«

»Ja«, gestand David widerwillig. »Um genau zu sein, ich habe mit ihnen sinnloses Zeug geplaudert, aber ich würde nicht sagen, dass ich sie kenne.«

»Warum hast du mir das nicht vorher gesagt?«

»Es hat keine Bedeutung«, gab David zurück, und man hörte seiner Stimme an, dass er leicht irritiert war. »Ich weiß nicht, warum Martin das überhaupt erwähnt hat.«

»Natürlich ist es von Bedeutung!«, rief sie. »Um Himmels willen, sage mir, was das für Menschen sind.«

»Ziemlich typisch für ihren Stand. Lord Corbett-Wynne ist groß und schwer, hat angegraute Haare und so eine blühende

Gesichtsfarbe, wie man sie häufig bei Menschen auf dem Land sieht. Einmal im Monat schafft er es, im Oberhaus anwesend zu sein, die restliche Zeit kümmert er sich um Leyton Hall. Oder um die Pferdepflegerinnen von Leyton Hall.«

»Was ist mit seiner Frau?«, fragte Annabel verwundert. »Hat sie nichts dagegen?«

»Sie ist wahrscheinlich dankbar«, sagte Martin lachend. »Wenn ich mich richtig erinnere, ist sie eine von diesen zierlichen, schönen Frauen, die total asexuell wirken. Es ist schwierig, sich Lady Corbett-Wynne in sexueller Ekstase vorzustellen, findest du nicht auch, David?«

»Kann schon sein, ganz bestimmt nicht bei ihrem Ehemann. Ihre Tochter ist das genaue Gegenteil. Nach Aussage ihres Stiefvaters kann man einen Sack Flöhe leichter hüten als Tania. Nicht, dass er sich länger darüber ausgelassen hat, aber ich zog meine Schlüsse aus seinen Andeutungen.«

»Und der Sohn?«, fragte Annabel.

»Du wirst dich sofort in ihn verlieben«, behauptete Martin. »Er ist groß, hat helle Haare, eine gebräunte Gesichtsfarbe und trägt eine gewisse Trägheit zur Schau, der man nicht widerstehen kann.«

»Ich bin sicher, dass ich ihm widerstehen kann«, sagte sie aufbrausend. »Wessen Sohn ist er?«

»Hörst du nicht zu?«, fragte David, der gern das Thema gewechselt hätte. »Er ist der Ehrenwerte Crispian Corbett-Wynne, Erbe von Leyton Hall. Tania, seine Stiefschwester, ist Lady Corbett-Wynnes Tochter aus erster Ehe. Ihr damaliger Mann starb oder brachte sich um bei einem Sprung über eine Hecke.«

»Wenn ihr über Nacht bei ihnen geblieben seid, müsst ihr mit ihnen befreundet sein«, schloss Annabel. »Warum hast du trotzdem den Auftrag abgelehnt?«

»Ich bin müde«, gab David kurz angebunden zurück. »Ich lasse euch mit euren Drinks allein. Schlaf gut, Annabel.«

Als er gegangen war, wandte sie sich überrascht an Martin. »Was sollte das denn?«

Martin lachte. »David ist verlegen. Er hat James – das ist Lord Corbett-Wynne – einmal gut gekannt, deshalb waren wir auch nach seiner dritten Heirat eingeladen. Leider war unser Aufenthalt dort eine einzige Katastrophe.«

»Wieso?«

»Weil niemand Tania von David und mir erzählt hatte. Sie glaubte, wir wären nur Geschäftspartner, deshalb hat sie ihn auf eine sehr plumpe Weise angemacht. Bevor er die Situation klären konnte, wurde ihr Stiefbruder eifersüchtig und drohte damit, David auf den Hof zu schleppen und dort auszupeitschen. Alles sehr melodramatisch.«

Annabel musste lachen. »Ich kann mir nicht vorstellen, dass David sich von einer solchen Drohung einschüchtern lässt.«

»Am nächsten Morgen sind wir abgereist. David sagte, wir wären unerwartet zurück nach London gerufen worden. Alle haben das akzeptiert. Wahrscheinlich hatte man Tania inzwischen die Lage erklärt, daher waren sie froh, uns abreisen zu sehen.«

»Aber das hat Lady Corbett-Wynne nicht daran gehindert, David mit der Renovierung zu beauftragen.«

»Sie hat vielleicht nicht gewusst, was sich da abgespielt hat. Selbst damals schon, als die Heirat noch ziemlich frisch war, schien sie sich von den anderen zu separieren. Wann immer es möglich war, hat sie sich auf ihre Zimmer zurückgezogen. Sie gefiel mir, aber für mich stand fest, dass sie sich auf eine Ehe eingelassen hatte, die nur unglücklich enden konnte. Sie waren so ein ungleiches Paar, wie ich es noch nie gesehen hatte.«

Annabel schlang die Arme um ihre Knie. »Jetzt hört sich meine Arbeit auf Leyton Hall schon viel spannender an. Ich wünschte, David hätte mir das alles früher erzählt.«

»Er will wirklich, dass du anfängst, mehr Arbeiten selbstständig zu übernehmen«, erklärte Martin. »Ich nehme an, dass er glaubte, wenn er dir von unserer gesellschaftlichen Katastrophe auf Leyton Hall erzählte, hätte es nur negativen Einfluss auf dich.«

»Ja, vielleicht. Aber da ich jetzt mehr von der Familie weiß, wird sie mir vertrauter. Ich glaube, ich freue mich jetzt auf die Arbeit, aber es kann auch sein, dass ich das auf Champagner und Brandy zurückführen muss.«

»Es wird in jedem Fall eine Erfahrung für dich sein«, sagte Martin und wich ihrem Blick aus.

Annabel nickte glücklich, und natürlich konnte sie nicht ahnen, welcher Art die Erfahrung sein würde.

Zweites Kapitel

Annabel brauchte über eineinhalb Stunden für die Strecke von London nach Wiltshire. Und dann noch einmal eine halbe Stunde, um Leyton Hall zu finden. Davids Orientierungssinn war noch nie gut gewesen, und was Leyton Hall betraf, schien er dessen geographische Lage völlig aus dem Gedächtnis gestrichen zu haben. Deshalb verspätete sich Annabel um eine Dreiviertelstunde.

Leyton Hall selbst überraschte sie. Sie hatte ein heruntergekommenes, konventionelles Landhaus erwartet, stattdessen fand sie ein großes, gut erhaltenes Haus vor, gebaut am Ende des achtzehnten Jahrhunderts im Palladian Stil. Die Front des Hauses zeigte nach Süden mit wunderschönen kleinen Anbauten, und obwohl man sah, dass es im Laufe der Jahre mehrere Renovierungen gegeben hatte, waren die Besitzer so klug gewesen, die verzierten Steine um Fenster und Türen, die so typisch für diesen Baustil waren, zu erhalten.

Im Erdgeschoss gab es zwei Dreibogenfenster mit Jalousien und darüber die traditionellen niedrigen Giebel. Die übrigen Fenster waren von einem Gesims umgeben, das aus der Mauer leicht herausragte. Der Westflügel war mit Türmchen an den Enden des Dachs verziert, und Glyzinen und Geißblatt wuchsen an den Mauern hoch.

All diese Details, dazu noch die Fülle der Rhododendren, Azaleen und Birken, die ihr auf der Fahrt zum Haus begegnet waren, stimmten Annabel fröhlich. Wenn die Außenanlagen so liebevoll gepflegt und gut erhalten waren, würde ihr Job vielleicht einfacher sein, als sie vermutet hatte.

Sie hielt ihr Auto an, und in diesem Moment öffnete sich die Haustür, und sechs Hunde stürzten die Treppe hinunter, direkt auf sie zu. Es war eine merkwürdige Sammlung. Zwei schwere Bassetts mit ihren fliegenden Ohren wurden gerade überspurtet von zwei Springerspaniels. Zwei eindrucksvolle graue Weimaraner näherten sich vorsichtig, aber in deutlich unfreundlicher Absicht. Sie hatten die Ohren zurückgelegt, und ihre Beine bewegten sich steif vor unterdrückter Aggression.

Annabel öffnete die Autotür, und die Weimaraner ließen tiefe knurrende Laute hören. Sie verharrte reglos auf dem Sitz, und obwohl sie wusste, dass ihre Angst von den Hunden wahrgenommen wurde, konnte sie sie nicht zurückhalten. Hunde waren nie ihr Fall gewesen, ob klein oder groß, und sie hatte keine Ahnung, wie sie sich in dieser Situation verhalten sollte.

»Kommt her, ihr stupiden Tiere!«, rief eine Stimme von der Tür aus, und zu Annabels Erleichterung trat ein junger Mann aus den Schatten.

Er war groß und schlank und hatte hoch angesetzte Wangenknochen und einen breiten Mund mit dünnen Lippen. Er öffnete den Mund zu einem Willkommenslächeln, wobei er seine perfekten weißen Zähne zeigte. Seine langen hellen Haare warf er aus dem Gesicht, und erst jetzt konnte Annabel seine hellblauen Augen sehen, die sie interessiert musterten.

»Sie brauchen keine Angst vor ihnen zu haben«, sagte er schleppend, »sie attackieren nur, wenn's dunkel ist.«

Annabel lachte und hoffte, dass es ein Scherz war.

»Wer ist da?«, fragte eine helle Frauenstimme, dann trat

eine junge Frau mit rotbraunen kurzen Haaren und einer unglaublichen Figur zu dem Mann auf die Treppe. Die engen braunen Jodhpurs und das maßgeschneiderte Seidenhemd betonten ihre Schlankheit noch.

»Keine Ahnung«, sagte der Mann.

Die junge Frau taxierte Annabels körperliche Attribute. »Ich schätze, du bist die Dekorateurin, die Mama aus London bestellt hat«, sagte sie dann.

»Ja, ich bin Inneneinrichterin«, sagte Annabel.

»Das wird sie freuen. Endlich hat sie mal was zu tun in ihrem Leben. Ich bin ihre Tochter Tania Corbett-Wynne, und das hier ist mein Stiefbruder Crispian.«

Annabel streckte ihre Hand aus. »Ich bin Annabel Moss. Ich arbeite für David Crosbie.«

»Ein erstklassiger Name für eine erstklassige Lady«, kommentierte Crispian. »Lass mich deine Koffer tragen. Wo hat Stiefmama sie einquartiert, Tania?«

»Im dritten Stock. Sie wohnt in den Gästezimmern auf dem Flur, wo ich mein Zimmer habe«, sagte Tania und warf Crispian einen mahnenden Blick zu.

»In dem Fall soll George die Koffer tragen. Es macht keinen Sinn, mir die Bandscheibe auszurenken, nur weil ich höflich sein will.« Seine Lippen hoben sich leicht, als er lächelte, und als er einen Koffer aus Annabels Hand nahm, strich seine Hand über ihre Finger.

»Mutter wartet schon seit Stunden«, sagte Tania, als sie zu dritt durch die Haustür gingen und in die Halle traten, die zum Treppenhaus führte. Es war eine hübsche Halle; die Wände waren mit Jagdszenen behangen, und die Regale waren mit Trophäen, Pokalen und Fotos verschiedener Familienmitglieder gefüllt, die Preise beim Reiten und bei anderen Sportarten gewonnen hatten. Reitstiefel und Gummistiefel lagen verstreut auf dem Boden herum. Ein schmaler Tisch mit einer Marmorplatte war der Platz für eine Vase, in der Flieder und Mimosen standen, der einzige Hinweis auf eine weibliche Hand.

»Ich weiß, ich habe mich verspätet«, entschuldigte sich Annabel. »Meine Wegbeschreibung war ein bisschen vage. David hat mir die falsche Abfahrt von der Landstraße genannt.«

Tania lächelte. »Ich erinnere mich an David Crosbie. Hat er dir gesagt, dass er mal bei uns war?«

»Ja«, sagte Annabel, dann fügte sie hinzu: »Vielleicht sollte ich deine Mutter nicht länger warten lassen.«

»Ich hoffe, du hast ein paar ausgefallene Kleider mitgebracht«, sagte Crispian. »Heute Abend gibt es eine kleine Dinnerparty, und du bist auch eingeladen.«

Tania lachte über Annabels entsetzten Gesichtsausdruck. »Nun sage bloß nicht, du hättest damit gerechnet, mit dem Dienstpersonal zu essen. Inneneinrichter sind in der Welt meiner Mutter sehr bedeutende Menschen. Komm, ich führe dich in den Westflügel. Mama verlässt ihn nur, wenn sie mehr oder weniger dazu gezwungen wird. Wahrscheinlich fürchtet sie, dass mein Vater auf sie springt und seine ehelichen Rechte fordert!«

Als sie durch das Hauptgebäude gingen, bemerkte Annabel einen seltsamen Geruch; eine Mischung aus Rauch von Holz, Sattelseife und Politur aus Bienenwachs. Sobald sie den Westflügel betraten, war der Geruch verflogen, ersetzt durch den Duft von Sandelholz.

Tania klopfte an eine Eichentür. »Ich bringe dir deine folgsame Inneneinrichterin, Mama.«

»Bitte, kommen Sie herein«, rief Lady Corbett-Wynne, und Tania drückte die Tür auf. Als sie beiseitetrat, damit Annabel ins Zimmer gehen konnte, legte Tania schnell eine Hand auf Annabels Arm. »Mein Stiefbruder sieht sehr gut aus, findest du das nicht auch?«

»Ja, sehr«, stammelte eine verdutzte Annabel.

»Ich dachte, dass er dir gefällt. Alle Frauen lieben ihn. Aber denk dran – Hände weg von ihm. Er gehört mir und nur mir allein, verstanden?«

»Ich bin zum Arbeiten hergekommen«, sagte Annabel, die Stimme gedämpft, damit Lady Corbett-Wynne nichts hören konnte.

»Oh, ja, klar, aber du wirst auch Zeit zum Spielen finden, das ist so üblich auf Leyton Hall. Ich warne dich nur, nicht mit Crispian zu spielen. Es würde dir wahrscheinlich auch gar nicht gefallen mit ihm, denn er liebt die harten Sachen.«

»Kommt herein«, wiederholte Tanias Mutter irritiert. Ihre Tochter verdrückte sich, warf Annabel aber noch einmal ein falsches süßes Lächeln zu, ehe sie aus ihrem Blickfeld verschwand.

Der Salon des Westflügels war einfach nur schön. In der oberen Hälfte waren die cremefarbenen Wände mit gemalten grünen Blättern verziert, und die Reproduktionen alter Möbel waren im Ton aufeinander abgestimmt. An den Fenstern hingen einfache weiße Leinenvorhänge, sie waren zurückgezogen und wurden von grünen Kordeln gehalten.

Die schlanke Frau saß in einem Ohrensessel am Fenster. Sie schien geboren zu sein, um in einem so dekorierten Zimmer zu leben.

»Willkommen auf Leyton Hall«, sagte sie und richtete sich langsam auf. »Ich hoffe sehr, dass wir gut zusammenarbeiten werden.«

»Da bin ich mir ganz sicher«, antwortete Annabel warm und sah sich im Zimmer um.

»Ja, das glaube ich auch. David hat Sie in den höchsten Tönen gelobt.«

Annabel setzte sich aufs Sofa, und die beiden Frauen begannen zu reden.

James Corbett-Wynne hatte die Ankunft Annabels vom Fenster seines Schlafzimmers aus gesehen, und wie sein Sohn war er überrascht, wie jung und attraktiv sie war. Sie erinnerte ihn an ein wohlgeratenes Fohlen, was sein größtes Kompliment für eine junge Frau war.

Die junge Frau, die er gerade bei sich hatte, konnte man nun wirklich nicht als wohlgeratenes Fohlen bezeichnen, aber sie war genau die Art Mädchen, die er genoss. Sandra hatte zuletzt auf Bracken Manor gearbeitet, dem Haus von James' bestem Freund, und er hatte sie heiß empfohlen.

»Sie steckt voller Enthusiasmus und ist bereit für alles«, hatte Richard zu ihm gesagt, und James war gerade dabei, das selbst herauszufinden.

Sandra, ein etwas zu kurz geratenes Mädchen mit gerundeten Hüften und vollen Brüsten, stand in ihrer Arbeitskluft vor ihm, Kords und kariertes Hemd, und wartete, dass er ihr weitere Anweisungen gab.

»Hast du dich bei uns eingelebt?«, fragte James, als wäre es die natürlichste Sache der Welt, dass ein Arbeitgeber sich mit seiner Angestellten im Schlafzimmer unterhält.

»Ja, sehr gut, Eure Lordschaft«, sagte sie demütig, obwohl ihr bewusst war, dass er alles andere von ihr haben wollte als Demut.

»Gut, ausgezeichnet. Keine Schwierigkeiten, streng zu sein? Miranda kann manchmal sehr zickig sein.«

»Sie hat heute Morgen beim Training sehr gut gearbeitet«,

antwortete die Pferdepflegerin, während sie überlegte, wie Lord Corbett-Wynne wohl ohne Kleider aussah.

»Ich habe gehört, dass du tatsächlich auch gegenüber deinen Vorgesetzten sehr streng sein kannst.«

Sandra lächelte. »Das hoffe ich doch, Sir.«

»Ausgezeichnet. Zieh deine Sachen aus, damit ich dich mal ansehen kann. Richard hat dich wärmstens empfohlen.«

»Mir hat die Zeit bei ihm sehr gefallen«, sagte Sandra wahrheitsgemäß. Die Erinnerung an ihren vorherigen Chef ließ ihr Herz schneller schlagen.

Sie schob sich aus ihrer Kordhose und zog das weiße Spitzenhöschen mit den Daumen über die Hüften. Sie stand nur noch mit dem karierten Hemd vor Lord Corbett-Wynne. Er ging langsam um sie herum und blieb nur stehen, um mit einer breiten Hand bewundernd über ihre gerundeten Pobacken zu streicheln.

»Das sieht vielversprechend aus«, murmelte er. »Und jetzt das Hemd.«

Die Pferdepflegerin knöpfte das Hemd auf und ließ es von den Schultern gleiten. Darunter trug sie einen BH mit Halbkörbchen, die ihre großen Brüste kaum bändigen konnten. James schluckte schwer und zwang sich, ruhig vor ihr stehen zu bleiben.

»Das auch noch«, murmelte er heiser.

Sandra senkte die Lider und täuschte Verlegenheit vor, denn sie wusste, dass er das bei einem Mädchen schätzte. Sie öffnete den BH, beugte den Oberkörper leicht und ließ den BH auf den Boden fallen. Ihre Brüste schwangen, und die langen Nippel leuchteten dunkelbraun gegen ihre weiße Haut.

»Perfekt«, flüsterte ihr neuer Arbeitgeber, streckte die Hand aus und zupfte leicht an den bereits erigierten Brustspitzen. »Ich habe hier was, das du anziehen sollst.« Er konnte es kaum erwarten und zog einen schwarzen Lederharnisch aus dem Kleiderschrank. »Beeil dich«, sagte er streng, dann begann er selbst, seine Kleider abzulegen.

Als er nackt war, hatte Sandra es geschafft, den Harnisch anzupassen. Zwei Lederriemen verliefen von vorn zwischen ihren Beinen nach hinten, und ein weiterer Lederstreifen umrundete ihren Körper unterhalb der Hüftknochen. Von einer Metallschnalle in der Mitte ihres Körpers führten noch einmal zwei Riemen zu ihren Brüsten und von dort zum Nacken, wo sie sich verbanden.

Ihre wunderbaren Kurven wurden durch die straffen Lederriemen noch betont. Ihr Gesicht war vor Erregung gerötet, während ihre Nippel stolz hervortraten und auf irgendwas zu warten schienen.

»Köstlich«, murmelte James, und dann schaute Sandra zu, wie er sich auch einen schwarzen Lederharnisch umlegte. Er hatte einen schweren, aber festen Körper. Die Riemen über den breiten Schultern trafen auf ein breiteres Band dicht unter den Brustwarzen. Vom runden Metallkreis in der Mitte wurde ein Lederriemen hinunter zu seinem Unterleib geführt, bis es auf das Band traf, das um seine Hüften lag. Von dort gab es ein Band, das – ähnlich wie bei Sandra – zu den Hinterbacken führte und über die Schamhaare. Ein kleiner Beutel wurde um die Hoden gelegt, dann legte er ein Lederband um die Wurzel seines bereits steif werdenden Penis. Das würde ihm helfen, seine Erektion viel länger als sonst zu erhalten.

Schließlich reichte er der Pferdepflegerin eine gepolsterte, lederne Augenmaske, eine Peitsche mit geflochtenen Schnüren sowie eine kurze Leine mit einem schmalen Kragen an einem Ende und einer Schlaufe am anderen.

»Für dich«, sagte James. »Mal sehen, was du mir zu bieten hast.«

Einen Moment lang zögerte Sandra. Sie hatte sich an die Vorlieben ihres vorherigen Arbeitgebers gewöhnt, aber sie konnte nicht wissen, ob dieser Mann, der vor ihr stand, auch wenn seine sexuelle Erregung offensichtlich war, ebenfalls diesem Geschmack frönte. Dann dachte sie, wohl nicht empfohlen worden zu sein, wenn die Männer ganz anders veranlagt wären.

Sie sagte mit scharfer Stimme: »Was würde Ihre Frau sagen wenn sie wüsste, dass ich hier bin?«

James' Penis zuckte sichtlich. »Sie wäre sehr verärgert«, antwortete er leise.

»Weil Sie ungezogen sind, nicht wahr?«

»Ja, ja«, sagte er mit belegter Stimme. »Ich bin immer ungezogen. Deshalb will sie mit mir nichts mehr zu tun haben.« Er ging auf Sandra zu, und seine Hände griffen nach ihren verlockenden großen Brüsten. Sandra strich mit der Peitsche leicht über seinen Unterleib, und James zuckte, blieb stehen und ließ die Hände sinken.

»Bewegen Sie sich nicht, bevor ich es Ihnen erlaube«, sagte sie entschieden. Dann nahm sie die Augenmaske, kletterte auf das Ende seines breiten Betts und gab Lord Corbett-Wynne zu verstehen, dass er zu ihr gehen durfte. Er gehorchte sofort und wandte ihr den Rücken zu, damit sie ihm die Maske über die Augen ziehen konnte. Sobald es dunkel um den Lord wurde, schwoll seine Erregung noch mehr an, und ein kleiner Tropfen klarer Flüssigkeit ließ sich auf der Spitze seines pochenden Penis sehen.

Nun wusste Sandra, dass dieser Mann nicht anders war als Richard, was seine Nöte und Sehnsüchte betraf. Sie stieß einen kaum hörbaren Seufzer der Erleichterung aus. Auch in dieser Stelle würde sie glücklich sein – und sicher. Männer wie diese hassten Veränderungen in Frauen.

»Nimm die Peitsche«, murmelte der nackte Mann vor ihr.

»Seien Sie still«, wies sie ihn zurecht. Dabei hatte sie keine Ahnung, wie sie die Peitsche einsetzen sollte; erst als der Mann den Oberkörper zurücknahm und die Hüften leicht nach vorn streckte, begriff sie.

Sie stieg vom Bett und befestigte das Kragenende der Hundeleine um seinen geschwollenen Penis, dicht unterhalb der Eichel, nahm die Schlaufe in ihre Hand, zog leicht an der Leine und führte ihn durchs Zimmer, als wäre er ein Pferd.

Er atmete schwer, und nach einem Moment hob Sandra die Peitsche und zog sie mit einem knappen, kurzen Schlag über seine Schultern. Er stöhnte vor Erregung und langte blindlings nach ihr, und da er sie mit seinen langen Armen erreichte, konnte er sie an sich ziehen.

Sein Gesicht wühlte verzweifelt an ihren entblößten Brüsten. Sie fühlte seine nasse Zunge, die immer wieder über die Brust strich, bis sie den Nippel gefunden hatte. Er sog sie in den Mund und saugte daran, zuerst zärtlich, dann mit zunehmendem Druck, und Sandra wurde feucht zwischen den Schenkeln.

Seine Zähne nagten aufgeregt an ihrem Nippel, und sie wusste, dass sie ihn aufhalten musste, denn das war es, was er erwartete, obwohl sie sich eigentlich wünschte, dass er sein Saugen und Beißen fortsetzte.

»Wie können Sie es wagen?«, schimpfte sie, ließ die Peitsche wieder knallen und stieß ihn mit all ihrer Kraft von sich.

»Lass mich, lass mich!«, presste er hervor und ging wieder mit ausgestreckten Armen auf sie zu, aber sie trat zurück und zurrte kräftig an der Leine, die an seinem Penis befestigt war. Sie zog sie nach unten, während der Penis bisher fast an seinem Bauch geklebt hatte.

»Ahh«, seufzte der Lord von Leyton Hall in glücklicher Zufriedenheit.

Sandras eigener Körper begann vor sexuellem Verlangen zu pochen. Sie liebte diese Aktionen so sehr wie die Männer und wünschte, dass ihre eigene Befriedigung nicht weniger wichtig war als die der Männer, aber am Ende war es das Warten wert. Sie führte den Gefangenen immer noch an der Leine durchs Zimmer, dann zum Bett. Sie legte sich auf den Rücken.

»Sie dürfen jetzt Ihren Mund bei mir benutzen«, sagte sie, »aber nur den Mund. Wenn Sie irgendwas anderes einsetzen, muss ich Sie wieder bestrafen. Ist das klar?«

»Es ist mir klar«, stimmte James zu, entzückt über das Verständnis des Mädchens für die Komplexität dieses Spiels. Er stieß mit der Zunge zwischen ihre gespreizten Beine und arbeitete sich langsam hoch von den inneren Waden bis zu den Kniekehlen. Schließlich hockte er sich aufs Bett, damit er die empfindsamen Falten ihrer inneren Schenkel lecken und saugen konnte.

Sandra begann zu zittern. Er war besser als Richard, subtiler, und sie fühlte, wie sie vor Erregung anschwoll, aber dann spürte sie, wie er versuchte, die Lederriemen, die ihr Geschlecht bedeckten, mit den Händen zur Seite zu schieben. Kurz entschlossen ließ sie die Peitsche auf seinen Rücken knallen. »Keine Hände«, erinnerte sie ihn.

»Aber ich komme nicht an dich ran«, protestierte er.

»Später«, versicherte sie ihm.

Widerwillig bewegte er sich weiter über ihren Körper, bis jeder Zentimeter ihrer Haut feucht war von seinen geschickten Manipulationen. Als seine Zunge in ihr Ohr bohrte, konnte sie das Warten nicht länger ertragen.

»Jetzt können Sie auch die Hände einsetzen«, gab sie nach, und sofort grabschten die Finger blindlings über ihren Körper und hoben die schweren Brüste an. Gleichzeitig rutschte er höher auf seinem Bett hinauf, bis er den schmerzend harten Penis zwischen ihren Brüsten reiben konnte. Die Massage seiner Erektion brachte ihn fast zum Schluchzen.

Sandras Brüste schwollen an und prickelten, und sie konnte spüren, dass die Lederriemen zwischen ihren Beinen immer feuchter wurden. Sie lechzte danach, dort berührt zu werden. Wenn ihr Arbeitgeber jetzt die Riemen zur Seite schob und die erfahrene Zunge tief in ihr Fleisch einführte ... Aber das gehörte nicht zu den Regeln.

Lord Corbett-Wynne näherte sich rasch dem Punkt ohne Wiederkehr. Die Spitze seines Penis pochte, und die Hoden drückten sich in dem kleinen Lederbeutel nach oben. Kurz bevor er diesen Punkt erreichte, zog Sandra unerwartet an der Leine, ruckte seine Männlichkeit hoch und weg von der Stimulation ihrer herrlichen Brüste.

»Nein!«, rief er wütend. »Ich war doch kurz davor ...«

»Aber ich nicht«, gab Sandra kühl zurück. Sie genoss ihre Rolle, und ihr war bewusst, dass sie eine einflussreiche Position in diesem Haus einnehmen konnte, falls es ihr gelang, ihn noch mehr zu dominieren, als er für möglich hielt. »Ich will, dass Sie mich zuerst noch mehr stimulieren. Entfernen Sie die Lederriemen zwischen meinen Beinen.«

»Das geht nicht«, knurrte er. »Ich habe noch die Maske an.«

»Ich erwarte, dass Sie das auch mit der Maske schaffen«, sagte sie gelassen. »Und ich erwarte, dass Sie Ihre Aufgabe schnell ausführen.« Einen Moment später zog sie ihm die Peitsche über den Rücken.

James Corbett-Wynne war nicht sicher, ob er diese neue

Entwicklung mochte. Er war der Befriedigung so nahe gewesen, dass seine Testikel jetzt ungewöhnlich schmerzten. Dabei hatte er doch nur zwischen den sensationellen Brüsten des Mädchens kommen wollen.

Wieder klatschte die Peitsche auf seinen Rücken, aber diesmal brannte die Haut nicht nur, er spürte den Schmerz im ganzen Körper. Gleichzeitig empfand er eine fast unerträgliche Erregung, größer als alles, was er seit langem erlebt hatte.

»Nun beeilen Sie sich«, sagte Sandra verärgert.

Er wusste, dass dies ein entscheidender Moment war. Wenn er das tat, was sie verlangte und ihr überließ, wie sich das Spiel entwickelte, dann würde er unter ihrer Kontrolle bleiben. Aber ihre Art war köstlich und unwiderstehlich, deshalb zögerte er kaum einen Augenblick, und als er an ihrem Körper nach unten rutschte und nach der Metallschlaufe tastete, die die beiden Lederriemen hielt, wusste er, dass er verloren war.

Als es ihm gelungen war, die Lederstreifen zu lösen, drehte er sich auf dem Bett herum, bis er über ihr verharrte. Ohne die Augenmaske hätte er ihre gespreizten Beine sehen können. Behutsam ließ er sich sinken und stützte sein Gewicht auf den Ellenbogen ab, dann griff er ihre Schenkel und spreizte sie noch weiter.

Sandra seufzte befriedigt, als sie spürte, wie er ihre äußeren Sexlippen öffnete und den gesamten Bereich der Vulva zu küssen begann. Seine Lippen neckten ihr nasses, verlangendes Fleisch. Sie begann zu zittern, als sie spürte, wie sich der Höhepunkt aufbaute, und dann wirbelte seine erfahrene Zunge um ihre Klitoris herum; sie stieß gegen den winzigen Stamm, ehe sie tief in ihren inneren Kanal drängte.

Ihre Hüften begannen sich in einem eigenen Rhythmus zu bewegen, und sie bäumte sich auf und ruckte gegen seinen

Körper. Er stöhnte protestierend, weil er fürchtete, er könnte kommen, bevor sie es ihm erlaubt hatte, und dann, da war er sicher, würde sie nicht zögern, ihn zu bestrafen.

Als der lange erwartete Druck sich in ihr aufbaute, stieß ihr Arbeitgeber zwei Finger in ihre Vagina, und gleichzeitig saugte er ihre Klitoris in den Mund und knabberte mit den Zähnen sanft an der unglaublich empfindlichen Knospe.

Mit einem wilden Schrei vollkommener Lust explodierte Sandras Körper zu einem Höhepunkt, der sie durchschüttelte und sie aufbäumen ließ. Sie streckte einen Arm aus und schloss die Hand um sein dickes, geschwollenes Glied.

Er keuchte, und als sie die Hand rasch auf und ab bewegte, versuchte er sich in Position zu bringen, damit er sich auf ihren Brüsten versprühen konnte, aber das ließ sie nicht zu; er musste ausharren, wo er war. Sein Orgasmus raste durch ihn, und die dicke weiße Flüssigkeit ergoss sich aus der giftig roten Eichel auf Sandras immer noch bebenden Bauch.

Sobald er fertig war, nahm James die Maske von den Augen und stieg aus dem Bett. Er warf keinen Blick auf die Pferdepflegerin, die noch befriedigt auf seinem Bett lag. Er begann damit, sich aus dem Harnisch zu befreien und sich wieder anzuziehen.

»Beeil dich und geh zurück in die Ställe«, sagte er schroff. »Man könnte dich vermissen.«

»Ja, Eure Lordschaft«, sagte Sandra. Ihr war bewusst, dass er sie jetzt so schnell wie möglich loswerden wollte. Aber sie wusste, dass er bald wieder nach ihr schicken würde. Sie nahm sich vor, ihn lange in ihrem Bann zu halten.

Sobald sich die Tür leise hinter ihr geschlossen hatte, ließ sich Lord Corbett-Wynne auf sein Bett sinken. Richard hatte Recht. Das Mädchen war was Besonderes.

Sandra ging den Flur entlang, körperlich und geistig befriedigt. Sie nahm Annabel gar nicht wahr, die nach ihrem Gespräch mit Lady Corbett-Wynne auf ihr Zimmer ging, aber Annabel sah sie und fragte sich, was eine Pferdepflegerin auf der dritten Etage zu suchen hatte.

Weil ihr Kopf noch den vielen Ideen nachhing, die sie mit der Lady des Hauses erörtert hatte, brauchte Annabel ein paar Minuten, ehe sie ihr Schlafzimmer bewundern konnte. Auf den ersten Blick sah es kalt und spärlich möbliert aus, aber im offenen Kamin waren Holzscheite aufgeschichtet, und Annabel nahm sich vor, sie am Abend anzuzünden.

Das Bett war eine gelungene Imitation eines jakobinischen Himmelbetts. Das Holz wirkte warm und war sehr gut poliert. Das einzige Fenster des Zimmers befand sich in einem gefliesten Alkoven, und durch die kleinen vergitterten Scheiben konnte sie in den Hof schauen, auf dem einige Pferde zurück in den Stall geführt wurden.

Der Teppich war einmal sehr bunt und dick gewesen, aber jetzt sah er abgelaufen und dumpf aus, wie auch der Brokatsessel und die Tagesdecke. Ihr Kleiderschrank war von gewaltiger Größe, aber er schien deutlich bessere Tage gesehen zu haben, und sie hatte Mühe, die Türen zu schließen.

Die Zimmerdecke zeigte ein attraktives Jagdbild, von einem Meister gemalt. Auf den ersten Blick hatte sie nicht wahrgenommen, dass einige der Damen barbusig zu Pferde saßen, und alle Herren waren außergewöhnlich gut bestückt. Sie schaute genauer hin und erkannte dann, dass einige Paare im hohen Farnkraut kopulierten.

»Sehr bizarr«, murmelte Annabel und fragte sich, wer dafür verantwortlich war, die Einrichtung des Zimmers so geschmacklos verdorben zu haben.

Eine enge Tür am hinteren Ende des Zimmers führte zwei

Stufen hinunter und ins Badezimmer, das ihr den Atem raubte. Es war klein, aber die kostbaren Holzpaneele glänzten im Licht der Kerzen, die das tiefe altmodische Becken und das Regal unter dem Spiegel säumten.

Eine Dreiecksbadewanne aus Kupfer war in die hintere Ecke eingelassen, und ein scharlachroter persischer Teppich lag auf dem Bodenstreifen zwischen Wanne und Becken. Rubinrote Badetücher hingen über geheizten Stangen unter dem kleinen rechteckigen Fenster.

Annabel hoffte, dass Lady Corbett-Wynne dieses Zimmer nicht renovieren lassen wollte, denn in ihren Augen sah es vollkommen aus.

Sie kehrte in ihr Zimmer zurück, nahm ihr Notebook aus der Aktentasche und hielt die wichtigsten Punkte ihrer Besprechung fest. Sie hatte gerade erst damit begonnen, als es an die Tür klopfte.

»Ja?«, rief Annabel.

»Ich bin's, Tania«, kam die Antwort. »Darf ich hereinkommen?«

Annabel öffnete die Tür. »Ja, natürlich. Ich habe gerade das Bad bewundert.«

Tania lächelte. »Ja, es ist wunderbar, nicht wahr? Crispian und ich haben da drin schon manchen Spaß mit unseren Besuchern erlebt, kann ich dir sagen.«

Annabel wusste nicht, wie sie darauf reagieren sollte. »Kann ich irgendwas für dich tun?«

»Crispian fragt, ob du Lust hast, uns beim Nachmittagstee Gesellschaft zu leisten. Das Essen findet erst um neun Uhr statt, deshalb stellt sich sonst irgendwann der Hunger ein.«

»Hört sich wunderbar an«, sagte Annabel.

»Sehr schön. Wir werden im Musikzimmer sein, der liegt im Erdgeschoss; wenn du am Ende der Treppe stehst, die zweite Tür rechts. Du brauchst dich nicht umzuziehen; Crispian liebt Geschäftsfrauen in Kostümen.«

Annabel wäre nicht eingefallen, die lange karamellfarbene Jacke über dem kurzen Hemd und der beigefarbenen Bluse als Kostüm zu bezeichnen, und fühlte sich ein wenig zu steif angezogen, vor allem im Vergleich zu Tania, die sich ein kurzes, blassblaues Kleidchen angezogen hatte. Sie trug keine Strümpfe, dafür aber schmuddelige Treter an den Füßen.

»Und heute Abend? Förmliche Kleidung?«

»Schrecklich förmlich, fürchte ich. Wir haben einen neuen Nachbarn, Sir Matthew Stevens, der gerade Witwer geworden ist, zum Essen eingeladen, und Stiefpapa will ihn bestimmt beeindrucken. Ich weiß zwar nicht, warum, denn er hat auch nur neues Geld.«

»Neues Geld?«

Tania lächelte. »Ja, so ist es. Er hat ein Vermögen gemacht, indem er die armen Menschen ausgebeutet hat und ist dafür und wegen seiner Verdienste für die Wirtschaft geadelt worden. Nicht viel anders als Crispians Großvater, der Leyton Hall bekommen hat, weil er einen dicken Batzen seines unrechtmäßig erworbenen Reichtums für wohltätige Zwecke gespendet hat. Du hast doch nicht geglaubt, dass wir schon seit Jahrhunderten hier leben? Wenn du das glaubst, hat man dich unter falschen Vorkehrungen hierhin geholt. Meine Mutter ist die Einzige mit einem richtigen Stammbaum, deshalb ist sie wahrscheinlich auch so neurotisch. Generationen von Inzucht. Aber Stiefpapa, nun, das ist eine völlig andere Geschichte.«

»Oh«, sagte Annabel leise. Sie war fasziniert, aber sie dachte, Tania sollte ihr diese Sachen nicht erzählen, erst recht, da sie als Gast gerade erst eingetroffen war. »Deine Mutter hat einen ausgezeichneten Geschmack«, sagte sie schnell, um auf ein anderes Thema zu kommen. »Ihre Ideen für Leyton Hall sind großartig und sehr originell.«

»Ja, sicher, aber ihr Geschmack hat sie im Stich gelassen, als sie sich ihren zweiten Mann ausgesucht hat, findest du nicht auch? Nein, darauf kannst du dir eine Antwort sparen. Schließlich kann er dich nach Hause schicken, wenn ihm nicht gefällt, wie du die Dinge anpackst. Mutter zahlt zwar die Rechnungen, aber das Haus gehört ihm. Wir sehen uns in ein paar Minuten, ja?«

»Ja, gern.« Annabel war ein wenig außer Atem und überwältigt von den Sprüngen in der Unterhaltung mit dem Mädchen mit den rotbraunen Haaren.

Es vergingen noch zwanzig Minuten, bevor sie das Musikzimmer betrat, denn es hatte länger als gedacht gedauert, bis sie ihre Notizen übertragen hatte. Als sie die Tür aufdrückte, sah sie nicht sofort den Flügel am anderen Ende des Zimmers und auch nicht die zahlreichen Antiquitäten, die wie Abfall auf den ziemlich in Mitleidenschaft gezogenen Tischen und Sideboards herumlagen.

Ihre ganze Aufmerksamkeit galt dem Geschehen, das sich in der Mitte des Zimmers abspielte.

Tania und ihr Stiefbruder waren in einer leidenschaftlichen Umarmung verbunden; sie steckten ihre Köpfe zusammen und küssten sich mit dem aufgestauten Hunger von Liebenden, die sich seit Jahren nicht gesehen hatten.

Sie hörten Annabel nicht eintreten. Während sie auf sie warteten, hatte Crispian gemurmelt, dass er Annabel für sehr attraktiv hielt. Tanias Reaktion hatte in einer ihrer Wutanfälle bestanden, und wie gewöhnlich hatte er sie nur beruhigen können, indem er sie in die Arme nahm, und dabei hatten sich seine Gefühle entwickelt, und nun konnte er nur noch an ihren heißen Mund denken.

Bei der ersten Berührung seiner weichen Lippen auf ihren war Tania schon in die Knie gegangen, und dann hatte er an ihrer Unterlippe gesaugt, bis er fühlte, wie ihre Zunge sich gegen seinen Mund presste. Sie wollte unbedingt versuchen, mit der Zunge über seine Zähne zu streichen.

Er öffnete die Lippen, um sie einzulassen, und fast sofort befanden sich ihre Zungen in einer vertrauten erotischen Schlacht. Crispian erforschte ihren Mund mit seiner Zunge, stieß immer wieder mal mit der Spitze in Richtung Gaumen, und Tania wurde daran erinnert, wie er sie zwischen den Schenkeln penetrierte. Seufzend schlang sie die Arme um seinen Hals, und er begann ihre Augenlider zu küssen, ihre Nasenspitze, die Ohrläppchen und schließlich die Seiten ihres Halses. Gekonnt nagte er an ihrem empfindlichen Fleisch.

Tanias Beine begannen zu schwanken, und als er ihre Hüften mit den Händen streichelte und dann hinüberglitt zu ihren Pobacken unter dem Kleid, lüstete es ihn nach einer schnellen, drängenden Kopulation.

Dies war der Moment, in dem Annabel mit rotem Gesicht in der Tür stand und sich räusperte.

Tania knurrte verärgert, als Crispian sie freigab und sich dem Neuankömmling zuwandte. »Annabel«, sagte er. »Entschuldige, aber ich hatte völlig vergessen, dass wir dich zum Tee eingeladen haben. Nimm doch Platz. Tania, sei ein Engel und klingele nach Susan.«

»Ich hätte lieber einen steifen Brandy«, murmelte Tania. Ihr ganzer Körper prickelte heiß.

Crispian lächelte die verlegene Annabel an. »Hast du den Weg gut gefunden?«

»Eh, ja«, antwortete sie und war nicht sicher, ob sie mehr entsetzt war über die Szene, die sie vorgefunden hatte, oder über die Reaktion ihres eigenen Körpers. Ihre Brüste fühlten sich unter der dünnen Bluse gespannt an, und ihr Mund schien geschwollen zu sein, als hätten Crispians Lippen ihn mit seiner Leidenschaft gequetscht.

Er sah ihre glänzenden Augen und das delikate Rosa auf ihren Wangen, und er wusste, dass er sie haben musste, bevor sie Leyton Hall verließ. Ohne Zweifel würde sie nur eine Ablenkung für ihn sein, aber eine interessante, und er würde Tania mit Lust davon erzählen. Ihr gemeinsamer Sex erhielt immer eine besondere Würze, wenn er ihr von anderen Frauen berichtete, mit denen er ins Bett gegangen war.

Das Dienstmädchen kam und brachte den Tee und Platten mit Sandwiches und Kuchen. Crispian aß hungrig, aber weder Tania noch Annabel hatten viel Appetit. Beide Frauen hatten Mühe, ihre Tassen in ihren zitternden Händen zu halten.

»Was sagt denn dein Freund dazu, dass du drei Wochen bei uns verbringst?«, fragte Tania, die Augen kalt.

»Ich bin zurzeit nicht gebunden«, gestand Annabel. »Meine Arbeit verschlingt den größten Teil meiner Energie.«

»Was für eine Verschwendung«, murmelte Crispian. »Tania und ich finden immer Zeit zum Spielen.« Er grinste jungenhaft, und Annabel war es nicht möglich, darauf nicht mit einem Lächeln zu antworten.

Tania überkreuzte die Beine, die erstaunlich muskulös waren, obwohl sie schlank wirkten. »Reitest du?«, fragte sie.

Annabel schüttelte den Kopf. »Ich habe es nie versucht, aber ich mag Pferde nicht besonders, und Hunde auch nicht«, denn sie hatte gesehen, dass die beiden Bassetts, die sie bei ihrer Ankunft schon knurrend und kläffend erlebt hatte, gerade ins Zimmer gekommen waren.

»Ich hoffe, dass Dopey und Dozey dich nicht stören«, sagte

Crispian lachend. »Sei beruhigt. Sie können keiner Fliege was zuleide tun.«

»Sie sehen tatsächlich harmlos aus«, meinte Annabel, aber ihre Gedanken waren immer noch mit den Bildern beschäftigt, wie sie diesen schlanken jungen Mann in wilder Umarmung mit seiner eigenen Stiefschwester gesehen hatte.

»Sie sind verlässlicher als Männer«, warf Tania ein.

»Der Besucher heute Abend«, sagte Annabel. »Was ist er für ein Mann?«

»Er passt nicht in deine Liga«, sagte Tania. »Er ist Mitte vierzig, nehme ich an, und ganz sicher ein Mann von Welt. Ziemlich attraktiv, groß, volle braune krause Haare und eines dieser interessanten Gesichter, die einen glauben lassen, er hätte schon alles gesehen und gemacht.«

»Hört sich faszinierend an«, sagte Annabel.

»Das sehe ich nicht so«, rief Crispian. »Ich hasse Konkurrenz.«

»Ich habe ihn einige Male gesehen, wenn ich ausgeritten bin«, erklärte Tania. »Ich hätte nichts dagegen, ihn mal ganz gemächlich auszuprobieren.«

Annabel warf Crispian einen Blick zu, weil sie sehen wollte, was er von dieser Bemerkung hielt, aber er schien nicht sehr interessiert zu sein. »Pa hat heute Nachmittag mit seiner neuen Pferdepflegerin gesprochen, Tania«, sagte er nach einer Pause. »Ich hoffe, sie hat ihn überzeugt.«

Tania lachte, und Annabel erinnerte sich an das Mädchen mit der Kordhose, das sie auf dem Weg zu ihrem Zimmer auf dem Flur gesehen hatte. »Hat dein Vater ein Büro auf dem Flur, wo unsere Zimmer sind?«, fragte sie. »Ich glaube nämlich, dass ich das Mädchen auf dem Flur gesehen habe.«

»Er befragt sie in seinem Schlafzimmer«, sagte Crispian und sah Annabel in die Augen. »Er stellt besondere Ansprüche an die Pferdepflegerinnen, und das ist der einzige Ort, an dem er sie testen kann.«

Annabel verstand, aber seine Aussage sorgte für ein angenehmes Kribbeln im Bauch. Dieses Kribbeln hatte sie auch verspürt, als sie Tania und Crispian zusammen gesehen hatte. »Tatsächlich?«, fragte sie und hoffte, dass er nicht bemerkte, wie sehr sie das alles beunruhigte.

»Du bist doch nicht schockiert? Meine Stiefmutter lässt ihn nicht mehr ran, also muss er sich sein Vergnügen woanders suchen.«

»Ja, natürlich. Aber das geht mich auch gar nichts an«, sagte Annabel spröde.

»Welche Art von Mann magst du?«, wollte Tania wissen.

»Ich glaube nicht, dass ich einen besonderen Typ bevorzuge«, meinte Annabel. »Die meisten meiner Freunde sind sehr groß gewesen, aber davon abgesehen, hatten sie nicht viel gemeinsam.«

»Ich hoffe, sie waren gut im Bett«, sagte Crispian.

Diesmal konnte sich Annabel vor dem Erröten nicht retten. »Die meisten«, murmelte sie und versuchte, sich so lässig zu geben, wie Tania und ihr Stiefbruder zu sein schienen.

»Man erwischt immer mal einen, der im Bett nichts bringt, das ist so langweilig«, sagte Tania. »Ich wünschte, man könnte Männer katalogisieren, oder ihnen Noten von eins bis zehn verpassen. Auf diese Weise würde man sich eine Menge Energie sparen, bis man es selbst herausgefunden hat, meinst du nicht auch?«

»Ja, kann schon sein.«

Crispian stand auf. »Ich glaube, ich lege mich ein bisschen hin, bevor ich für das Dinner heute Abend bereit bin. Solche Einladungen langweilen mich. Was sagst du, Tania? Hast du irgendwelche Pläne?«

»Ich bin nicht müde, aber gegen ein Bett habe ich nichts«, sagte sie schleppend.

Annabel schluckte schwer. »Ich sollte mich vor dem Abendessen noch mal mit Lady Corbett-Wynne unterhalten.«

»Fein. Du kannst einfach gehen«, sagte Crispian. »Aber achte darauf, dass du pünktlich zum Essen da bist. Ich kann es nicht erwarten, dich in einem Abendkleid zu sehen. Du siehst so feminin aus. Man kann sich bei deinem Kostüm nicht richtig vorstellen, wie du wirklich bist.« Er lachte, und als Tania auch zu lachen begann, ging Annabel hinaus.

Sobald sie draußen war, wandte sich Tania an ihren Stiefbruder. »Gehen wir nach oben«, sagte sie heiser. »Wenn ich noch länger warten muss, sterbe ich.«

Crispian nahm ihre Hand und zog Tania an sich. »Ich auch. Glaubst du, dass wir unseren Gast schockiert haben?«

»Na und? Wen stört das schon? Sie ist doch nur zum Arbeiten hier.«

»Stimmt, aber sie ist trotzdem attraktiv. Dein Zimmer oder meins?«

»Deins«, entschied Tania. »Ich will den Rahmen benutzen.«

Als sie in Crispians Zimmer waren, zog Tania ihr Kleid und den G-String aus, die einzige Unterwäsche, die sie trug. Crispian holte den Rahmen. Er hatte ihn aus einzelnen Holzteilen selbst gebaut, die er in den Ställen gefunden hatte, als sie modernisiert worden waren. Er stand auf dem Boden, ragte aber über das Fußende des Betts hinaus.

Tania legte sich im Bett auf den Rücken, während ihr Stiefbruder den Rahmen unter den unteren Körper schob und ihre Beine in den Schlaufen befestigte, bevor er ein Kissen unter ihre Hüften schob. Da er wusste, dass sie vielleicht während des Spiels um sich zu schlagen begann, fesselte er zur Vorsicht ihre Handgelenke mit langen seidenen Tüchern an die Bettseiten. Dann zog er einen Stuhl heran und setzte sich dicht hinter den Rahmen, den Blick auf einer Höhe mit ihrer entblößten Pussy.

Ein paar Minuten lang betrachtete er Tania schweigend, während sie vor Erregung zu zittern begann. Ihr ganzer Körper fühlte sich heiß an und stand kurz vor der Explosion, aber weil er das ahnte, hielt Crispian sich zurück und berührte sie noch nicht, was sie zur Weißglut brachte.

»Fang an!«, schrie sie. »Hör auf, mich nur anzustarren!«

»Mir gefällt das Anstarren«, murmelte er, streckte eine Hand aus und zupfte leicht an ihren Schamhaaren. Die Bewegung des Fleisches durch seine Berührung schickte Wellen der Erregung durch ihren Unterleib, und sie wimmerte vor Verlangen.

Mit einem tiefen Lachen griff er nun mit beiden Händen zu ihrem Geschlecht; er zog die feuchten äußeren Lippen auseinander und enthüllte das glänzende rosa Gewebe ihres Inneren. Die kühle Luft wehte angenehm gegen ihre Hitze, und Tania gab einen heiseren, kehligen Laut der Zufriedenheit von sich, der aber gleich wieder in einem Wimmern endete, als er die Labien zurückschnappen ließ.

»Du musst deine Stimme dämpfen«, sagte er amüsiert. »Ich bin sicher, dass Annabel in ihrer Wollust nicht so laut ist.«

»Fass mich an«, schrie Tania und wand sich gegen den Rahmen unter sich. Ihr ging es darum, die Vulva näher zu seinen kundigen Händen zu bringen.

Crispian beugte sich vor und ließ die Hände über ihren Bauch gleiten, bevor er ihre äußeren Lippen wieder öffnete und schloss. Tania zitterte, ihr Körper wurde von Gier geschüttelt, aber sie wusste, dass er das Spiel eine Ewigkeit dauern lassen konnte, und weil sie das wusste, wurde ihre Not nur noch größer.

Crispian ließ seine Hände wieder über ihren Körper streifen, aber diesmal hob er die Brüste an und rollte die langen Nippel zwischen den Fingern. Als Tania schneller zu atmen begann, presste er ihre Brüste zusammen und schleckte mit der Zunge über die Nippel, aber er ließ sich Zeit damit, wechselte von der rechten zur linken Brustwarze und wieder zurück; langsames, stetes Lecken, bis ihre Brüste angeschwollen waren und vor Erregung pochten.

Als sie von diesen Stimulierungen allein schon kurz vor dem Orgasmus stand, hörte Crispian auf und setzte sich wieder auf den Stuhl.

Tania wurde fast verrückt, sie wollte unbedingt, dass er ihre gespannten Brüste weiter drückte und leckte. Doch er wandte seine Aufmerksamkeit zu der Stelle zwischen ihren Schenkeln. Er beugte den Kopf, leckte über die Innenseiten ihrer Schenkel und ließ die Zunge in den Falten verharren. Er griff nach einem Vibrator und hielt ihn hoch in die Luft.

»Willst du, dass ich den benutze, Tania?«, neckte er sie, während sie sich im Rahmen hilflos hin und her warf. Ihre Beine konnte sie nicht bewegen.

»Ja!«, keuchte sie.

»Wo?«

»Überall«, rief sie, denn sie wusste, wenn sie ihre Lieblingsstelle nannte, würde er sie absichtlich ignorieren und sich für eine andere Stelle entscheiden.

»Überall?«, fragte er und strich mit dem Vibrator über die gespannte Haut ihrer gefesselten Arme.

Sie kreischte frustriert. »Nein, nicht da!«

»Pst«, machte er. »Pa könnte dich hören.«

»Das ist mir egal«, knurrte sie.

»Aber mir nicht, also sei still«, sagte Crispian, und dann spürte sie, dass er ihre äußeren Lippen wieder teilte, und diesmal drang er mit dem schlanken Vibrator ein und strich in kleinen Kreisen über die zuckende Klitoris.

Es war für Tania, als hätte er einen elektrischen Strom durch sie geschickt, denn die Schockwellen der Lust schossen durch ihren Körper, und der vertraute feste Knoten eines bevorstehenden Orgasmus begann sich hinter der Klitoris zu bilden.

Er spielte mit dem Vibrator immer auf derselben Stelle, bis sie keuchend und schreiend den Anstieg ihrer Lust zum Orgasmus verfolgte, aber als sie gerade kommen wollte, zog er den Vibrator zurück, und die herrlichen Zuckungen brachen sofort ab und ließen sie mit Tränen der Frustration zurück.

Crispian hatte seine helle Freude an seinem Spiel. Er genoss es, Tania in den Rahmen zu sperren, weil sie ihm dann völlig ausgeliefert war, und heute war es noch aufregender, weil er sich vorstellte, schon bald auch Annabel genau in dieser Position zu haben.

Er lehnte sich vor und öffnete seine Stiefschwester wieder auf die gewohnte Weise, und diesmal ließ er seine Zunge tief in ihren nassen inneren Kanal eindringen. Ab und zu schob er die Kapuze der Klitoris zurück, sodass er sie mit der steifen Zungenspitze anstoßen konnte. Bei jedem Stoß zuckten Tanias Beine, und ihre Augen verdrehten sich in der Ekstase, aber den Orgasmus gönnte er ihr immer noch nicht.

Für Tania war die erregende Tortur fast unerträglich, und sie konnte sich schreien hören, dass er sich beeilen und sie kommen lassen sollte, aber je mehr sie schrie, desto langsamer bewegte sich seine Zunge.

In dem Augenblick, in dem sie sicher war, das erbarmungslose Necken nicht länger auszuhalten, trug Crispian kühle

Gleitcreme auf einen Finger auf und schob eine Hand unter Tanias Po. Dann stieß er die Zunge tief in die unglaublich nasse Öffnung, während der Finger genau in diesem Rhythmus in die hintere Passage drang und ein- und ausfuhr.

Jetzt hatte die Anspannung den ganzen Körper erfasst, und ihre Brüste waren so sehr geschwollen, dass sie befürchtete, sie könnten explodieren, wenn sie nicht bald kommen würde. Ihr Hals war mit einer tiefen Röte bedeckt, und zwischen den festen Brüsten rannen Schweißtropfen.

Zunge und Finger arbeiteten immer noch zusammen, und jetzt glitt Crispian mit der freien Hand über den zitternden Bauch der Stiefschwester und hinauf zu ihrer linken Brust. Einen Moment lang massierte er sie leicht, dann griffen seine Finger nach dem Nippel und zogen ihn so weit es ging in die Länge.

Für Tania war es die finale Berührung, die sie noch gebraucht hatte. Es schien, dass der elektrische Stromstoß zwischen den Beinen sich nun mit dem anderen zwischen ihren Brüsten vereinigte.

Jeder Muskel in ihrem Körper spannte sich, und dann überfiel sie die Ekstase, als seine Zunge durch sie hindurch fuhr. Der Höhepunkt begann sie zu schütteln, und Crispian spürte, wie sich die Muskeln um seine Zunge spannten, und die Wände des Rektums klammerten sich fest um ihn, als er noch einen zweiten Finger einführte.

Tania spürte, dass er sie überall füllte, mit den Fingern und der Zunge, und sie schrie vor Entzücken, als sie so ungeheuerlich geschüttelt wurde.

Als sie fertig war, wartete sie darauf, dass er sie vom Rahmen befreite, aber stattdessen erhob er sich und ließ seine Hose fallen. Er schob sich in Tania hinein und hielt sie fest an den Hüften gepackt.

»Ich will, dass du noch einmal kommst, aber diesmal mit mir zusammen«, murmelte er.

»Ich kann nicht mehr«, wimmerte Tania.

Es dauerte nicht lange, bis er seinen Willen durchgesetzt hatte und ihr tatsächlich einen zweiten Höhepunkt verschaffte. Crispian warf triumphierend den Kopf zurück, als er spürte, wie sich ihre inneren Muskeln um seinen Schaft quetschten, und in diesem Moment kam er auch.

Draußen auf dem Flur hörte Annabel seinen Triumphschrei und fragte sich, was der Lärm zu bedeuten hatte.

Drittes Kapitel

Um halb neun an diesem Abend hörte Annabel in der Ferne einen Gong schlagen. Sie ging davon aus, dass die Gäste damit nach unten gerufen wurden, deshalb verließ sie ihr Zimmer und stieß fast gegen Crispian, der aus Tanias Zimmer trat und an seinen Manschettenknöpfen nestelte. Der förmliche Dinner-Anzug unterstrich noch sein gutes Aussehen, und Annabel dachte für einen Moment darüber nach, wie er sich als Liebhaber machen würde.

Er sah sie bewundernd an. »Sehr hübsch«, murmelte er, als er das bronzefarbene Kleid aus Taft und Seide mit den dünnen Schulterträgern gemusterte hatte. Der Halsbereich blieb völlig frei, und der Ausschnitt ging tief. Zwei Kunstrosen bedeckten ihre Brüste, und das Mieder reichte bis zur Taille, bevor sich der Rock voll ausbreitete.

»Diese Rosen wären für Tania nicht groß genug, aber bei dir sehen sie großartig aus«, sagte Crispian mit einem Lachen. »Darf ich dich nach unten geleiten? Vor dem Essen werden Getränke in der Bibliothek gereicht.«

»Was ist mit Tania?«, fragte Annabel.

Crispian gluckste. »Tania verspätet sich wie immer. Sie ist noch dabei, sich anzuziehen. Im Moment sieht sie noch so aus, was man ›sexy und zerzaust‹ nennen könnte.«

Seine blauen Augen starrten in Annabels, und sie sah plötzlich ein Bild vor sich, wie sich das Paar auf einem Bett vergnügte, die Glieder miteinander verschlungen, die Körper in wilder Ekstase. Crispian legte eine Hand auf ihren nackten Arm, und sie zuckte überrascht zusammen.

»Du siehst so verträumt aus«, sagte er, als sie die Treppen hinuntergingen.

»Tagträumereien«, gestand sie. »Sie sind eine Schwäche von mir.«

»Über das Haus oder über seine Bewohner?«

Annabel schaute ihn unter gesenkten Lidern an. »Über das Haus natürlich. Was sollte ich denn von den Bewohnern träumen?«

»Ja, was? Pure Einbildung von mir. Aber ich hoffte, du würdest von mir träumen.«

Die Bibliothek war wie ein Schock für Annabel. Sie war klein, voll gestopft und befand sich in einem totalen Chaos. Die Bücher lagen unordentlich in den Regalen, und jemand hatte eine kleine Leiter zurückgelassen. Der Teppich, früher sicher mal eine Pracht, war abgetreten, im Sofa sah sie Löcher, und über die Sessel hatte man Löwenfelle – komplett mit den Köpfen – geworfen.

In der Mitte dieses Durcheinanders sah Lady Corbett-Wynne völlig fehl am Platz aus. Sie trug ein blassblaues Abendkleid aus seidenem Organza mit einem breiten Kragen und engen langen Ärmeln und breiten Manschetten, die zurückgeschlagen waren. Ein schmaler Gürtel betonte ihre schlanke Gestalt. Der Rock hing in langen Falten bis auf den Boden.

Ihr Schmuck war auf ein Smaragdhalsband und den Gürtel aus Smaragden und Diamanten beschränkt. Ihr Haar war streng nach hinten gezogen und wurde auf dem Hinterkopf von einer mit Diamanten besetzten Spange gehalten.

»Eigentlich müssten Binsen den Boden bedecken«, flüsterte Crispian in Annabels Ohr. »Findest du nicht auch, dass sie wie aus einem Historienschinken aussieht?«

»Ich finde, sie sieht wunderbar aus«, wisperte Annabel wahrheitsgemäß und fragte sich, was diese zurückgezogene, aristokratisch aussehende Frau mit diesem schwerfälligen, rotwangigen Mann gemeinsam haben konnte, der neben ihr stand und offenbar die Aufmerksamkeiten der weiblichen Pferdepflegerinnen genoss.

»Wo ist Tania?«, fragte Lady Corbett-Wynne streng.

»Keine Ahnung«, antwortete Crispian. »Ich dachte mir, ich sollte Annabel mitbringen, denn niemand hatte ihr gesagt, wo wir uns treffen.«

»Das war sehr gut bedacht von dir, mein Sohn«, sagte sein Vater, der einen unfreundlichen Seitenblick auf seine Frau warf. Dann ging er auf Annabel zu und streckte seine Hand aus. »Wir haben uns noch nicht kennen gelernt. Lord Corbett-Wynne, der Herr des Hauses, das Sie auseinandernehmen wollen.«

»Ich hoffe, dass Sie das nicht wirklich glauben«, erwiderte Annabel. »Ihre Frau möchte, dass ich ihr beim Dekorieren einiger Zimmer helfe, aber ich würde nie etwas tun, um die Atmosphäre von Leyton Hall zu verändern.«

»Dann können Sie dieses Zimmer unangetastet lassen«, sagte er kurz angebunden. »Das ist mein Lieblingsort. Hier kann ein Mann ausruhen und nachdenken.«

»Ich wusste nicht, dass du das oft machst, Pa«, sagte Crispian lachend. »Annabel, was kann ich dir zu trinken bringen?«

»Sherry, bitte.«

Er durchquerte den Raum zum Getränkeschrank, der wie ein altes Grammophon aussah, hinter dessen Türen aber ziemlich viele Flaschen sichtbar wurden. »Irgendeinen bestimmten Sherry?«

»Amontillado, wenn es möglich ist.«

»Mit Getränken sind wir gut eingedeckt, nicht wahr, Stiefmama?«

Lady Corbett-Wynne errötete. »Ich weiß das nicht. Dein Vater ist der Trinker in diesem Haus.«

»Schade genug, dass du nicht mehr trinkst«, gab ihr Mann zurück. »Alkohol würde dich vielleicht ein bisschen lockerer machen.«

Seine Frau bedachte ihn mit einem eisigen Blick, aber in diesem Moment öffnete sich die Tür, und das Dienstmädchen kündete die Ankunft von Sir Matthew Stephens an.

Mit dem Sherryglas in der Hand, drehte sich Annabel um und warf einen ersten Blick auf den Gast zum Dinner. Sie fühlte, dass ihre Halsschlagader pulsierte.

Sie hatte keine Ahnung, warum. Er war im klassischen Sinne nicht gut aussehend, und seine braunen krausen Haare wiesen die ersten Silberfäden auf. Aber sein Gesicht war gebräunt und zerklüftet, und er strahlte eine Kraft und Männlichkeit aus, die sie fast unwiderstehlich fand. Als er auf Lady Corbett-Wynne zuging und sie begrüßte, streifte er Annabels Kleid, und einen kurzen Moment sah er sie an. Seine grauen Augen zeigten keinen Ausdruck, aber als er dann kurz lächelte, fühlte sie sich – lächerlich, wirklich – erfreut. Wie ein Kind, das ein unerwartetes Geschenk erhält.

Crispian beobachtete Annabel genau. Er erkannte die Zeichen körperlicher Hingezogenheit sofort, und obwohl überrascht, denn er konnte nichts Besonderes an dem Mann finden, hatte er Gerüchte über den Erfolg des Sirs bei Frauen gehört, und Annabels Reaktion verdeutlichte ihm, dass diese Geschichten wahrscheinlich wahr waren.

Matthew selbst nahm Annabel bei der ersten Begrüßung kaum wahr, denn er war viel mehr an Lady Corbett-Wynne interessiert. Ihre delikate Erscheinung faszinierte ihn, ebenso ihr kühles Äußere, das sie der Welt präsentierte. Da er einer Herausforderung nie aus dem Wege ging, fühlte er sich von ihr angezogen. Es musste eine besondere Aufgabe sein, ihren Widerstand zu brechen und sie einzufangen, damit er ihren schlanken Körper gegen seinen pressen konnte.

Er wollte die abweisende Fassade brechen, die sie offenbar als Schild gegen alle Männer einsetzte. Das zu erreichen würde ihm starke Befriedigung bringen. Und wenn er Frauen richtig einschätzen konnte, würde es auch für sie ein köstliches Vergnügen sein.

Nichts von diesen Gedanken wurde bei der höflichen Begrüßung sichtbar, aber er sah ihr länger in die Augen, als nötig gewesen wäre, und als man ihm einen Drink gereicht hatte, blieb er näher bei ihr stehen, als sie vermutet hatte.

Trotz ihres ruhigen, gelassenen Eindrucks erlebte Lady Corbett-Wynne ähnliche Gefühle wie Annabel, aber sie erkannte sie nicht und fragte sich, ob sie krank war. Ihr Magen drehte sich auf eine unangenehme Weise, und ihr Mund war seltsam trocken.

»Leider hat sich meine Tochter ein wenig verspätet, Sir Matthew«, entschuldigte sie sich beim Gast. »Das ist eine Schwäche von ihr.«

Er lächelte. »Ich habe Ihre Tochter einige Male beim Ausreiten gesehen. Einem Mädchen, das so attraktiv ist, vergibt man sofort jede Verspätung.«

»Unglücklicherweise verlässt sie sich darauf«, gab die Gastgeberin zurück. »Ich habe versucht, ihr Manieren beizubringen, aber sie glaubt nicht, dass sie im Leben wichtig sind.«

»Du solltest deine Zeit nutzen, ihr Moral beizubringen«, knurrte Lord Corbett-Wynne.

Seine Frau wandte ihm ruckartig den Kopf zu. »Crispian hat solche Lehrstunden nicht nötig, was?«

Bevor er etwas erwidern konnte, öffnete sich die Tür, und Tania betrat die Bibliothek. Was für ein Auftritt, dachte Annabel. Sie war sehr geschickt geschminkt, die Augen mit Lidschatten und die Lippen mit dem Stift zu einem attraktiven Amorbogen geschwungen.

Aber es war das Kleid, das allen Anwesenden den Atem raubte. Es war rubinrot und schien die helleren Strähnen ihrer Haare zu treffen, die sie für den Abend streng nach hinten gezogen hatte. Der altmodische Glanz ihres klassisch geschnittenen Kleids mit einer diamantenen Spange und Nackenband war überwältigend.

Aber Lady Corbett-Wynne ignorierte die Wirkung, die ihre Tochter bei den Anwesenden ausgelöst hatte. »Du bist spät dran«, sagte sie kalt.

»Entschuldige, Mutter«, antwortete Tania, aber ihre Stimme ließ erkennen, dass ihr nicht nach Entschuldigung zumute war. »Es dauerte eine Ewigkeit, die Haare zu waschen und zu baden; jemand hatte das heiße Wasser verbraucht – wie immer. Ich finde, du solltest dich um die sanitäre Installation in diesem Haus kümmern, bevor du mit der Dekoration anfängst.«

»Nun, da du jetzt da bist, möchte ich dich gern unserem Gast vorstellen …«

»Wir kennen uns schon«, unterbrach Tania.

»Woher denn?«, wollte ihre Mutter wissen.

»Beim Ausreiten. Stimmt das nicht, Sir Matthew?«

Annabel fiel auf, dass Sir Matthew zwar nickte und lächelnd zustimmte, dass er Tania aber nicht so überschwänglich begrüßte, wie man es hätte erwarten können. Er wandte sich wieder der Mutter zu.

Das behagte Tania absolut nicht. »Himmel, ich könnte einen Drink gebrauchen. Bietet mir niemand was zu trinken an?«

»Das Essen wartet«, verkündete ihr Stiefvater. »Wir haben alle auf dich gewartet.«

»Ich bin sicher, dass wir noch fünf Minuten warten können, bis ich rasch einen Gin gekippt habe. Crispian, sei ein Schatz und schenk mir einen ein, ja?«

»Wie könnte ich dir das verweigern?«, fragte er mit einem schiefen Lächeln. Sein Vater und die Stiefmutter schauten sich kurz an, und Annabel fragte sich, ob sie wussten, wie nahe sich die Kinder wirklich standen.

»Auch wenn Sie meine Stiefschwester schon kennen, hat bestimmt niemand Sie unserem Gast Annabel vorgestellt«, murmelte Crispian, während er Tanias Gin einschenkte.

»Wie unhöflich von mir«, sagte seine Stiefmutter und wandte sich der wartenden Annabel zu. »Sir Matthew, ich möchte Sie Annabel Moss vorstellen. Sie arbeitet für David Crosbie und kommt mit einer grandiosen Empfehlung von ihm. Sie haben bestimmt schon von David gehört?«

»Großer Gott, natürlich. Vor ein paar Jahren habe ich ihn kennen gelernt. Wir haben uns in denselben Kreisen bewegt, aber dann bin ich umgezogen. Seit mehr als drei Jahren habe ich ihn nicht mehr gesehen. Lebt er noch mit Martin zusammen?«, fragte er Annabel, als er ihre ausgestreckte Hand drückte.

»Ja, sie sind noch zusammen«, sagte sie leise und hoffte, dass er nicht spürte, wie ihre Hand in seiner zitterte. Es war absolut lächerlich, und sie wusste nicht, was mit ihr los war, aber sie wollte nichts sehnlicher, als mit diesem Mann ins Bett zu gehen und seine kräftigen, kundigen Hände auf ihren Brüsten, Schenkeln und Pobacken zu spüren. Sie hatte schon von sofortiger körperlicher Anziehung gehört, aber nie daran geglaubt. Ärgerlich war nur, dass er ganz offensichtlich nicht so fühlte.

»Gut. Welche Pläne haben Sie mit Leyton Hall?«

»Ich weiß es noch nicht. Ich bin erst an diesem Nachmittag eingetroffen, und obwohl Lady Corbett-Wynne und ich schon einiges erörtert haben, ging es nur um Anhaltspunkte. Wir sind noch nicht konkret geworden.«

»Ich bin sicher, dass Ihr Geschmack untadelig sein wird«, antwortete Sir Matthew, dann wandte er sich von Annabel ab und sprach wieder mit der Gastgeberin.

»Was für ein Pech«, flüsterte Crispian, als er hinter Annabel herging. »Es sieht so aus, als interessierte er sich nur für ältere Frauen.«

Annabel errötete, entsetzt darüber, dass jemand erkannte, wie es um sie stand.

»Kommen Sie doch mit«, sagte Lord Corbett-Wynne ärgerlich. »Ich habe Hunger, und Susan hat uns schon vor zehn Minuten gesagt, dass sie uns zum Essen erwartet.«

»Tut mir leid, Stiefpapa«, sagte Tania schleppend. Sie gingen alle auf die Tür zu.

Das Esszimmer war groß und dunkel. Alte Familienporträts verliehen den Wänden Glanz, und die gedämpften Lichter über dem dunklen Mahagonitisch kamen aus marineblauen Lampenschirmen, mit goldenen Bändern verziert.

Annabel fand sich zwischen Lord Corbett-Wynne und Sir Matthew wieder, worüber sie froh war. Tania und Crispian saßen ihr gegenüber.

Das Tischtuch aus Damast war makellos weiß, und die Kristallgläser glänzten. Das Besteck mit pistolenähnlichen Griffen stammte aus dem achtzehnten Jahrhundert, eine wunderbare Bereicherung des herrlich gedeckten Tischs.

Kleine Vasen mit Freesien standen in der Tischmitte und verbreiteten ihren Duft, der den modrigen Geruch, der überall in Leyton Hall gegenwärtig schien, überlagerte.

Der erste Gang war köstlich; Räucherlachs in Safranaspik, dazu wurde ein vorzüglicher Chablis gereicht. Annabel musste feststellen, dass die Nähe von Sir Matthew zu ihrer Rechten offenbar ihren Appetit gezügelt hatte, und so musste sie sich den leichten Fisch hineinzwingen.

»Dann erzählen Sie mir doch mal, was Sie von meinem Haus halten«, sagte Lord Corbett-Wynne, als Sir Matthew sich leise mit der Frau des Lords unterhielt. »Gefällt es Ihnen?«

»Es hat einen hervorragenden Charakter«, sagte Annabel offen und ehrlich. »Ich möchte die Atmosphäre unter allen Umständen erhalten. Ich stelle mir gedämpfte Farben vor, auch für die Stoffe, die man künstlich altern lassen kann. Alles, was zu neu aussieht, würde sich mit dem Vorhandenen beißen.«

»Gefällt Ihnen Marinas Westflügel?«, fragte er abrupt.

»Ich mag den französischen romantischen Stil«, sagte sie vorsichtig, »aber es kommt auf die jeweiligen Räume an.«

»Nun, sie scheint in ihren Räumen glücklich zu sein. Sie ist eine romantische Frau. Sie auch?« Er kam mit seinem Gesicht immer näher an Annabels.

»Ich glaube nicht«, meinte Annabel, die alles außer Romantik empfand, was ihr sexuelles Verlangen nach Sir Matthew ging, das ihre ganzen Gedanken beschäftigte.

»Freut mich zu hören. Romantik ruiniert alles. Sie ist keine körperliche Frau, müssen Sie wissen«, fügte er mit leiserer Stimme hinzu. »Ich dagegen bin sehr körperlich veranlagt. Ich habe Bedürfnisse, wenn Sie wissen, was ich meine.«

Sie erinnerte sich an die Kommentare seines Sohns und

wusste sehr gut, was der Lord meinte. Aber sie hielt ihr ausdrucksloses Gesicht bei und antwortete nicht.

»Ein Mann braucht ab und zu jemanden, der sein Bett wärmt«, fuhr der Gastgeber beharrlich fort. Er langte mit einer Hand unter das Tischtuch und drückte fest ihr linkes Knie.

Annabel schaute am Tisch entlang zu Lady Corbett-Wynne, aber sie war noch in das intime Gespräch mit Sir Matthew verstrickt und nahm sonst niemanden am Tisch wahr. Als Annabel ihre Beine seitlich bewegte, stieß ein Fuß gegen Sir Matthews'. Obwohl er den Blick auf die Gastgeberin gerichtet hielt, spürte Annabel, dass er den Druck sanft erwiderte.

»Nicht verlobt?«, fragte Lord Corbett-Wynne, leerte sein Glas Chablis und schenkte sich gleich nach, bevor das wartende Dienstmädchen eingreifen konnte.

»Nein«, sagte Annabel mit einem höflichen Lächeln. »Ich glaube, ich bin zu wählerisch.«

»Das geht nicht, das geht überhaupt nicht! Es ist erstaunlich, aber eine hohe Zahl der Frauen, mit denen ich im Bett war, hat sich außergewöhnlich gut entwickelt, sobald sie auf den Geschmack gekommen waren. Seien Sie auf Abenteuer aus, meine Liebe, das ist der beste Rat, den ich Ihnen geben kann.«

Auf der anderen Tischseite schaute Crispian zu Annabel und grinste. »Ignoriere ihn; er hofft nur, dass du dich für einen reifen Mann entscheidest. Stimmt das nicht, Pa?«

Annabel rutschte unruhig auf ihrem Sitz herum, besorgt um Lady Corbett-Wynne.

Crispian begriff ihre Sorge. Er beugte sich über den Tisch und hätte beinahe eine Vase mit Freesien umgeworfen. »Mach dir um Stiefmama keine Gedanken. Ihr ist völlig egal, was er treibt, solange er sie in Ruhe lässt. Außerdem scheint es ihr endlich einmal gut zu gehen bei einem Essen.«

Das bemerkte Annabel auch. Sie bedauerte nur, dass ausgerechnet der Mann für Lady Corbett-Wynnes Wohlergehen verantwortlich war, der auch ihren Puls zum Rasen brachte.

Der zweite Gang bestand aus einem leicht zerkochten Fasan, der mit Pastinaken, Karotten und dünnen Kartoffelchips serviert wurde. Das Gemüse war nicht gar, und Annabel konnte nur wenige Gabeln zum Mund führen.

»Kein Hunger?«, fragte Sir Matthew, als die Teller eingesammelt wurden.

»Nein, eigentlich nicht.«

»Sie sollten mehr Bewegung haben. Sind Sie von Natur aus so blass, oder liegt es an Ihrer Gesellschaft?«, fragte er lächelnd.

»Ich bin immer sehr blass. Farbe kommt nur in meine Wangen, wenn ich Fieber habe.«

Er betrachtete sie eine Weile, dann sagte er: »Ich wette, ich könnte Farbe in Ihr Gesicht bringen, ohne Sie dabei krank zu machen.«

Annabel wusste, dass es ihm gelingen würde; sie wünschte, er würde eine Hand auf ihr Knie legen, wie der Lord es eben getan hatte. Aber er tat es nicht und gab sich damit zufrieden, eine Hand auf Annabels Arm zu legen. »Sie müssen sich auch mein Haus ansehen, bevor Sie zurückreisen. Einige der Räume im Erdgeschoss befinden sich in einem miserablen Zustand. Da würde ich mir gern Ihren Rat einholen.«

»Mit Vergnügen«, sagte Annabel. »Ich werde hier mindestens drei Wochen brauchen, es herrscht also keine Eile.«

»Nun, warten Sie nicht bis zum letzten Augenblick. Vielleicht brauchen wir etwas Zeit, um die Dinge zu diskutieren«, sagte er leise. Dann glitten seine Finger tiefer, den Arm entlang und dann über ihre Hand, bevor er den Löffel für das Dessert in die Hand nahm.

Danach verbrachte er den Rest des Essens damit, seine Gastgeberin zu unterhalten. Annabel fragte sich, während sie immer anzüglichere Bemerkungen des Gastgebers abwehren musste, ob die Familie sich immer auf diese fast peinliche Weise verhielt, oder ob die Anwesenheit von Sir Matthew irgendwas verändert hatte.

Nach vorzüglichen gebackenen Feigen taten sich die Männer am Stilton und Port gütlich. Annabel setzte sich zurück und nippte am Dessertwein. Sie merkte sich den Namen und nahm sich vor, David dafür zu begeistern.

Endlich war das Essen beendet, und sie zogen sich zum Kaffee in die Bibliothek zurück, aber man konnte den Eindruck haben, dass der Abend sich langsam dem Ende zuneigte. Tania schaute immer wieder auf ihre Uhr.

»Was ist denn los?«, flüsterte Crispian, als er hinter ihr vorbeiging. »Langweilst du dich?«

»Ein bisschen. Mutter hat sich an Sir Matthew rangeworfen, und du hast kaum ein Wort mit mir geredet«, zischte sie.

»Was soll ich denn in Pas Gegenwart machen? Du weißt doch, wie er über uns denkt. Aber ich will dir einen Vorschlag machen. Wir gehen nachher hinüber zu den Ställen und feiern eine ganze andere Art von Party.«

Tanias Augen strahlten. »Mir fällt noch was Besseres ein – warum versuchst du nicht, unseren Hausgast mitzunehmen? Wir wollen nach den Pferden sehen. Sie ist schon ziemlich scharf geworden. Ich glaube, Sir Matthew hat es ihr angetan. Sie vergnügt sich vielleicht sogar mit sich selbst, wenn wir erst einmal anfangen, und dann überreden wir sie, einfach mitzumachen.«

Crispian sah sie verblüfft an. »Ist das klug? Was ist, wenn sie etwas zu deiner Mutter sagt?«

Tania schürzte die Lippen. »Du hast doch keine Angst, oder? Was kann sie schon sagen? Dass sie bei einem Dreier mitgemacht hat und glaubt, dass Mama das wissen sollte?«

Crispian fühlte seine Erregung steigen, aber so war es immer mit Tania. Sie schien absolut keinen Selbsterhaltungstrieb zu haben, und manchmal fragte er sich besorgt, was aus ihnen werden würde.

»Mach schon«, drängte Tania ihn. »Das wird lustig.«

»Okay«, sagte er, »überlass es mir. Du gehst in zwanzig Minuten voraus und fängst mit den Vorbereitungen an. Ich bringe sie dann später mit, und wir begegnen uns rein zufällig.«

Tania lachte aufgeregt. »Himmlisch.«

»Crispian, ich dachte, du holst uns noch eine Flasche Port«, sagte sein Vater. Man sah ihm an, dass er verärgert war.

Crispian schaute Annabel an und lächelte. »Tut mir leid, Pa, habe ich glatt vergessen. Annabel, komm mit, ich zeige dir unseren Keller.«

»Annabel braucht den Weg in den Keller nicht zu kennen«, wandte Lady Corbett-Wynne scharf ein. »Ich bin sicher, dass sie kein Interesse daran hat.«

Annabel hatte tatsächlich keine Lust auf Keller, aber das Blut, das in ihren Adern rauschte, kam Crispian zugute, denn es war offensichtlich, dass Sir Matthew sich auf die Gastgeberin konzentrierte und nicht auf den Hausgast.

Als Tania schließlich aus dem Zimmer schlüpfte, bemerkte das nur ihr Stiefvater, und er stieß erleichtert einen Seufzer aus. Sie verunsicherte ihn. Normalerweise hätte er ihre offene Sinnlichkeit hoch erotisch gefunden, aber weil sein Sohn wie verrückt nach ihr war, obwohl er sich eine wohlhabende

Frau suchen sollte, die zu ihm passte, sah er ihre Reize in einem anderen Licht.

Außerdem, ahnte er, würde sie nicht die Art Sex mögen, die er bevorzugte. Ihr fehlte die zierliche Verlockung, die er bei ihrer Mutter gesehen hatte. Wenn es nach ihm ginge, würde er zusehen, dass sie schnell heiratete, aber zu seiner Verärgerung war seine Frau strikt dagegen und stand auf dem Standpunkt, ihre Tochter nicht in den Fehler treiben, den sie begangen hatte.

Schließlich forderten die Aktivitäten des Tages und ein langer Abend mit viel Alkohol ihren Tribut, und Marina, die Sir Matthews Beschreibungen seines neuen Pferdes gespannt lauschte, obwohl sie noch nie ein Interesse für die Pferde ihres Mannes gezeigt und das Reiten schon vor langer Zeit aufgegeben hatte, gähnte leicht hinter der vorgehaltenen Hand.

Sofort blickte Sir Matthew auf die Uhr. »Großer Gott, ist es schon so spät? Ich muss mich auf den Weg machen. Dank Ihnen beiden für einen wunderbaren Abend. Es ist lange her, dass ich einen Abend in so großartiger Gesellschaft verbracht habe.« Er nahm Lady Corbett-Wynnes Hand in seine und strich mit den Fingern über ihre Handfläche.

Sie zitterte ein wenig, zog die Hand aber nicht zurück, sondern lächelte nur höflich. »Wir haben den Abend auch genossen«, sagte sie warmherzig. »Leider haben wir nicht so häufig Gäste, wie wir sollten, aber vielleicht ändert sich das, wenn Leyton Hall erst einmal renoviert ist.«

»Wusste gar nicht, dass es was mit den Tapeten zu tun hat«, knurrte ihr Mann. »Ich dachte, du könntest alle meine Freunde nicht ausstehen.«

Sie Matthew sah mitfühlend zur Gastgeberin, und zugleich überlegte er, wie er am besten seinen nächsten Schritt unternehmen konnte.

»Sie müssen mal zu mir kommen, um sich den Wurf meiner Dalmatinerhündin anzusehen«, sagte er mit einem Lächeln. »Zwei der Welpen sind bereits vergeben, aber ich bin sicher, dass wir aus dem Rest noch einen finden, der zu Ihnen passt.«

»Stiefmama verabscheut Hunde«, sagte Crispian.

»Unsinn«, widersprach Marina. Ihre Hand fühlte sich noch warm an vom Druck von Sir Matthews Fingern. »Ich glaube, ein kleiner Hund mit schwarzen Flecken kann ganz süß sein.«

Ihr Mann lachte. »Ein kleiner Hund mit schwarzen Flecken! Gott, da hört man doch, dass sie nichts von Tieren versteht, nicht wahr?«

»Sie weiß, dass Dalmatiner schwarze Flecken haben«, sagte Sir Matthew gelassen. »Rufen Sie einfach an, Lady Corbett-Wynne. Gewöhnlich habe ich nachmittags nichts zu tun.«

»Das werde ich«, sagte sie leise. »Und bitte, sagen Sie Marina zu mir.«

Er nickte, und er wusste, wenn er behutsam genug war, würde er auf dem richtigen Weg zu einer befriedigenden Verführung gelangen.

Crispian strich mit einem Finger über Annabels nackten Rücken, bis hinunter zu ihrem Reißverschluss. »Wie wäre es mit einem Spaziergang?«, fragte er. »Ich könnte ein bisschen frische Luft gebrauchen, bevor ich ins Bett gehe.«

Annabel nickte, wünschte eine gute Nacht und folgte ihm einen Flur entlang und dann durch einen Seitenausgang auf den Hof. Zufrieden atmete sie die kühle Abendluft ein, aber dann schüttelte sie sich. Der Kontrast zur Bibliothek, wo ein Holzfeuer im Kamin gebrannt hatte, war mehr als deutlich, und ihr Abendkleid war nicht dazu gemacht, sie zu wärmen.

»Hier, wirf das über«, sagte Crispian und legte ihr sein Jackett über die Schultern. Sie schlang es fest um sich, und nebeneinander schritten sie über den Pfad mit den Kieselsteinen zu den Ställen.

»Hat dir der Abend gefallen?«, fragte er, und seine Stimme klang fröhlich.

»Es war gewiss ein interessanter Abend«, meinte Annabel. »Aber manchmal wusste ich nicht, welche Hand auf meinem Knie lag.«

»Ich bin fast sicher, dass es die Hand von Pa war. Sir Matthew sieht nicht aus wie ein Grabscher. Seine Annäherungen sind viel subtiler. Die meisten Frauen hielten ihn für einen gut aussehenden Mann.«

»Ziemlich attraktiv«, stimmte Annabel zu, und ihr Herz pochte bei dem Gedanken, wie er wohl im Bett sein würde. Seine Hände auf ihren Brüsten, sein Mund auf ihrem.

Sie erreichten die Ecke des Stallblocks, und hier drehte sich Crispian um, und Annabel stand plötzlich mit dem Rücken zur Stallmauer, und er stand direkt vor ihr und stützte sich oberhalb ihrer Schultern mit den Händen an der Mauer ab.

»Du sahst heute Abend verdammt attraktiv aus«, sagte er heiser und beugte den Kopf ihrem Mund entgegen.

Obwohl es Sir Matthew war, der ihr sexuelles Bewusstsein geweckt hatte, fand sie Crispian ebenfalls attraktiv, und als sein Mund ihre Lippen berührte, registrierte sie, dass sie sofort reagierte.

Langsam nahm er ihr sein Jackett wieder ab und strich mit den Händen ihren Rücken hinunter. Er presste sich dicht an sie, und ihre Hüften ruckten gegen seine Oberschenkel. Er fuhr mit den Händen über ihre nackten Schultern, dann die Arme hinunter und über ihre Hüften. Die ganze Zeit küsste er sie langsam und sinnlich, bevor er den Mund zu der empfindlichen Stelle hinter ihren Ohren brachte und an ihren Hals.

»Gehen wir zu einem der leeren Ställe«, sagte er schließlich und löste sich aus der Umarmung.

Annabel folgte bereitwillig, denn sie brauchte plötzlich mehr als Küsse und ein paar leichte Berührungen. Sie wollte intimen Kontakt, wollte Druck auf ihren Brüsten spüren und noch mehr eine geschickte Stimulierung zwischen ihren Schenkeln, wo sie feucht geworden war.

Der Stall roch nach Ledersätteln und frischem Stroh, aber das nahm Annabel kaum wahr. Crispian nahm eine Decke von einem Haken und breitete sie auf dem Stroh aus, bevor er Annabel sanft auf den Rücken legte. Er streifte ihr die Strümpfe ab, schob das Abendkleid hoch und kauerte zwischen ihren Beinen. Er senkte den Kopf zu ihren intimsten Stellen.

Sie trug ein winziges seidenes Bikinihöschen, und als Crispian die Zunge über den Stoff gleiten ließ, wäre es ihr beinahe sofort gekommen, so delikat waren seine Berührungen. Seine Zunge spielte um den Rand des Höschens herum, glitt in die Falten ihrer Schenkel und dann wieder über das schmale Seidendreieck, bevor er das Höschen mit den Fingern zur Seite schob, dann über die Hüften streifte und über Beine und Füße nach unten zog.

Annabel seufzte erregt, als sie spürte, dass er mit den Armen ihre Knie spreizte und er ihre Hüften mit den Händen packte, aber dann öffnete sie überrascht die Augen, als andere Hände Seilschlaufen um ihre Fußgelenke legten. Ihre Füße wurden nach außen gezogen, und ihre Beine waren weit geöffnet.

Sie wollte sich aufsetzen, und dabei sah sie Tania, die die

Seile an zwei in den Boden gerammten Holzstangen befestigte.

»Keine Sorge«, sagte das kastanienbraune Mädchen. »Keiner wird dir den Spaß verderben. Wir sind oft hier, und bisher sind wir noch nie gestört worden, nicht wahr, Crispian?«

»Lass mich gehen«, rief Annabel und schlug mit beiden Händen nach Crispian, aber er hielt ihr die Hände fest und legte die junge Frau wieder auf den Rücken.

»Fessle auch ihre Handgelenke, Tania. Ich muss mich konzentrieren.«

»Ihr könnt das nicht machen!«, rief Annabel.

»Natürlich können wir das. Und es macht Spaß, du wirst es erleben.« Tania legte das Seil um Annabels Handgelenke und befestigte die Enden um zwei Metallringe, die in die Stallwand eingelassen waren. »Na, bitte, meine schöne Annabel. Das haben wir auch erledigt. Aber wir hätten dir zuerst das Kleid ausziehen sollen.«

»Schneide die Träger durch«, sagte ihr Stiefbruder.

Annabel wollte protestieren und ihnen sagen, dass dies ein teures Kleid war, das sie nicht ruinieren durfte, aber dann senkte sich Crispians Kopf wieder über das Delta zwischen ihren nackten Schenkeln, und sie fühlte, wie seine Finger sie öffneten und wie seine Zunge in der Spalte auf und ab fuhr. Sie spürte, wie sie zu zittern begann.

Während er mit ihrer Pussy beschäftigt war, zerschnitt Tania die dünnen Träger von Annabels Kleid, ehe sie das Mieder von ihren Brüsten zog. »Hübsch«, sagte sie. »Nicht sehr groß, aber fest. Was meinst du, Crispian?«

Er wirbelte mit der Zunge um Annabels schnell anschwellende Klitoris, aber dann hob er den Kopf, um Annabels entblößte Brüste zu betrachten. »Sehr schön«, sagte er. »Lege ihr die Vakuumsauger an.«

Annabel begann sich gegen die Seile zu wehren, aber er schob eine Hand unter ihr Kleid, massierte ihren Bauch und verschaffte ihr auf diese Weise warme, schmelzende Sensationen, die ihre Angst überwanden und ihre Gedanken auf die herrlichen Gefühle zurückführten, die er in ihr auslöste.

Tania legte zwei Plastikschalen über Annabels Brüste und drückte auf die damit verbundenen Ballone. Sofort breitete sich ein seltsames, saugendes Gefühl in den Brüsten aus; die Blutzufuhr nahm zu, und Tania konnte beobachten, wie die sanften Rundungen der anderen Frau anschwollen und die Nippel sich hart aufrichteten.

Er wusste, was gerade über ihm geschehen war, deshalb schloss Crispian die Lippen fest um Annabels Klitoris und begann sie langsam in den Mund zu saugen. Für sie musste es sich so anfühlen, als arbeiteten die Vakuumsauger und seine Lippen synchron. Sie keuchte vor Erregung und fühlte, wie sich der ganze Bauch anspannte.

Ihre Schenkel zitterten unkontrolliert, und sie fühlte, wie die Oberschenkel gegen Crispians Gesicht drückten, während der Orgasmus sich näherte. Als Crispian das bemerkte, ließ der Druck seiner Lippen nach; die winzige Erhebung mit den zahlreichen Nervenenden gaben ihr eine solche Wonne, dass ihr Körper dem Höhepunkt entgegenstrebte.

Sie wimmerte frustriert, als er seine Bemühungen einstellte, und sie konnte nichts tun, weil ihre Hände gebunden waren.

»Da wärst du bald gekommen, was?«, fragte er.

»Ja«, presste sie atemlos hervor. »Warum hast du aufgehört?«

»Wir kennen ein Ratespiel, das wir gern spielen«, sagte Tania und löste einen der Sauger auf ihrer Brust. Mit den Fingerspitzen umkreiste sie die feste, geschwollene Halbkugel. »Wenn du das bestehst, darfst du kommen.«

Die Finger kreisten weiter, leicht und weich, sie schlossen sich um das feste Fleisch und neckten dann den schon schmerzenden harten Nippel. »Der Vakuumsauger hat dich geil gemacht«, fuhr Tania fort. »Ich glaube, ich setze ihn wieder an.«

Annabel stöhnte, halb vor Lust und halb vor Verzweiflung, denn die saugenden Sensationen der Schalen ließen ihren ganzen Körper wabern wie Gelee. Sie lechzte nach härten Stimulationen. Eine Hand schloss sich fest um ihre Brust und quetschte den Nippel hart. Es war der Griff, den Annabel so sehr liebte, was Tania aber nicht wissen konnte.

»Wolltest du etwas sagen?«, fragte Tania, als sie die Schale wieder auf die Brust legte.

»Nein«, murmelte Annabel.

Tania lachte und beugte sich über die andere Frau. Sie brachte den Mund ganz nahe an den Nippel heran und saugte ihn für einen Moment in den Mund, genauso kurz, wie ihr Stiefbruder eben Annabels Kitzler in den Mund genommen hatte. »Da, das gefällt dir doch, nicht wahr?«

Annabel seufzte. Es war perfekt, genau das, was sie brauchte, und ihr ganzer Körper begann zu beben. »Oh, nein, ich glaube, das war schon zu viel«, murmelte Tania, hob den Kopf und legte die Schale wieder auf die Brust. »Ich darf doch das Spiel nicht verderben.«

Crispian hob Annabels Po ein wenig vom Stroh, damit er mit der Zungenspitze über den delikaten Bereich zwischen den Öffnungen streichen konnte. Annabel stockte vor Überraschung der Atem und ließ sich von den unglaublichen Sensationen vereinnahmen. Nach ein paar Augenblicken ließ er sie wieder aufs Stroh sinken, und seine Zunge schlüpfte in ihr Geschlecht; er drehte sie nach oben, bis die Spitze leicht über das Gebiet in der Nähe ihres G-Punkts lecken konnte.

Annabel spürte, wie ihre Beine wieder zu zittern begannen, und sofort hörte er auf, krallte beide Hände in ihre Pobacken und setzte sich neben sie.

»Annabel, ich zeichne mit der Zunge einige Buchstaben auf deinen Körper. Du musst herausfinden, was für ein Buchstabe es ist. Ich werde sechs Buchstaben mit meiner Spucke malen, und wenn du alle sechs richtig geraten hast, kannst du deinen Orgasmus haben.«

»Wo wirst du sie malen?«, flüsterte sie.

»Hier natürlich.« Seine Zunge glitt an ihrer nassen Spalte auf und ab, und zugleich bewegte sich seine Hand zu ihrem Unterbauch und begann ihn sanft zu massieren, bis hinunter zu ihrer Pussy. Wegen ihrer steigenden Erregung hatte sich Annabels Klitoris hinter die schützende Kapuze zurückgezogen, aber er wusste, dass seine Massage sie wieder hervorlocken würde. Tatsächlich brauchte er nur ein paar Momente, ehe sie sich erneut zeigte. Er stieß mit der Zungenspitze leicht gegen den Stamm und brachte die gefesselte Frau zum Jammern und Stöhnen.

»Härter«, bat Annabel ihn. »Stoß härter dagegen!«

»Noch nicht. Warte, bis das Spiel vorbei ist. Sage mir jetzt, welcher Buchstabe das ist.«

Während seine Zunge die nassen Umrisse eines Buchstabens auf ihr heißes, pulsierendes Fleisch malte, entfernte Tania die beiden Vakuumsauger und nahm ein paar Strohhalme in die Hand. Damit strich sie über die empfindsamen Brüste und manchmal auch über die harten Nippel. Bei jeder Berührung mit dem Stroh schoss die Erregung durch Annabels Körper. Sie wurde von Crispians Malkünsten abgelenkt.

Sie fand es fast unmöglich, das Muster nachzuvollziehen, das seine Zunge auf ihren Leib malte, denn alles war so erregend, und sie konnte sich nur auf die steigende Lust konzentrieren und auf den kaum aushaltbaren Druck, der sich tief in ihrem Bauch aufbaute.

»Komm schon, Annabel. Was war das?«, fragte Crispian nach einer Weile.

»Ein ›A‹?«, fragte Annabel, die aber nicht wirklich eine Ahnung hatte.

»Falsch. Jetzt ist eine Strafe fällig.«

»Von Strafen hast du nichts gesagt«, rief sie.

»Das muss ich vergessen haben. Tania, was soll es sein?«

»Der Klitorisring«, sagte Tania.

Crispian lachte aufgeregt. »Hervorragend. Hast du ihn dabei?«

»Natürlich«, murmelte Tania, trennte sich von Annabels Brüsten und rutschte hinunter zu ihrem Stiefbruder. Sie reichte ihm einen kleinen Kupferring und küsste Crispians Nacken, bevor sie mit den Händen über seine Hose strich. »He, he«, sagte sie, »du scheinst ja nicht weniger scharf zu sein als Annabel.«

»Sie ist wunderbar«, murmelte er. »Und vergiss nicht, wir werden sie drei Wochen lang für uns haben.«

Am liebsten hätte Annabel sie beide angeschrien. Ihr ganzer Körper wartete verzweifelt auf die Erlösung. Sie erregten sie, sie bereiteten ihr Lust, sie spielten mit ihr wie mit einem verwöhnten Schoßhündchen, aber sie weigerten sich, ihr das Einzige zu geben, was sie so dringend benötigte – und sie konnte nichts dagegen tun. Und wenn sie glaubten, dass sie bereit wäre, sich in diesen drei Wochen noch einmal mit ihnen abzugeben, mussten sie verrückt sein.

»Öffne sie«, sagte Crispian.

Tanias kühle Hände spreizten Annabels Labien, dann

kehrte Crispians Hand zu ihrem geschwollenen Bauch zurück, und er wiederholte die massierenden Bewegungen. Sobald sich die Klitoris wieder zeigte, leckte er über den Kupferring, dann schob er ihn über die erigierte Masse der Nervenenden, bis er fest saß, unverrückbar während Annabels Erregung; ein ideales Ziel für jede Stimulierung, die ihm oder Tania im Laufe des Abends noch einfallen würden.

»Diesmal benutze ich nur einen Strohhalm«, sagte Tania.

Annabel fühlte ein köstliches Prickeln, als die andere Frau mit einem dünnen Strohhalm sanfte Linien um die Klitoris beschrieb. Ganz langsam zog sie den Halm nach oben, dann steckte sie den Finger in den Mund und presste ihn auf die Knospe.

Annabel wand sich und bäumte sich auf; sie versuchte, den listigen Attacken zu entkommen, die mit jeder Sekunde ihre Leidenschaft vergrößerten. Tania ließ nicht nach, aber sie bewegte ihren Finger nicht mehr.

»Pass auf«, mahnte Crispian seine Stiefschwester, »sie ist fast wieder am Ziel.«

»Lass mich kommen!«, rief Annabel, die sich nicht länger darum scherte, wer sie hören könnte. »Drück nur noch einmal mit dem Finger zu, mehr braucht es nicht! Nur noch einmal ein bisschen Druck ...«

»Tut mir leid, es fehlen noch sechs Buchstaben«, sagte Tania kühl.

Annabel nahm sich vor, ihre ganze Konzentration auf Crispians geleckte Linien zu legen und Tanias Hände zu ignorieren, die Öl oder etwas Ähnliches auf ihren überstimulierten Brüsten zu verreiben begannen, womit sie Sensationen auslöste, die ihren ganzen Körper umfingen.

»Das ist ein ›D‹«, rief Annabel.

»Sehr gut, das ist richtig«, beglückwünschte Crispian sie. Er gab ihr einen Kuss auf den Unterbauch und presste den Mund auf ihre Haut, während er mit einer Hand über die Klitoris im fest sitzenden Kupferring strich. Annabel fühlte, wie sich die Muskeln in ihrem Bauch zusammenzogen, und zugleich fühlte sie das große Anschwellen zum Orgasmus. Ihre Beine versteiften sich. Tania zog plötzlich heftig an Annabels Haaren, und der unerwartete Schmerz zerstörte den vitalen Moment. Wieder verflog der Höhepunkt, und diesmal war sie den Tränen nahe.

»Wir machen weiter«, sagte Crispian. »Nur noch fünf, und ich bin sicher, du wirst immer besser. Das ist bei allen so.«

Wieder begann er mit den Umrissen eines Buchstabens, und tatsächlich erriet sie ihn sofort, und auch die folgenden drei waren leichte Aufgaben für Annabel, sodass nur noch ein Buchstabe zu erraten blieb.

»Du lernst schnell«, lobte Crispian sie. »Diese Arbeit macht durstig, Tania. Hast du einen Wein da?«

»Hör jetzt nicht auf«, rief Annabel. Es war fast ein Schrei um Hilfe.

Er packte ihre Brüste mit den Händen, und sie erschauerte vor Lust, als seine kräftigen Finger sie massierten, wie sie es gern hatte. »Entschuldige, aber wir müssen die Aufgabe erschweren. Gieß den Wein über ihre Brüste, Tania. Nach den Vakuumsaugern fühlen sie sich ganz heiß an.«

Annabel spannte sich an, und dann wurde der eiskalte Chablis auch schon über ihre Brüste geschüttet. Zu ihrer Überraschung leckten Tania und Crispian jeweils über eine Brust. Ihre Münder und Zungen waren so unterschiedlich, dass ihr Lecken zu einer sinnlichen Erfahrung wurde, und Annabel konnte hören, wie sie vor Entzücken zu wimmern anfing.

Als ihre Brüste prall geworden waren, hörten Crispian und Tania auf, sie abzulecken. Er lehnte sich über die sich wild windende Annabel und fragte: »Soll ich dich jetzt losbinden? Du könntest zurück ins Haus gehen. Ich will nicht, dass du dich bei Pa beklagst, wir hätten dich gegen deinen Willen festgehalten.«

»Hör nicht auf«, bettelte Annabel, völlig verloren in den Sensationen, die Stiefbruder und Schwester bei ihr ausgelöst hatten. Es störte sie nicht länger, dass sie gefesselt war, die Beine gespreizt auf einem Bett aus Stroh. Selbst das leichte Kratzen der Decke auf ihrer nackten Haut trug noch zu ihrer allgemeinen Erregung bei.

»Dir gefällt also unser Spiel?«, setzte Crispian nach. Er starrte sie mit seinen blauen Augen an, als wollte er in ihre Gedanken eindringen.

»Ja, ja! Bitte, lass mich nicht so zurück!«

»Oh, Mann! Wer hätte gedacht, dass du so enthusiastisch reagierst! Ich sehe schon, dass wir drei aufregende Wochen vor uns haben«, sagte Crispian lachend, dann tauchte er zu Annabels Erleichterung wieder hinunter, den Kopf zwischen ihren Schenkeln.

Tania fuhr fort, Wein über die Brüste der anderen Frau zu schütten, aber jetzt ging es ihr mehr darum, die geschwollenen Halbkugeln in den Mund zu saugen, statt noch mehr Wein zu trinken. Annabel genoss das sanfte Beben, das durch ihre Adern schoss.

Crispian fuhr mit einem Finger langsam in Annabels nassen Kanal, und als der Finger von ihren Sekreten troff, schob er ihn vorsichtig in ihre Vagina. Er hörte, wie sie einen lustvollen Seufzer ausstieß.

Er beugte den Kopf, strich mit der Zunge um das Gewebe, das die eingefasste Klitoris umgab, und presste den Finger nach oben. Er hielt ihn gegen den G-Punkt gedrückt, während die andere Hand auf ihrem Bauch kreiste.

Als er spürte, dass sich ihre Bauchmuskeln zusammenzogen, erhöhte er noch den Druck des Fingers. Jetzt hörte er sie schneller atmen, und ihr Körper erreichte den Punkt ohne Wiederkehr.

Tania merkte, dass Annabel den Höhepunkt erlebte und schüttete noch etwas Wein über die Achselhöhlen der anderen Frau. Die kühle Flüssigkeit löste weitere Erschütterungen des Oberkörpers aus.

Annabel hatte das Gefühl, dass sich eine lange Kordel über ihren Körper zog; sie begann hinter der Klitoris, die in der Begrenzung durch den Kupferring heftig pochte, und führte zu ihren Brüsten. Die Kordel spannte sich immer mehr und zog die verschiedenen Sensationen dichter zusammen, während der heiße Druck zwischen ihren Schenkeln zu klopfen begann und sich ausbreitete.

Mit einer Hand, die sich auf ihren Bauch drückte und einem Finger, der den G-Punkt stimulierte, blieb Crispian jetzt nur noch eine Wohltat – er leckte den Stamm der Klitoris. Annabel bäumte sich gegen seine Hand auf.

»Oh, ja, ja, mach weiter so!«, rief sie voller Lust.

Er hatte nicht erwartet, dass sie beim Sex so laut sein würde, und er spürte schon lange, wie seine eigene Erregung wuchs. Er wartete, bis ihr Unterleib geschüttelt wurde, ihr Bauch anschwoll und ihr Atem nur noch hechelnd kam.

Jetzt erst erlaubte er seiner erfahrenen Zunge, über den Kopf der Klitoris zu streicheln, und in diesem Moment zuckte ein versengender Blitz der exquisiten Wonne durch Annabel. Ihr ganzer Körper wurde in den Orgasmus geschüttelt.

Sie hörte sich selbst vor Lust schreien, und sie fühlte, wie ihr Kopf auf dem Stroh hin und her ruckte. Arme und Beine wanden sich und zerrten an den Seilen, aber das spürte sie gar nicht, oder es machte ihr nichts aus. Sie war nur an diesem wunderbaren Orgasmus interessiert, an dieser einmaligen Explosion, der herrlichen Erlösung einer sorgsam kalkulierten sexuellen Spannung.

Es war der beste Höhepunkt, den sie je erlebt hatte. Irgendwann hatte sie während der raffinierten Spiele befürchtet, sie würde nie zum Orgasmus gelangen, aber jetzt zuckte sie noch in den köstlichen Nachwehen, bis sie schließlich erschöpft zur Ruhe kam.

»Ich hoffe, das hat dich ein langweiliges Abendessen vergessen lassen«, sagte Crispian, während er und Tania die Fesseln lösten.

Benommen erhob sich Annabel und stand etwas wacklig da. Sie lehnte sich gegen einen der Pfähle, denn ihre Beine schwankten noch. »Es war unglaublich«, sagte sie atemlos.

Crispian warf einen Blick zu Tania, die mit einem Nicken auf die unausgesprochene Frage antwortete. »Vielleicht leistest du uns später noch mal Gesellschaft?«

Sie dachte an die Erregung in dieser Nacht und an die unglaublichen Sensationen, die sie erlebt hatte – Annabel wusste, dass sie mehr davon haben wollte. »Das klingt gut«, sagte sie mit einem Lächeln.

Crispian betrachtete sie lange; sein Blick sprach Bewunderung und Wertschätzung aus. »Wir freuen uns aufs nächste Mal«, sagte er mit heiserer Stimme.

Als Annabel sich umdrehte, nahm sie gerade noch wahr, dass die beiden sich schon zu küssen begonnen hatten, doch zu ihrer Verwunderung empfand sie keine Eifersucht. Es spielte keine Rolle, was die beiden unternahmen. Zum ersten Mal in ihrem Leben hatte sie sexuelle Lust ohne emotionale

Bindung erfahren, und das wollte sie wenigstens noch einmal haben, bevor sie zurück nach Hause fuhr.

David Crosbie würde überrascht sein, wie gut sie sich mit den Bewohnern von Leyton Hall verstand, dachte sie mit einem Lächeln.

Viertes Kapitel

Am folgenden Morgen wachte Marina Corbett-Wynne auf und begriff, dass sie sich zum ersten Mal seit einigen Jahren glücklich fühlte. Einen Moment lang blieb sie einfach liegen und betrachtete das Bett, das mit Spitze aus dem achtzehnten Jahrhundert bedeckt war. Sie wollte das Gefühl noch eine Zeitlang auskosten. Dann versuchte sie es zu analysieren. Warum war sie nach all dieser Zeit jetzt glücklich? Noch während sie die Frage formulierte, kannte sie schon die Antwort, denn ein Bild von Sir Matthew Stevens baute sich in ihrem Kopf auf.

Er war ein gut aussehender Mann, aber sie hatte andere gut aussehende Männer kennen gelernt, die nicht diese Wirkung auf sie ausübten. Er hatte eine gute Figur und sah ein bisschen wild aus, aber das hatte auch mal auf ihren Mann zugetroffen, und selbst damals hatte sie nicht das für ihn empfunden wie für den Gast am gestrigen Abend.

Nein, dachte sie, nett, wie all das sein mochte, es hatte nichts damit zu tun, dass sie sich zu ihm hingezogen fühlte. Das lag an ihrem Gefühl, das ihr sagte, Sir Matthew verstünde Frauen. Sie war sehr sicher, dass er ihrem hungernden Körper das geben könnte, wonach sie so lange schon heimlich lechzte – wobei sie es für ziemlich ausgeschlossen hielt, dass es jemals einen erotischen Kontakt zwischen ihnen gab.

Bei diesen Gedanken strich eine Hand über ihren flachen

Bauch und verharrte kurz auf ihren Schamhaaren. Sie drückte leicht zu, dann ließ sie die Hand rotieren, bis sie eine fast vergessene kribbelnde Erregung erlebte, die unter der Hand begann. Verblüfft zog sie rasch die Hand zurück und lag mit den Armen über der Bettdecke da, schockiert von dem, was sie getan hatte.

Als das Dienstmädchen kam und Wasser in die Wanne ließ, ignorierte Marina die konventionelle Seidenbluse mit dem Faltenrock, das für sie ausgelegt worden war, und entschied sich für ein drapiertes Chiffonkleid in einem Eiskremrosa. Sie wusste, dass es ihr schmeichelte, und da Sir Matthew sie eingeladen hatte, sich an den Welpen zu ergötzen, wollte sie besonders gut aussehen.

»Haben wir kein Badeöl mehr?«, fragte sie, als sie über die blassen grauen Fußbodendielen ging und sich in die tiefe marmorne Badewanne mit den Klauenfüßen setzte. Vor den gegenüberliegenden großen Fenstern hingen helle meeresgrüne Vorhänge, die in breiten Falten hochgezogen waren, um das Licht hereinzulassen. Die Wände waren ebenso in Meergrün gehalten, mit einem weichen, gewundenen Schablonenmuster als Borde. Das Dienstmädchen gab das Öl ins Wasser und zog einen cremefarbenen Vorhang als Sichtschutz um die Wanne herum, dann ging sie hinaus.

Marina seufzte vor Freude. Sie liebte ihr Bad; es war ein Ort der Ruhe, und es gab nichts, was sie an ihren Mann, seine Pferde oder seine seltsamen Begierden erinnerte, weder Einrichtung noch Dekoration hatten etwas mit ihm gemeinsam. Als sie sich an den Harnisch erinnerte, der ihr die sexuelle Beziehung gleich von Anfang an vergällt hatte, schüttelte sie sich.

Ihr erster Mann war sexuell dominant in der Ehe gewesen. Als sie lernen sollte, ihren zweiten Mann an der Leine durch ein Zimmer zu führen, als wäre er ein Pferd, hatte sie schockiert reagiert, und schon nach wenigen Monaten war die ohnehin geringe sexuelle Anziehungskraft, die sie für ihn empfunden hatte, abgestorben.

Sie wusste Bescheid über seine Pferdepflegerinnen, aber solange er sie in seinem Wohnbereich beließ und solange niemand außerhalb der Familie etwas wusste, konnte sie damit leben. Die jungen Mädchen trugen dazu bei, ihn von ihrem Bett fernzuhalten. Doch obwohl sie ihren Mann nicht mehr haben wollte, erkannte sie jetzt, dass ihr Körper nicht bereit war, den Rest ihres Lebens zölibatär zu bleiben.

Mit vierundvierzig befand sie sich noch auf dem Höhepunkt ihrer Sexualität; sie musste nur jemanden finden, der sie wieder weckte. Sie konnte sich nicht gegen die Hoffnung wehren, dass Sir Matthew dieser Mann sein würde.

Als sie angezogen war, bat sie Annabel, sich das Musikzimmer, das Esszimmer und die Halle anzusehen, um anschließend Vorschläge für die Renovierung auszuarbeiten. Das Mädchen schien kompetent zu sein, wenn auch die Augen an diesem Morgen etwas klein zu sein schienen, doch die Renovierung von Leyton Hall stand ausnahmsweise nicht ganz oben auf Marinas Prioritätenliste.

»Ich gehe spazieren«, teilte sie ihrem Mann mit, als sie den Kopf durch die Tür der Bibliothek steckte und beim Anblick des Durcheinanders erschauerte.

Sein Kopf ruckte hoch. »Spazieren? Bist du krank?«

»Ich habe Beine«, sagte sie kühl. »Im Gegensatz zu dir nutze ich sie lieber zum Gehen als zum Reiten.«

»Das Erste, was ich höre«, knurrte er. »Außerdem hast du auch eine schlanke Taille, niedliche kleine Brüste und einen knackigen Arsch, aber du scheinst kein Interesse zu haben, sie zu nutzen.«

»Du bist unerträglich vulgär«, schimpfte Marina. »Bitte reserviere diese Sprache für deine Stallmädchen.«

Er errötete. »Was ist mit deiner Dekorateurin? Wer kümmert sich um sie?«

»Ich breche zu einem Spaziergang auf, nicht zu einer Auslandsreise. Wenn Annabel sich die einzelnen Zimmer angesehen hat, werde ich zurück sein, und wir können darüber reden.«

»Wie du meinst. Ich will nachher das neue Fohlen reiten und weiß noch nicht, ob ich zum Mittagessen zurück bin.«

»Ich nehme an, du sprichst vom neuen Pferd und nicht von Sandra, dem neuen Mädchen«, sagte seine Frau, und bevor ihm eine Replik einfiel, war sie gegangen.

Seufzend wandte er sich wieder dem Berg von Rechnungen zu. Es stand nicht gut um Leyton Hall. Er nahm sich vor, später wieder einmal mit Crispian zu reden. Er musste sich eine reiche Frau suchen. Sie brauchten dringend eine neue Bargeldspritze. Marinas Geld war so klug gesichert, dass man es nur mit ihrer ausdrücklichen Genehmigung anrühren konnte.

Er fand Trost bei dem Gedanken an den Ausritt mit Sandra; vielleicht würden sie irgendwo ein verschwiegenes Plätzchen finden.

Genau um diese Zeit ging seine Frau der Old Mill entgegen. Plötzlich hielt Sir Matthews Auto neben ihr an. Die Türscheibe surrte nach unten. »Auf dem Weg zu mir, Lady Corbett-Wynne?«

Sie fühlte ihr Herz schneller schlagen. »Ja. Als ich in die Nähe kam, fiel mir ein, ich könnte mir die fleckigen Welpen ansehen.«

Er wusste, es war kein Zufall, dass sie in der Nähe war,

denn es gab sonst kein Ziel in der Umgebung. Matthews Puls begann zu rasen. Er hatte nicht mit einer so schnellen Reaktion gerechnet, und er war froh, dass sein geplanter Geschäftstermin in London geplatzt war.

»Ich wollte nach London«, sagte er und wies auf den grauen Anzug, das hellblaue Hemd und die graue Krawatte. »Zum Glück haben sie mich angerufen, um den Termin abzusagen. Steigen Sie ein. Sie brauchen nicht zu Fuß zu laufen.«

Insgeheim dankbar, weil sie körperliche Anstrengungen nicht mochte, lächelte Marina ihn an. »Sie haben natürlich Recht, auch wenn es wegen des schönen Morgens schade ist.«

»Sie bekommen auf dem Rückweg noch genug frische Luft«, antwortete er und lächelte vor sich hin, als er ihren angewiderten Blick sah, der für einen Moment über ihr sonst so kontrolliertes Gesicht huschte. Seine Annahme war korrekt; sie war nicht wirklich eine Landfrau. Er führte sie ins Haus und wies die Haushälterin an, Tee und Kekse zu bringen. »Es sei denn, Sie wollen was Kräftiges?«, fragte er Marina.

Sie schüttelte den Kopf und wünschte, ihre Handflächen wären nicht so verschwitzt. »Tee ist genau richtig. Haben Sie Earl Grey?«

»Leider nicht. Seit ich allein bin, kommt es mir beim Tee nur darauf an, dass er heiß und kräftig ist.«

Marina lächelte ihn an. »Heiß und kräftig hört sich gut an«, sagte sie höflich, dann errötete sie, als ihr bewusst wurde, dass man sie auch missverstehen könnte.

Matthews Miene veränderte sich nicht; er fasste sie am Ellenbogen und führte sie zu einem breiten Sessel. Marina ließ sich in die Kissen sinken und sah sich um.

Es war ein schönes, gemütliches Zimmer. In einer Ecke

eine große, alte Standuhr, deren Ticken beruhigend wirkte. Drucke von Landschaften und Hunden dekorierten die Wände, während im offenen Kamin die Holzscheite auf den Abend warteten. Vasen mit frischen Blumen standen auf beiden Tischen, und auf den zwei Fensterbänken drängten sich die Zimmerpflanzen, die offenbar gut gediehen. Marina fragte sich, ob Matthew sich mit seinen feinen, langen Fingern darum kümmerte oder ob die Haushälterin dafür verantwortlich war.

Matthew saß ihr gegenüber entspannt auf dem Sofa, die Beine überkreuzt. Er sah ihr lächelnd in die Augen. »Nach dem Tee schauen wir uns die Welpen an. Ich fürchte, sie sind noch nicht so weit, die Mutter zu verlassen.«

Marina schüttelte den Kopf. »Natürlich nicht. Ich weiß nicht einmal, ob ich einen nehmen soll. Ich meine, wir haben schon so viele Hunde ...«

»Sie sind schön anzusehen«, sagte er leise.

Die Haushälterin brachte das Tablett mit dem Tee, und als Matthew einschenkte, warf Marina ihm unter gesenkten Lidern rasche Blicke zu, und als er sie dabei erwischte, öffnete sie verlegen den Mund und strich mit der Zunge über die plötzlich trocken gewordenen Lippen.

Sir Matthew sah sie noch einen Moment länger an, dann wandte er den Blick. Er spürte, dass sie sich zu ihm hingezogen fühlte, aber er wusste auch, wenn er etwas Falsche sagte oder tat, würde er sie verschrecken. Man musste sie behutsam anfassen, und das fand er so erregend.

Als er ihr die Tasse reichte, achtete er darauf, dass seine Finger ihre ganz leicht berührten, und gleich darauf wies er auf eine antiquarische Stoffpuppe auf dem Kaminsims. Beim Zeigen ließ er die andere Hand einen kurzen Augenblick auf ihrer Schulter ruhen, dann zog er die Hand zurück, bevor Marina sich gestört fühlen konnte.

Bei ihr löste die Berührung eine beinahe überwältigende Sehnsucht aus, von seinen Armen umschlungen zu werden. Marina versuchte sich vorzustellen, wie es sein würde, wenn er sie auf den Mund küsste.

»Kommen Sie«, sagte Matthew und trank seinen Tee aus, »sehen wir uns die Welpen an.« Er streckte eine Hand aus, um der Besucherin aus dem Sessel zu helfen, und seine kräftigen Finger schlossen sich um ihre. Einen Moment lang drückte sie die Augen zu und fühlte, wie ihr das Blut in die Wangen schoss.

Als sie durch die Tür schritten, stellte sich Sir Matthew auf eine Seite, damit sie vorbeigehen konnte. Ihre Körper berührten sich kurz; wieder ein Moment des flüchtigen Kontakts, der Marinas ausgehungerte Sinne in Wallung brachte. Sie erreichten das gut beheizte Nebengebäude, in dem die Dalmatinerhündin und ihr Wurf gehalten wurden. Marinas Beine fühlten sich wie Pudding an, und sie hatte Mühe, kräftig durchzuatmen.

»Hier sind wir«, sagte Matthew und öffnete den oberen Teil der Tür. »Nun, was sagen Sie zu den Welpen?«

Er stand direkt hinter ihr, während sie ins Innere schaute. Sein Atem bewegte einige Strähnen ihrer hellen Haare, und obwohl er sie nicht berührte, meinte Marina zu spüren, dass er es doch tat. Sie konnte jedes Teil von ihm spüren, seine Hände, seinen breiten Brustkorb und die kräftigen Oberschenkel, alle so nahe, dass es fast unerträglich für sie war.

»Sie sind ja so süß!«, rief sie, und in diesem Moment hielt es die Hundemutter für angebracht, die unbekannte Besucherin kurz und tief anzubellen. Marina stieß einen Quietschlaut der Überraschung aus und wich unwillkürlich einen Schritt zurück, und mit einem Mal wurden ihre Fantasien

Wirklichkeit, als ihre Körper zusammentrafen und er seine Arme um sie schlang.

»Alles in Ordnung«, sagte er sanft. »Sie wird Ihnen nichts tun. Sie beschützt nur ihre Jungen. Niemand wird Ihnen bei uns etwas antun«, fügte er hinzu, weil er spürte, wie sie zitterte.

Marina antwortete nicht. Sie blieb einfach stehen, den Rücken gegen ihn gepresst, und genoss dieses Gefühl. Zögernd nahm er sich heraus, seine Hände an den Seiten ihres Körpers auf und ab zu bewegen, von den Achselhöhlen bis zu ihren Hüften. Es war ein wunderbar zartes Streicheln.

»Sie sind nicht wirklich gekommen, um die Welpen zu sehen, nicht wahr?«

Marina überlegte. Er hatte Recht; sie interessierte sich nicht für die Welpen, aber das zuzugeben, brachte sie nicht über die Lippen. Zu ihrer Überraschung stellte sie fest, dass sie es auch nicht leugnen konnte – das kam ihr zu lächerlich vor, denn der Mann, der erste, den sie nach vielen Jahren attraktiv fand, verstand sie so gut, daher schwieg sie auf seine Frage.

Matthew beugte den Kopf und küsste den obersten Wirbel ihres Rückgrats, was eine Welle der Erregung durch ihren Körper wallen ließ. Dann drehte er sie um und küsste ihre Nasenspitze, als wäre sie ein kleines Kind. »Gehen wir zurück ins Haus«, sagte er leise. »Meine Haushälterin wird inzwischen gegangen sein, wir sind also ganz allein.«

Einen Moment lang erstarrte sie, unsicher, ob es dies war, was sie wollte. Sie sah schreckliche Visionen vor sich, was alles passieren könnte. Dass er sie aufforderte, etwas Schrilles anzuziehen, dass er ihr Handschellen anlegte, oder, schlimmer noch, dass der Mann, den sie so sehr haben wollte, sie nicht mehr attraktiv fand, sobald sie sich ausgezogen hatte.

»Was ist denn los?«, murmelte er, während er ihr Gesicht in seine Hände nahm.

»Ich will nicht, dass etwas schiefgeht«, gestand sie, und nervös schaute sie weg von ihm.

»Nichts wird schiefgehen«, antwortete er. »Wie sollte es auch? Entspanne dich, Liebling, du kannst alles mir überlassen.«

Sie zitterte immer noch, als er sie zurück ins Haus führte, und als er die Tür hinter sich abschloss und dann die Vorhänge zuzog, wurde sie von einem leichten Beben erfasst. »Ich will sicher sein, dass wir ungestört bleiben«, sagte er und wies auf Tür und Vorhänge. Dann nahm er Marina in die Arme und küsste sie.

Noch nie war Marina Corbett-Wynne so geküsst worden, wie Matthew Stevens sie jetzt küsste. Sein Mund plünderte ihren, aber weich und zart, und als seine Zunge sich durch ihre geöffneten Lippen schob und über ihre Gaumen huschte, seufzte sie auf und entspannte sich noch mehr.

Ermutigt durch ihre äußeren Zeichen ließ er die Zunge noch weiter eindringen, und plötzlich fand Marina, dass sie auf seine Küsse reagierte, ihre Zunge drang in seinen Mund, und sie fühlte, wie ihre Erregung wuchs.

Matthews Arme griffen fester um sie, und während der Küsse öffnete er geschickt die winzigen Knöpfe auf dem Rücken ihres sorgsam ausgewählten rosa Kleids. Als er damit fertig war, trat er ein wenig zurück und schob das Kleid von ihren Schultern, sodass es wie eine helle Lache um ihre Füße lag.

Marina starrte ihn an, Anspannung in ihren großen Augen. »Du bist schön«, flüsterte er. »Zieh für mich den Rest deiner Kleider aus.«

Sie wurde starr und schüttelte den Kopf. »Es tut mir leid, aber das kann ich nicht. Mach du es.«

Matthew streckte eine Hand aus und zog mit dem Mittelfinger eine Linie von ihrem Kinn zum Tal zwischen den Brüsten: »Es wäre viel schöner für mich, wenn du dich selbst ausziehst, dann kann ich dich dabei bewundern.«

Marina schluckte. Die Atmosphäre im Zimmer wirkte elektrisierend. Ihr Verlangen und seine Geilheit waren fast körperlich zu spüren, und sie begriff, wenn sie nicht tat, was er erwartete, würde etwas von diesem wunderbaren Moment verloren gehen.

»Ich will dir zuschauen«, sagte er. »Einer schönen Frau beim Ausziehen zuzuschauen, ist sehr erregend.«

Seine Stimme klang tief, eine sanfte Schoko-Stimme, dachte sie, und was sie sagte, steigerte noch ihr Verlangen. Zögernd griff sie an das Elastikband ihres Unterrocks, dann beugte sie sich leicht vor und ließ ihn auf den Boden fallen, wo schon ihr Kleid lag. Sie trat heraus, und Matthew bewunderte die Kurven ihrer schlanken Beine und die Art, wie die hohen Absätze die Pobacken provozierend herausstrecken ließen, eine Wirkung, die im Gegensatz zu ihrem sonstigen Verhalten stand. Er spürte, wie sein Penis schon hart wurde. Ihr Zaudern und die leichte Verlegenheit waren an sich schon ein Aphrodisiakum.

Marinas linke Hand fiel auf die nackte Stelle zwischen dem Strumpfsaum und dem kurzen Höschen. Sie überlegte, ob sie als Nächstes die Strümpfe ausziehen sollte. Die Bewegung der Hand sowie die vorgebeugten Schultern führten dazu, dass ihr leichtes Hemdchen mit den schmalen Trägern bis zu den Ellenbogen nach unten glitt. Matthew musste bei diesem Anblick schlucken; sein Mund war trocken geworden.

Am vorigen Abend war sie so vollkommen, so kühl und gefasst gewesen, und jetzt zog sie sich für ihn aus. Ihr schlanker, begehrenswerter Körper wurde unter seinen Blicken lebendig. Ohne sie aus den Augen zu lassen, begann er damit, auch seine Kleider abzulegen.

Da die Träger des Hemdchens schon nach unten gerutscht waren, beschloss Marina, als Nächstes das Hemd über den Kopf zu ziehen. Darunter enthüllte sie einen winzigen, durchsichtigen BH aus Spitze, der die rosa Nippel sehen ließ.

»Mach weiter«, murmelte Matthew, zog seine Krawatte auseinander und knöpfte das Hemd auf. »Du bist so unbeschreiblich schön, wie ich gedacht habe.«

Seine Worte ermutigten sie. Langsam rollte sie die Strümpfe die Beine hinunter, bis sie aus den Schuhen mit den hohen Absätzen treten musste, die Matthew so viel Lust brachten. Als sie die Strümpfe ausgezogen hatte, sah er in ihre Augen. »Zieh die Schuhe wieder an«, sagte er und musste nach Luft schnappen. »Du siehst darin wahnsinnig sexy aus.«

Noch niemand hatte ihr gesagt, dass sie sexy aussah, und ohne zu zögern schlüpfte sie mit den nackten Füßen wieder in die elfenbeinfarbenen Schuhe. Sie zog ihr Höschen aus. Als sie sich bückte, um es abzustreifen, streckten sich die kleinen festen Pobacken wieder heraus, und Matthew konnte kaum an sich halten; er hätte gern seine Hände über die glatten Halbkugeln gleiten lassen.

Schließlich trug Marina nur noch ihren BH, und plötzlich wurde ihr die Nacktheit bewusst. Ohne nachzudenken, schob sie das Bein vor, das Matthew am nächsten war, damit ihre geheime Stelle verborgen blieb. Das unbewusste Necken verfehlte die Wirkung nicht, und der inzwischen nackte Penis wurde zur vollen Erektion, die sich gegen seinen Bauch drückte. Die Eichel glänzte geschwollen und rot.

Marina sah erst jetzt, dass Matthew sich auch ausgezogen hatte. Sie konnte nicht aufhören, auf den klaren Beweis seines Begehrens zu schauen.

»Zieh den BH aus, Marina«, erinnerte er sie. Wie durch einen Dunst hörte sie ihn und gehorchte sofort. Er ging auf sie zu und legte die Hände unter ihre kleinen Brüste. »Sind sie empfindlich? Magst du es, wenn sie gestreichelt werden?«, fragte er mit sanfter Stimme.

»Ja, oh, ja«, murmelte sie, und zu ihrem Entzücken ließ er seine kräftigen Finger über die rasch anschwellenden Brüste gleiten. Zuerst berührte er sie nur ganz leicht, aber dann verstärkte er den Druck und streichelte über die delikaten Nippel. Er sah, wie sie zu kleinen, blassrosa Spitzen wurden. Er war nicht fähig, Marina noch länger auf Distanz zu halten, deshalb zog er ihren nicht widerstrebenden Körper fest gegen seinen. Die harten Nippel rieben gegen seine dunklen Brusthaare.

Marina wehrte sich plötzlich gegen den Druck seiner Arme. Es war ihr, als wollte er sie zerquetschen, und alle ihre Zweifel und Befürchtungen kehrten zurück. Sofort ließ Matthew sie los; er schob sie sanft zurück in den Sessel, in dem sie zu Beginn ihres Besuchs Platz genommen hatte.

Er zog an ihren Beinen, sodass sie im Sessel tiefer nach unten glitt, bis sie halb saß und halb lag. Besorgt schaute sie zu ihm auf, und er fragte sich, was sie über ihn gehört hatte, oder ob ihre Ängste von tollpatschigen Liebesversuchen ihres Ehemanns herrührten.

Was auch immer der Grund war, er würde dafür sorgen, dass dies ein ganz besonderes Erlebnis für sie beide wurde.

»Ich werde dich am ganzen Körper anfassen«, flüsterte er, und Marina spürte, wie sie vor nervöser Erregung zu zittern begann. »Nur sanfte Berührungen«, fuhr er fort, »und du sollst mir sagen, ob du sie magst oder nicht.«

Ihre langen Haare, sorgsam auf dem Kopf zusammengefasst, bevor sie Leyton Hall verlassen hatte, rahmten jetzt ihr Gesicht ein und bedeckten ihren Hals. Matthew schob sie hinter ihre Ohren zurück, bevor er mit den Daumen über ihre Schläfen strich. Sie seufzte voller Befriedigung, und ihr ganzer Körper begann sich wieder zu entspannen.

»War das gut?«, fragte er.

»Ja«, hauchte sie.

Dann strich er behutsam über ihre Lider, und als sie wieder einen Seufzer ausstieß, ließ er die Daumen über ihre Wangenknochen gleiten. Diese Berührungen schickten seltsam kribbelnde Gefühle zu Hals und Nacken, und er sah, dass ihre Nippel sich wieder aufrichteten. »Gut?«, fragte er.

»Es ist alles sehr gut«, antwortete sie lächelnd.

»Du musst mir sagen, was dir lieber ist«, beharrte er, aber Marina wusste, dass ihr das nicht möglich war, weil jede Art des Streichelns so guttat.

Seine Daumen und Finger streichelten ihre Nase, die Lippen und das Kinn, bevor sie sich den Schultern zuwandten. Dort setzte er nur einen Finger ein und strich damit über die nackte Haut, je zweimal über kleine Hautpartien, bis Marina das Gefühl hatte, laut schreien zu wollen.

»Sehr empfindsam, glaube ich«, murmelte er wie im Selbstgespräch. Er sah, wie sich die Nippel zu gespannten Spitzen erhoben, dann setzte er den Prozess auf den Innenseiten ihrer Arme fort und hielt sich besonders lange an den inneren Ellenbogen auf.

Ihre Augen sahen groß aus, die Pupillen geweitet, während der Mund feucht und geschmeidig wurde. Matthew wusste, wenn er sie jetzt nahm, würde sie einen schnellen

Orgasmus erleben. Sein eigener Körper lechzte danach, sie zu besitzen, aber er wusste auch, wenn er das Vorspiel fortsetzte, würde das Endergebnis noch viel besser für sie beide sein. Sie hatte es verdient, dass er sich Zeit ließ.

Er streichelte ihre Hände, ihre Finger und das hochempfindliche Fleisch um ihre Hüftknochen herum. Dann nahm er sich ihre Beine vor, besonders die Rückseiten der Knie, ihre Waden, die Fesseln und schließlich die feingliedrigen Füße bis zu den Zehen. Ein Finger schlüpfte zwischen jeden Zeh, bis Marina sich rastlos im Sessel wand. Jeden Zentimeter von ihr, Bauch und Genitalien ausgenommen, hatte Matthew mit seinem unglaublich zärtlichen, sinnlichen Streicheln zu einer fiebrigen Hitze gebracht.

Marina schämte sich, dass sie feucht zwischen den Schenkeln geworden war; das war ihr noch nie zuvor passiert. Sie versuchte, die Beine fest zusammenzupressen, damit Matthew das nicht bemerkte.

Seine Hand kreiste über ihren Bauch, und die andere Hand schob ihre Beine auseinander, damit er ihr Geschlecht umfassen konnte. Er presste sanft aber bestimmt gegen den Bereich. Der sinnliche Druck schickte scharfe Pfeile der Erregung durch Marinas Venusberg und höher hinauf zu ihrem Bauch, und ohne es zu wollen, fielen ihre Schenkel auseinander, und Matthews Finger huschten über die leicht geöffneten Sexlippen und spürten dort die klamme Wärme.

Marina schloss die Augen.

»Schau mich an«, sagte er leise. »Bitte, Marina, mach die Augen auf.«

Zögernd gehorchte sie, und er starrte ihr in die Augen, während seine Finger durch ihr Schamhaar streunten und kurz die sich langsam öffnenden Labien berührten.

»Das ist ein Kompliment für mich«, versicherte er ihr. »Schäme dich nicht deiner Sexualität.«

»Aber ich kenne dich doch kaum«, wandte sie ein, aber dann wurde ihr bewusst, wie lächerlich sie sich anstellte; schließlich saß sie nackt und offen vor ihm in seinem Sessel.

»Wir sind zwei Erwachsene, und wir werden uns gegenseitig Lust bereiten, das ist alles, was zählt«, versicherte er ihr. »Kannst du dich knien und dich gegen den Rücken des Sessels lehnen? Und kannst du mit den Knien noch ein bisschen weiter nach hinten rutschen?«

Während Marina in Position rutschte, kniete sich Matthew zwischen ihre gespreizten Schenkel, legte die Arme um ihre Taille und zog ihre Pobacken näher an sich heran, bis sie sich genau dort befanden, wo er sie haben wollte.

»Reibe deine Brüste am Stoff des Sessels«, flüsterte er. Zögerlich rutschte Marina noch ein Stückchen näher, aber als ihre Nippel erst einmal die Stimulation des Brokatstoffs gespürt hatten, stieg ihre Erregung mehr und mehr, und sie begann schwer zu atmen, als ihre Brüste anschwollen.

Sobald sie sich in den Sensationen verloren hatte, nahm Matthew seine pochende Erektion in die rechte Hand und rieb sie zwischen die äußeren Sexlippen der erregten Frau. Sie öffneten sich für ihn, und er rieb nun die inneren Labien. Er neckte ihr feuchtes, zitterndes Fleisch, bevor er die Penisspitze eine Weile vor ihrer Öffnung ruhen ließ.

Fast um den Verstand gebracht durch die unglaublichen Gefühle zwischen ihren Beinen, wartete Marina auf das schnelle Stoßen, auf das ihre beiden Ehemänner abzufahren schienen, aber zu ihrer wunderbaren Überraschung war das nicht Matthews Methode. Stattdessen schob er den Penis zunächst nur ein wenig in sie hinein, ließ seine Hüften kreisen, zog sich wieder zurück und streichelte mit der freien Hand ihre Klitoris.

Plötzlich schien all die Lust, die Marina bis zu diesem Zeitpunkt schon erlebt hatte, in ihr zu wirbeln. Die kleinen Funken der Erregung wuchsen zu spitzen Pfeilen intensiver Sensationen und setzten sie wortwörtlich unter Strom. Es gab eine schmerzende Enge dicht unterhalb des Fingers, der sie massierte, und diese Enge nahm zu, je länger er ihre Klitoris rieb.

Sie presste den Mund fest zu, damit Matthew ihr lautes Stöhnen nicht hören konnte. Ihr Körper begann, nach Erlösung zu schreien, sie brauchte die Erleichterung nach dieser fast Furcht erregenden Spannung, die sie zu verzehren drohte. Nie waren ihre Brüste jemals so voll und hart gewesen, ihre Bauchmuskeln nie so gespannt. Als er seinen Penis wieder einführte, diesmal etwas tiefer hinein, hatte sie den Eindruck, zwischen ihren Beinen zu schmelzen.

Matthew arbeitete langsam und stetig; er schob seine Erektion immer ein bisschen tiefer hinein, und manchmal, wenn er wieder einfuhr, hörte er, wie sich ihr Atem überschlug, sobald er mit der Penisspitze in die Nähe des G-Punkts kam. Er achtete darauf, dass er zugleich über ihre Klitoris strich.

Jetzt war Marina sicher, dass sie jeden Moment platzen würde. Selbst bei ihren geschlossenen Lippen konnte sie die seltsamen, unsinnigen Laute hören, die von ihr kamen, und ihre Hüften und Schenkel zitterten vor unerfüllter sexueller Spannung.

Endlich stieß Matthew die volle Länge seines Penis in sie hinein, und als er das tat, nahm er wahr, dass seine Selbstkontrolle auch zu schwinden begann. Plötzlich gehorchten ihm seine Hüften nicht mehr, und er erwischte sich dabei, wild in die schlanke Frau hineinzustoßen.

Er spürte, wie sich ihr Körper versteifte, sah, dass sie den Kopf zurückwarf und wie ihre Halsschlagader pochte. Rasch trommelte sein Finger gegen die Seite ihrer Klitoris. Diese Bewegung, kombiniert mit der Reibung seines harten Schafts an ihrem geschwollenen Gewebe und den kurzen Berührungen ihres G-Punkts zersplitterten Marinas ausgehungerten Körper in tausend Teile.

Die gespannten Muskeln fühlten sich an, als hätten sie sich in krampfartigen Zuckungen verfangen, und ein Schwall Wärme durchflutete sie, als die herrlichen Sensationen in ihr explodierten. Ihr ganzer Körper wurde heftig geschüttelt und verdrehte sich, bis sie schließlich erschöpft, benommen und verwundert über dem Rücken des Sessels zusammenklappte.

Matthew fiel auch nach vorn, aber er stützte sich mit beiden Händen neben ihrem Körper ab, damit sie nicht die volle Last seines Gewichts tragen musste. Nach ein paar Augenblicken drehte er sie herum, setzte sich in den Sessel und hob ihre leichte Gestalt an, sodass ihr Po auf seinen nackten Schenkeln ruhte. Sie lehnte sich gegen seine Schultern, die Haut klamm von ihren Anstrengungen. Er streichelte sie sanft, während sich ihr Atem und der Pulsschlag langsam normalisierten.

»Für dich war es das erste Mal nach langer Zeit, nicht wahr?«

Marina nickte. »Das erste Mal habe ich mit neunzehn geheiratet«, erklärte sie. »Er war ein sehr netter Mann, aber wir hatten beide keine Erfahrung. Seit unseren Kindertagen waren wir Freunde gewesen, und unsere Ehe war ebenso von unseren Eltern gewollt wie von uns. Und James – nun, ich habe ihn für einen Mann gehalten, der er nicht ist, und dann habe ich versucht, ihn so zu verändern, wie ich ihn mir vorgestellt hatte. Sex war für uns nie besonders Lust bringend, also auch für ihn nicht. Jetzt findet er seine Freuden woanders.«

Matthew hatte das alles schon gehört, und er wusste auch, nach welchen Genüssen es Lord Corbett-Wynne lüstete, aber er sagte nichts. Er wollte die Frau des Lords in einem solchen Moment nicht an ihre Erniedrigungen erinnern.

»Aber du hast andere Liebhaber gehabt?«, fragte er.

»Keinen. Ich habe nie jemanden kennen gelernt, zu dem ich mich hingezogen fühlte – bis jetzt.«

»Was für ein tolles Kompliment, Marina. Gestern beim Abendessen habe ich nur daran denken können, wie es wohl sein würde, mit dir Liebe zu machen.«

»Jetzt weißt du es.«

Er lächelte. »Jetzt weiß ich es, und es war noch besser, als ich es mir ausgemalt habe.«

Sie seufzte. »Ich glaube, ich war noch nie verliebt.«

Zum Glück konnte Marina nicht den Blick schierer Panik sehen, der sich über das Gesicht ihres Geliebten zog. Sie war von zierlicher Gestalt und eine Schönheit, und er wusste, dass es ihm Spaß bringen würde, noch eine Zeitlang ihr Liebhaber zu sein – es gab noch so viel, was sie lernen musste. Aber sie war nicht die Art Frau, in die er sich jemals verlieben würde.

Er war ein robuster Mann, der die vielen Varianten des Sex genoss, viel mehr, als Lady Corbett-Wynne zu geben bereit war. Er bezweifelte, dass er überhaupt noch einmal heiraten würde, aber wenn doch, dann sicher nicht eine Frau wie Marina.

»Ich glaube auch nicht, dass ich jemals verliebt war«, sagte er vorsichtig. »Auch nicht, als ich verheiratet war.«

Sie wandte ihm sein Gesicht zu und sah ihn an. »Aber wieso hast du mich dann zu herrlich lieben können?«

»Weil ich dich für sexuell begehrenswert halte. Und weil ich es genieße, schöne Frauen zu lieben. Und schließlich mag ich dich sehr.«

Marina war keine dumme Frau; sie begriff, dass er sie warnte. Falls ihre Affäre fortgesetzt wurde, dann mit dem klaren Verständnis, dass es sich um eine rein körperliche Beziehung handelte, um Sex ohne Verpflichtung, ohne Aussicht auf eine längere emotionale Bindung.

Noch vor ein paar Stunden hätte dieser Gedanke sie entsetzt. Jetzt sah sie das anders. Ihr Körper reagierte schon wieder auf Matthews rhythmisches Streicheln, und sie wusste, dass einmal nicht genug war. Sie musste ihn wieder haben; wenn auch nicht heute, denn sie musste zurück nach Leyton Hall, aber sie wollte, dass eine Wiederholung schon bald geschah – egal, unter welchen Bedingungen.

»Ich muss gehen«, sagte sie leise. »Annabel, das Mädchen aus London, braucht mich vielleicht. Aber ich möchte mir die Welpen gern noch einmal anschauen, wenn ich darf?«

Erleichtert über die Art, wie sie seine Mahnung aufgenommen hatte, drückte er sie an sich und bedeckte ihren Hals und das Gesicht mit Küssen. »Ich wäre sehr enttäuscht, wenn du es nicht tun würdest«, sagte er.

Als sie gerade gehen wollte, fiel Marina noch etwas ein. »Was hältst du von meiner Tochter?«, fragte sie.

Matthews Augen verengten sich. »Von deiner Tochter?«

»Ja, Tania. Hältst du sie für attraktiv?«

»Sehr.«

»Sie scheint dich auch attraktiv zu finden.«

»Soll das heißen, du schlägst einen Dreier vor?«

Marina errötete. »Ganz gewiss nicht. Ich überlegte nur, ob du in ferner Zukunft mit ihr ...«

Er nickte und verstand, wie vorteilhaft eine solche Heirat

wäre, wenn Marina daran interessiert war, ihn in ihrer Nähe zu behalten. »Ich kann mir nicht denken, dass sie sonderlich daran interessiert ist«, sagte er vorsichtig. »Ich habe gehört, dass sie schlanke, blonde junge Männer vorzieht, Männer wie Crispian zum Beispiel.«

Marinas Augen weiteten sich voller Entsetzen. »Was meinst du damit?«

»Überhaupt nichts, außer, dass ich weder schlank noch blond bin.«

Sie ging einen großen Schritt auf ihn zu. »Was ist dir zu Ohren gekommen? Sage es mir. Ich muss es wissen.«

Er legte seine Hände um ihre Gelenke und küsste sie wieder. »Marina, höre auf damit. Was glaubst du denn, könnte ich gehört haben?«

Die Berührung seiner Lippen auf ihren hatte sie schon beruhigt. »Nichts«, sagte sie leichthin. »Ich glaube, ich habe was missverstanden.«

»Ich wünschte, ich könnte dich zurückfahren«, sagte Matthew lächelnd, »aber ich glaube, damit würden wir unser Spiel verraten, nicht wahr?«

»Nun …«

»Außerdem weiß ich, dass du gerne spazieren gehst.«

Marina nickte und wünschte, sie hätte die Lüge nie erzählt.

»Du musst wieder mit dem Reiten anfangen«, schlug er vor, als er im Türrahmen stand. »Wenn du ausreitest, könnten wir uns öfter sehen. Ladys finden Reiten sexy, habe ich gehört.«

»Ich weiß nicht«, sagte sie zögernd.

»Du hast doch einen Mann, der es dir beibringen kann«, beharrte er. »Versuch es mal. Ein Pferd zu reiten, wenn man chinesische Liebeskugeln in sich hat, ist eine der unglaublichsten Sensationen, die es überhaupt geben kann. Das hat mir eine alte Freundin gestanden.«

Es wurde wieder klamm zwischen Marinas Schenkeln, und sie drückte ihre Hände gegen die heißen Wangen. »Ich muss jetzt aber wirklich gehen, Matthew. Es war wunderschön. Du wirst nie wissen, wie viel mir das bedeutet hat.«

»Für mich auch«, versicherte er ihr und sah ihr nach, wie sie sich vom Haus entfernte.

Als sie aus seinem Blickfeld verschwunden war, ging er ins Haus zurück und goss sich einen Scotch ein. Er hatte die Begegnung mit ihr sehr genossen; ihre Nervosität und ihr Mangel an Erfahrung waren sehr rührend gewesen.

Er liebte es, Frauen Lust zu bereiten. Trotzdem wusste er, dass sie ihn irgendwann langweilen würde, es sei denn, er könnte sie dazu überreden, Spaß an einigen Experimenten zu finden.

Wenn die Gerüchte stimmten, dann hatte ihre Tochter absolut nichts dagegen, alles Erdenkliche auszuprobieren, aber irgendwie hatte er das Gefühl, dass ihre Mutter anders gestrickt war. Zu seiner Überraschung sah er plötzlich ein Bild von Annabel vor sich und wie sie ihn gestern beim Essen angeschaut hatte. Später würde er vielleicht herausfinden, ob sie interessiert war, und wenn er Marina dazu bringen würde, ihnen Gesellschaft zu leisten, war es umso besser.

»Ein Mann braucht Träume«, sagte er laut, während er am Whisky nippte.

Annabel hatte keine Chance zu träumen. Sie war den ganzen Morgen damit beschäftigt, eifrig Notizen über die Räume zu Papier zu bringen, die Lady Corbett-Wynne renovieren lassen wollte. Ihr größtes Problem war, den persönlichen Geschmack ihrer Auftraggeberin in Leyton Hall unterzubringen, ohne die originale Atmosphäre zu verlieren. Cremefarbene Behänge und zierliches Mobiliar waren in geeigneten Zimmern durchaus in Ordnung, aber sicher nicht im Musikzimmer von Leyton Hall.

Als sie gerade mit ihrer Arbeit fertig war, trat Crispian durch die Tür. »Guten Morgen«, sagte er gut gelaunt. »Hast du dich inzwischen erholt?«

Annabel nickte. »Ja, danke.«

»Ich habe hier etwas für dich. Eine kleine Erinnerung an den gestrigen Abend.« Er hielt ihr die offene Hand hin, und dort, in der Mitte seiner Handfläche, lag der winzige Kupferring, der ihre Klitoris so fest umschlossen hatte.

Annabel fühlte eine warme Schwere in ihrem Bauch und hatte Mühe, normal zu atmen. »Danke, Crispian. Sehr aufmerksam von euch beiden.« Sie nahm den Ring an sich und versenkte ihn in die Tasche ihrer Leinenhose.

»Was machst du denn heute Abend?«

»Ich werde früh zu Bett gehen.«

»Allein?«

»Ich schlafe lieber allein«, sagte sie kühl.

Crispian lächelte. »Wenn ich zu dir käme, würdest du anschließend besser schlafen.«

Annabel seufzte. »Es wird dich überraschen, Crispian, aber ich schlafe immer gut.«

Er hob die Schultern. »Ich wollte nur freundlich sein. Ich meine, gestern Abend sind wir alle gut miteinander ausgekommen, fand ich, deshalb dachte ich, du hättest nichts gegen meine Gesellschaft einzuwenden.«

»Ich habe nichts gegen deine Gesellschaft einzuwenden, aber heute Abend will ich schlafen. Ich bin sicher, dass Tania dir Gesellschaft leistet, falls du dich langweilst.«

»Ich langweile mich nie«, behauptete Crispian. »Wir sehen uns dann später. Ich muss am Nachmittag der Tochter eines von Pas Freunden das Reiten beibringen. Verdammt nervig, aber eines Tages wird sie reich sein. Der alte Herr ist beruhigt, weil er glaubt, ich halte ernsthaft nach einer geeigneten Ehefrau Ausschau.«

Annabel musste lächeln. Es war unmöglich, Crispian etwas zu verübeln oder seine offene Sinnlichkeit zu ignorieren, und trotz ihrer Einwände spürte sie ein erregendes Kribbeln, wenn sie an einen weiteren Abend der Lust dachte. Sie sah ihm nach und hegte den angenehmen Verdacht, dass er ihre Weigerung nicht sehr ernst genommen hatte.

Fünftes Kapitel

Auch Lord Corbett-Wynne lächelte. Er konnte sich an einem so herrlichen Morgen nichts Schöneres vorstellen, als auf dem braunen Wallach, seinem Lieblingspferd, durch die Landschaft von Wiltshire zu reiten, neben sich die hübsche Pferdepflegerin. Er konnte es sich nicht verkneifen, auf die Schenkel der jungen Frau zu sehen, fest an die Seiten der gescheckten Stute gedrückt. Sandras Pobacken hoben und senkten sich, und er dachte bewundernd, dass sie die besten Backen hatte, die vielseitig einsetzbar waren.

Sandra war sich seiner Anerkennung bewusst, deshalb übertrieb sie vielleicht den Einsatz der Schenkel, wenn sie die Stute antrieb oder wenn sie das Tempo zurücknahm. Die ganze Zeit wartete sie auf den Moment, der mit Sicherheit kommen würde. Sie war sich derart sicher, dass sie ein paar bestimmte Utensilien in die Taschen ihrer Jodhpurs gesteckt hatte. Lord Corbett-Wynne hatte sich bei ihrem ersten Treffen so begeistert gezeigt, dass sie sich fragte, wie weit sie gehen konnte, ihn zu ihrem Sklaven zu machen.

Gestern Abend hatte sie sich im Bett ein Leben als Lady Corbett-Wynne vorgestellt, aber im kalten Licht des Tages war ihr klar geworden, wie unrealistisch das war. Trotzdem, wenn sie ihn weiter dazu bringen konnte, sich ihr zu unterwerfen, könnte sie vielleicht von der einfachen Pferdepflegerin, eine von mehreren, zu seiner bevorzugten Mätresse aufsteigen, was ihr nur Recht sein konnte, denn sie war die dreckige Arbeit rund um ihren Job schon ziemlich satt. Das Ausmisten und Trockenreiben, dies und einige andere Arbeiten verloren rasch ihren Glanz. Sie wäre schon mit einem kleinen Cottage ganz in der Nähe von Leyton Hall zufrieden, in dem sie auf regelmäßige Besuche von Lord Corbett-Wynne wartete.

Hätte ihr Arbeitgeber von ihren Träumen gewusst, hätte er Sandra sofort die Illusion nehmen können. Für ihn bestand die ganze Anziehungskraft darin, dass sie seine Pferdepflegerin war. Er liebte den Duft von Heu und Ställen an seinen Mädchen, und ohne ihre engen Jodhpurs und die Gummistiefel wären seine Sinne viel langsamer zu erregen. Jetzt zum Beispiel konnte er sich kaum noch zurückhalten, als er Sandras Heben und Senken im Sattel beobachtete.

Nach einer Zeit ritten sie in einen Niederwald, und das Geläuf führte sie unter tief hängende Äste und danach zu einer kleinen Lichtung. Es war ein Plätzchen, das Lord Corbett-Wynne gut kannte. Er zügelte sein Pferd und stieg ab. Sandra bemerkte, dass das Tier sofort ein paar Schritte zur Seite machte und dann zu grasen begann. Für sie stand fest, dass ihr Chef hier regelmäßig einen Halt einlegte.

»Machen wir Pause?«, fragte sie mit gespieltem Erstaunen.

»Ich dachte, wir bräuchten einen geeigneten Ort fürs Mittagessen. Du hast doch die Sandwiches in die Satteltaschen gesteckt?«

Sandra schwang ein Bein über den Rücken des Pferdes, und dabei achtete sie darauf, dass er einen guten Blick auf ihren Po hatte. »Natürlich, genau, wie Sie gesagt haben.«

»Gut, gut.«

Die Sonne beschien sie, und Lord Corbett-Wynne befand, dass sie sich zum Essen unter eine Rosskastanie in den Schatten setzen sollten. Eigentlich hatte er gar keinen Hunger, jedenfalls nicht auf Sandwiches, aber es war immer schwierig, den Mädchen an diesem Punkt beizubringen, was er wollte. Eine oder zwei von ihnen schafften es nie, ihn in die richtige Stimmung zu bringen. Jetzt konnte er nur hoffen, dass Sandra ihn nicht enttäuschte.

Gut vorbereitet von einigen der anderen Stallmädchen, wollte Sandra dafür sorgen, dass er den besten Lunch überhaupt erlebte. Die einzige Schwierigkeit, die sie sah, bestand im richtigen Timing. Sie musste den Zeitpunkt herausfinden, in dem sie sich von der untertänigen Angestellten zur Domina verwandelte. Sie wollte das Terrain erkunden.

»Ich hoffe doch, dass Sie nicht mit schmutzigen Händen essen wollen«, fauchte sie ihn plötzlich an.

Lord Corbett-Wynnes Mund öffnete sich vor Überraschung, aber dann empfand er ein köstliches Prickeln der Erregung und schüttelte den Kopf. »Natürlich nicht«, murmelte er.

»Sie können sie mit dem Taschentuch säubern«, fuhr Sandra fort. Ihre eigene Erregung stieg dramatisch an, denn jetzt wusste sie, dass sie sich auf dem richtigen Pfad befand. Sie sah zu, wie ihr Arbeitgeber ein sauberes weißes Taschentuch herauszog, es mit seinem Speichel nässte und dann die Hände damit reinigte.

Sie hob das Paket mit den Sandwiches hoch. »Möchten Sie jetzt etwas essen?«, fragte sie leise.

Er nickte beflissen. »Ja.«

Sandra zog die Sandwiches zurück. »Sie haben nicht ›bitte‹ gesagt. Haben Sie immer noch keine Manieren gelernt?«

Lord Corbett-Wynne fühlte, wie sich sein Penis aufrichtete. »Es tut mir leid«, sagte er und ließ den Kopf hängen.

»Es wird Ihnen noch mehr leidtun, wenn ich mit Ihnen fertig bin«, gab Sandra zurück und warf die Sandwiches auf den Boden. »Ziehen Sie Ihre Hose aus.«

Zum ersten Mal zögerte ihr Chef. Obwohl sie sich hier in sicherer Abgeschiedenheit befanden, war dieser Niederwald nicht auf seinem Grund und Boden, und es bestand die Möglichkeit, dass Leute vorbeikamen.

»Beeilen Sie sich«, sagte Sandra. Die Stimme klang verärgert. »Wenn Sie nicht tun, was ich Ihnen sage, müssen Sie sofort nach Hause reiten.«

Er zögerte nicht länger, fummelte aber umständlich an seiner Hose herum. Schließlich fiel sie auf den Boden, und er stieg aus ihr heraus. Sandra nickte zufrieden, aber als sie die Beule in seiner Unterhose entdeckte, runzelte sie die Stirn. »Was soll das denn?«, fragte sie streng.

»Es tut mir leid«, entschuldigte er sich. Die Beule wuchs dennoch weiter.

Sandra stieß einen Zischlaut aus und zog eine Kordel aus ihrer Tasche. »Die Hände auf den Rücken«, befahl sie wütend. Wieder zögerte er, aber als sie sich umdrehte, als wollte sie die Pferde holen, gehorchte er rasch. Er fühlte, wie seine Erektion gegen die Unterhose drückte.

Sandra befahl ihm, sich auf den Boden zu knien, dann band sie das eine Ende der Kordel um einen Baumstamm, der nur einen Meter von ihnen entfernt stand. Als er zu ihren Füßen kniete, fasste sie in seine Haare und zog seinen Kopf hoch, bis er sie anstarren konnte. »Jetzt wissen Sie, warum Sie bestraft werden. Ich muss Ihnen Manieren beibringen.«

»Ich habe meine Manieren vergessen«, sagte er zustimmend.

»Und Sie wissen auch, dass Sie bestraft werden müssen?«

»Ja! Ja!« Lord Corbett-Wynne konnte es kaum erwarten, aber er war unglaublich stimuliert, weil Sandra es so geschickt verstand, die Prozedur in die Länge zu ziehen. Dadurch wurden seine Nerven gekitzelt. Er hoffte nur, dass er sich lange genug zurückhalten konnte.

Sandra bückte sich und knöpfte sehr langsam sein Hemd auf, und als sie es von seinen Schultern streifte, geschah das erst recht mit quälender Langsamkeit. Jetzt hatte er nur noch die Unterhose an, und Sandra strich mit der Peitsche über seine nackten Schultern und über seinen ebenfalls nackten Bauch.

Er war jetzt so hart, dass es schmerzte, und als Sandra sich wieder bückte und die Unterhose öffnete, um seine Erektion ans Licht zu holen, stieß er einen Seufzer der Erleichterung aus. Sie besah sich die purpurne Spitze. Am dicken Schaft traten die Adern hervor. Ein Gefühl der Macht berauschte Sandra.

Sie ließ sich vor ihm auf die Knie fallen und zog ihr kurzärmeliges Baumwolltop aus. Als sie es über den Kopf zog, sah Lord Corbett-Wynne das erste Mal, dass sie darunter nackt war, und beim Anblick ihrer Brüste mit den schon gehärteten Nippeln fürchtete er, seine Lust würde gleich überlaufen.

Sandra sah ihm zu, wie er sich bemühte, die Kontrolle nicht zu verlieren. Seine Bauchmuskeln streckten sich, um seine Erregung zu unterdrücken. Als sie glaubte, dass er sich wieder im Griff hatte, nahm sie den steifen, harten Penis in die Hände und legte ihn zwischen ihre Brüste.

Lord Corbett-Wynne gab einen leisen Ton von sich, halb Protest, halb Wonne, als er begriff, was sie tun wollte. Einen Augenblick später massierte sie den pochenden Penis zwischen den festen Halbkugeln. Er hörte, wie sie schneller zu atmen begann, als sie den harten Fleischstab mit der weichen, samtenen Spitze auf und ab rieb.

Lord Corbett-Wynne spürte, wie die Hoden in ihrem Beutel

hüpften. Kleine prickelnde Gefühle setzten dicht unterhalb der Eichel ein, und er wusste, wenn sie nicht bald mit der Massage aufhörte, würde er seinen Saft versprühen, und dann wäre der Spaß vorbei.

Als er den Kopf in den Nacken warf und die Stränge seiner Halsadern anschwollen, beendete Sandra die Stimulierung des Penis und stand auf. Sie ließ ihren Chef weiter auf den Knien verharren, und sein imposanter Penis zuckte.

»Sie können Ihre Erlösung erst erleben, wenn ich meine gehabt habe«, sagte sie scharf. Der an den Händen gefesselte Mann stieß einen krächzenden Protestlaut aus, den Sandra ignorierte, dann musste er zusehen, wie sie zurückging und ihre Jodhpurs nach unten schob, bis sie unterhalb der Knie hingen. Sie trat wieder näher an ihn heran, und er hatte den quälenden Anblick des schneeweißen G-Strings direkt vor den Augen. Der Stoff schmiegte sich zwischen ihre Pussylippen.

»Bereiten Sie mir Lust mit Ihrem Mund«, instruierte sie ihn, dann trat sie noch einen Schritt auf ihn zu. Sie stand jetzt über ihm, und er musste den Kopf heben, um ihr delikates, moschusartiges Parfum einatmen und ihre köstliche Weiblichkeit schmecken zu können. Sandra zog ihren G-String zur Seite und wartete.

Lord Corbett-Wynne begann damit, seine Zunge in die Falten von Sandras Schenkeln eindringen zu lassen, dann presste der Mund gegen ihren Schamberg. Er leckte eifrig über den gesamten Bereich, und der Mann nahm wahr, wie sehr ihr Fleisch pochte und zuckte.

Sandra fühlte, wie ihre Klitoris anschwoll. Sie konnte es nicht erwarten, seine Zunge dort zu spüren, aber als sie ihre Position veränderte, damit er leichteren Zugang zum Zentrum ihrer Lust hatte, weigerte sich die Zunge, das zu tun, was sie so verzweifelt wollte. Stattdessen drang die Spitze weiter unten in ihr Geschlecht ein und stieß kräftig gegen das nasse Gewebe.

Sandra schnappte nach Luft und griff sich an die Brüste, die auch nach Stimulierung lechzten. Das war der einzige Nachteil bei diesem Spiel – die Hände ihres ›Opfers‹ waren auf seinem Rücken gebunden, und sie musste selbst ihre Brüste kneten, massieren oder streicheln.

Inzwischen war sie sehr nass geworden, und er setzte die Zunge ein, um ihre Sekrete zu verteilen. Aber immer noch mied er den Kontakt zu ihrer Klitoris. Dann, als sie es nicht länger aushielt, fuhr Sandra ihn an: »Höher mit der Zunge! Und viel mehr Druck!« Sie spürte, wie sich ein gewaltiger Orgasmus in ihr aufbaute.

Der gefesselte Mann umfing die kleine Knospe mit dem Mund und begann zu saugen, zuerst langsam, dann schneller und mit mehr Druck, wie Sandra es verlangt hatte.

Sandras Schenkel pressten gegen seinen Kopf. Ihr ganzer Körper begann zu beben. Lord Corbett-Wynnes Lippen umschlossen immer noch die Klitoris. Er bewegte seinen Kopf hin und her, und Sandra hätte fast die Balance verloren, denn sie musste ihre Beine etwas weiter spreizen.

Sie geriet außer Kontrolle. Ihre Nippel waren harte Spitzen ihrer Lust, ihr Bauch spannte sich an, und jeder Muskel in ihrem Körper begann sich zu strecken, als der Druck sich hinter der von seinem Mund umschlossenen Knospe explodierte.

Sie fühlte, wie sie zu zittern begann und erlebte die wunderbare nasse, warme Süße des direkt bevorstehenden Orgasmus, aber es war verrückt, denn die Explosion übertrug sich nicht auf ihren ganzen Körper. Sie versuchte, ihre Position zu verändern, damit andere Stellen in ihrer Pussy bearbeitet werden konnten, um sie über die Klippe zu heben.

Aber ihr Arbeitgeber war ein Experte und wusste genau, was sie brauchte. Trotz des Verlangens nach dem eigenen Höhepunkt genoss er den kurzen Moment seiner Macht über die Pferdepflegerin, die jetzt kräftig durchgeschüttelt wurde und kleine, leise Geräusche ihrer Verzweiflung ausstieß. Schließlich gab er den Druck auf ihre Klitoris auf, befreite sie vom steten Saugen, umspielte sie mit seiner Zunge und stieß dann mit der Zungenspitze gegen den kleinen Stamm.

Diese finale Berührung war genau das, was Sandra brauchte, und mit einem lauten, schrillen Schrei empfing sie ihren Orgasmus. Zitternd presste sie ihren Schoß noch fester gegen das Gesicht ihres Arbeitgebers, während ihr Körper in heftige Zuckungen versetzt wurde.

Als sich ihr Körper wieder beruhigt hatte, nahm Lord Corbett-Wynne seinen Kopf zurück und war dankbar, dass er wieder die frische Luft einatmen konnte. Sein eigener Höhepunkt war wieder gefährlich nahe; er musste seine ganze Selbstkontrolle aufbringen, um zu vermeiden, zusammen mit Sandra zu kommen, aber jetzt wollte er nichts anderes als seine eigene Befriedigung.

Sandra trat mit wankenden Schritten von ihm zurück und schaute auf seinen zuckenden Penis. »Ich glaube, es ist an der Zeit, mich um Sie zu kümmern«, sagte sie. »Das ist es doch, was Sie wollen, nicht wahr?«

»Natürlich ist es das«, fauchte ihr Arbeitgeber.

Sandras Augen weiteten sich. »Ich hoffe, ich muss Sie nicht noch einmal bestrafen«, sagte sie böse. Sein Penis reagierte auf die Strafandrohung, indem er noch dicker wurde und ungestümer pochte. Der Mann entschuldigte sich rasch. Keine andere Frau hatte das Spiel so ausgedehnt wie Sandra, und er war sich nicht sicher, ob ihm das gefiel oder nicht, aber sein Körper schien seine Zweifel nicht zu teilen.

»Also gut«, murmelte Sandra, und zum Entzücken des Lords schlang sie die Peitsche um den oberen Teil seiner Erektion und beugte sich darüber. In der Erwartung ihrer Wohltat musste er enttäuscht feststellen, dass sie den Kopf zurückzog und ihn nachdenklich anschaute.

»Ich bin noch nicht befriedigt«, sagte sie. Als er sie verdutzt ansah, fuhr sie fort: »Ich glaube, ich werde es mir gleichzeitig selbst machen. Aber achten Sie darauf, dass Sie nicht vor mir kommen, sonst werde ich wirklich wütend.«

Vorsichtig setzte sie sich, zog ihre Jodhpurs aus und spreizte ihre Schenkel, sodass sie ihre Hände bei sich selbst einsetzen konnte. Dann durfte er auf den Knien zu ihr rutschen, bis sie ihn bequem im Mund aufnahm.

»Ausgezeichnet«, sagte sie dann, als sie den Fleischstab für einen Moment draußen ließ. »Mal sehen, wie weit wir kommen.« Er spürte wieder ihren warmen, feuchten Mund.

Sandra schob die linke Hand zwischen ihre Schenkel, während die rechte die Wurzel der Erektion ihres Chefs packte. Sie glitt mit der Zunge an seinem Schaft entlang, während ihre Hand den unteren Teil des Stabs abwechselnd quetschte und rieb. Als sie sich nach vorn beugte, senkte sich ihre Hüfte, und ihre Muschi wurde über den Boden gezogen. Dies und das erregende Spiel ihrer Finger, die das nasse innere Gewebe bearbeiteten, sorgten für eine rasche Befriedigung.

Sie war erstaunt darüber, dass sie sich nach dem ersten Orgasmus wieder so schnell auf den Höhepunkt bringen konnte, und das war auch der Grund, warum sie vergessen hatte, sich auf Lord Cornett-Wynne zu konzentrieren.

Immer schneller ruckte sie auf dem Boden vor und zurück, und dabei glitt der Penis einige Male aus ihrem Mund.

Manchmal hielt sie ihn auch fest mit den Lippen umschlossen, dann spürte sie das Zucken und Pochen, das ankündigte, wie sehr sein Samen auf die Entladung drängte.

Während die Finger der Pferdepflegerin immer entschlossener zwischen ihren Beinen arbeiteten, wo sie aus der Vagina rutschten, um dann noch schneller und tiefer wieder einzudringen, wurde auch die andere Hand um den Schaft von Lord Corbett-Wynne aktiver. Er keuchte laut, weil er den Orgasmus zurückhalten wollte, aber der Anblick von Sandras aufgerissenem Mund und ihren geröteten Wangen, dazu ihre gedämpften Schreie der Erregung, das alles war zu viel für ihn.

Kurz bevor Sandras Körper von den Wellen ihres Orgasmus geschüttelt wurde, saugte sie mit neuer Intensität an der Eichel des Mannes. Ihre Zunge wirbelte herum, dann zog sie den Kopf zurück, und ihre nackten Pobacken rutschten wie besessen über das satte Gras, bis sie einen weiteren Höhepunkt erlebte.

Zuckungen ließen Sandras Körper erbeben, und voller Lust schrie sie heraus: »Ich komme, ich komme!«

Ohne es zu wollen, zerstörte sie damit Lord Corbett-Wynnes Selbstkontrolle, sodass er wenige Sekunden vor ihr kam und sich mit lautem Stöhnen und einem tiefen Grunzen der Befriedigung in ihren hungrigen Mund ergoss.

Sekunden später wurde Sandra von ihrem Orgasmus erfasst; sie wurde durchgeschüttelt, und kleine Schweißtropfen sammelten sich und rannen von der Stirn ins Tal ihrer Brüste. Sie ließ sich rücklings ins Gras fallen, die Beine weit gespreizt, und der immer noch an den Händen gefesselte Mann genau in der Mitte.

Lord Corbett-Wynne sackte ebenfalls zusammen, sodass er jetzt auf seinen Fersen hockte. Als sich Puls und Atem normalisiert hatten und er wieder sprechen konnte, erklärte er voller Begeisterung: »Großartig.«

Sandra schlug die Augen auf und starrte ihn an. Sie hatte das Gespür, wenn sie jetzt was Besonderes mit ihm anstellte, was sich bisher niemand getraut hatte, dann wäre er wirklich ihr Sklave. Tausend Gedanken schossen ihr durch den Kopf, dann lächelte sie ihn an, aber es war kein ganz glückliches Lächeln.

»Sie sind zuerst gekommen«, sagte sie vorwurfsvoll.

»Aber nur ein bisschen«, stellte er fest. »Nicht viele Männer hätten so lange durchgehalten wie ich.«

Sandra fasste seinen schlaffen Penis an, und Lord Corbett-Wynne zuckte. »Ich kenne Männer, die länger durchhalten«, teilte sie ihm mit. »Außerdem erinnere ich mich, dass ich Ihnen gesagt habe, ich würde Sie bestrafen, falls Sie vor mir kämen. Habe ich Recht?«

»Es ist Zeit, zurückzureiten«, sagte ihr Arbeitgeber, aber hinter der Aufforderung ahnte sie einen Hauch von Unbehagen.

»Noch nicht. Ungezogene Jungen müssen ihre Strafe entgegennehmen, auch wenn es schon spät ist.«

James Corbett-Wynne starrte in die Augen des Mädchens und wusste, dass es an ihm lag, ob sie jetzt zurückritten oder nicht. Sie arbeitete für ihn – er konnte sie feuern, und sie würde es nicht wagen, sich dagegen zu wehren. Aber die Wahrheit war, dass er plötzlich gar nicht mehr zurückreiten wollte. Er wollte das Spiel verlängern, auch wenn das Spiel einen anderen Verlauf genommen hatte, als er ursprünglich gedacht hatte.

»Oh, das ist nicht fair«, sagte er schmollend, und Sandra war entzückt. Sie hatte gewonnen!

Langsam fuhr sie fort, seinen schlaffen Penis zu streicheln, aber er zog sich nur noch weiter zurück, und seine Hoden schrumpften und waren leer. In diesem Zustand sah ihr Chef seltsam verletzbar aus. »Ich glaube, Sie wollen noch einen Orgasmus haben«, sagte sie mit einem Lächeln.

James Corbett-Wynne sah sie mit ungläubigem Staunen an. In seiner Jugend hatte er nicht viel Zeit zwischen den Orgasmen gebraucht, aber heute war das anders, und er hatte das Gefühl, dass jeder Versuch einer Wiederholung nur in einer schmerzlichen Niederlage enden konnte.

»Eigentlich nicht«, sagte er.

»Aber natürlich«, widersprach sie. »Und für einen so großen starken Mann wie Sie sollte das kein Problem sein. Hier, Sie können zuerst mit meinen Brüsten spielen. Das sollte Sie in Stimmung bringen.«

»Ich glaube nicht ...«

»Ich werde Sie erst losbinden, wenn Sie noch einmal gekommen sind«, sagte Sandra lachend. »Es könnte ein bisschen ungemütlich werden, wenn wir den ganzen Nachmittag hier verbringen müssen. Ich bin sicher, wir sind nicht die einzigen Leute, die dem Pferdegeläuf folgen.«

Noch während sie sprach, setzte sich Sandra auf und bewegte sich auf James zu. Sie schmiegte sich an ihn, und er fühlte, wie ihre weichen Brüste gegen seinen Brustkorb rieben. Die Nippel wurden dabei hart. Er hätte gern mit den Händen gearbeitet, aber er wusste, dass es keine Chance gab. Sie würde es einfach nicht erlauben. Er bewegte seinen Oberkörper hin und her, um die Reibung zu verstärken, und dann fühlte er, wie ihre Brüste anzuschwellen begannen.

Sandra erhob sich und ließ ihre Brüste über sein Kinn gleiten, über Mund und Augen. Er öffnete den Mund und versuchte, einen Nippel einzufangen und zu lecken, aber sie wich ihm aus und stellte sich hinter ihn. Sie presste die Brüste gegen seinen Rücken und dann die Wirbelsäule hinunter, und schließlich begann sie das stimulierende Reiben an seiner Unterhose.

Obwohl er sich erregt fühlte, blieb James' Penis unbeeindruckt; es war kein Zucken zu bemerken. Langsam geriet er in Panik. Sandra stellte sich wieder vor ihn, und ihre Hand wanderte in seine Hose und drückte den Penis. Selbst die Hoden schienen vor ihren Fingern zu fliehen, was sie mit einem tiefen Glucksen zur Kenntnis nahm.

»Saugen Sie an meinen Nippeln«, schlug sie vor und stellte sich in Position. Er ging rasch darauf ein und zog die festen Brustwarzen lustvoll abwechselnd in seinen Mund. Er saugte sie hart, wie er es eben mit ihrer Klitoris getan hatte. Sandra spürte bald, dass sie wieder nass zwischen den Schenkeln wurde, aber diesmal ignorierte sie ihre eigene Lust. Sie bezog ihre Erregung allein daraus, ihrem Arbeitgeber einen zweiten Höhepunkt zu bescheren.

Schließlich, als ihre Lustschreie lauter wurden und die Adern in ihren Brüsten stärker hervortraten, wurde James' Penis lebendig. Er bewegte sich träge, wuchs aber und wurde auch halb steif, doch trotz seiner Konzentration und dem Reiz der Szene wurde er nicht richtig hart.

Sandra wusste, was zu tun war. Sie griff nach einem der übrig gebliebenen Sandwiches, dann zog sie die Unterhose ihres Arbeitgebers nach unten und strich über seinen Damm. Zugleich begann sie die Spitze seines Penis zu lecken.

»Knien Sie sich hin«, wisperte sie, »und spreizen Sie die Knie noch ein bisschen mehr.«

Ihr Mund und ihre Finger verbreiteten ihren Zauber, und Sandra konnte die sexuelle Spannung in ihm spüren, als er gehorchte und sein Körper in einer Mischung aus Erregung und Furcht zu zittern anfing. Auch Sandras Erregung stieg rapide an, und sie wusste, wenn sie ihm einen weiteren Orgasmus verschaffen konnte, würde sie auch kommen. Sie verstärkte den Druck der Zunge auf seinem Penis, und allmählich wurde er härter. Sie ließ den vorbereiteten Finger um die Kerbe seines Hinterns gleiten, teilte die Backen und stieß den gebutterten Finger in seinen Anus.

Sie ließ den Finger behutsam kreisen und suchte seine Prostatadrüse, und da wusste James Corbett-Wynne, dass sie erfolgreich sein würde. Er spürte, dass sie ihr Ziel erreichte, als sie die unglaublich empfindliche Drüse drückte und massierte. Es war ein exquisites Gefühl, und sie rieb weiter, bis sich die Hoden wieder in ihrem Beutel bewegten.

Sandras Atem kam keuchend. Sie wusste, dass ihn der zweite Orgasmus erfüllen würde wie nie zuvor, er würde ihm eine neue Art der Ekstase bringen, die so intensiv war, dass sie sich fast wie ein Schmerz anfühlte, aber sie war sicher, dass dies der Schlüssel zu ihrem Erfolg war.

Als seine Erektion die gewohnte Härte erreichte, begann sie zu schmerzen, und James ließ ein kurzes Grunzen des Protests hören, aber den vergaß er gleich wieder, denn sie setzte die duale Stimulierung fort, und ihr Finger stieß unerbittlich gegen die für seine Lust verantwortliche Drüse.

Plötzlich, ohne jede Ankündigung, versteiften sich die Muskeln seiner Oberschenkel, sein Bauch verkrampfte sich, und dann verbreitete sich das wunderbare heiße Prickeln auf der Spitze seiner Erektion. Innerhalb von Sekunden fühlte er, wie die sämige Flüssigkeit durch den geschwollenen Stamm seiner Männlichkeit schoss, und dann sprühte sie über Sandras Brüste, während ihre rechte Hand den Schaft auf und ab rieb, bis sie jeden Tropfen herausgeholt hatte. James fiel rücklings ins Gras.

Während er dort lag, streunten Sandras Hände erneut zwischen ihre Schenkel, und nach wenigen Augenblicken hatten ihre Finger für ihren dritten Höhepunkt gesorgt, der fast ausschließlich daraus resultierte, dass sie ein wunderbares Gefühl empfand, das Gefühl der Macht über Lord Corbett-Wynne.

Als er sich erholt hatte, richtete sich Lord Corbett-Wynne auf. »Binde mich sofort los«, sagte er schroff. »Wir müssen zurück.«

Sandra wusste, dass sie ihm gehorchen musste; ihr Moment der Autorität war vorbei, aber wenn es nach ihr ging, würde das nicht lange so bleiben. Unterwürfig löste sie die Stricke von seinen Handgelenken, und während er sich anzog, nahm sie das Seilstück, das sie um den Baum gewunden hatte, rollte es zusammen und steckte es wieder in ihre Tasche. Es war weise Voraussicht gewesen, das Seil mitzubringen.

»Beeil dich ein bisschen, zieh dich endlich an«, blaffte ihr Arbeitgeber. »Jeden Augenblick könnte jemand vorbeikommen.«

Sandra fragte sich, warum ihn das bis jetzt nicht gestört hatte, aber sie zog rasch ihre Kleider an, und gerade als das Paar in die Sättel steigen wollte, hörte man die Hufe eines Pferdes, und ein Reiter näherte sich ihnen.

»Ein schöner Tag!«, rief Matthew Stevens und zügelte sein Pferd.

Lord Corbett-Wynne schickte ein stummes Stoßgebet zum Himmel, dass der Mann nicht ein paar Minuten früher vorbeigeritten war. »Ja, ein schöner Tag«, erwiderte der Lord mit Begeisterung in der Stimme und erinnerte sich, wie schön der Tag bisher verlaufen war.

»Hab Ihre Frau am Morgen gesehen, sie wollte sich die Welpen anschauen, von denen ich gestern gesprochen habe«, fuhr Sir Matthew fort. »Schade, dass sie nicht reitet.«

»Richtig«, stimmte James zu, der vollauf zufrieden damit war, dass seine Frau kein Interesse mehr an Pferden zeigte. »Aber wenn einem die Nerven durchgehen, ist es vorbei. In ihrem Alter ist es wahrscheinlich besser, sich von den Tieren fernzuhalten. Pferde spüren es, wenn der Reiter Nerven hat – Hunde übrigens auch.«

Matthew, dessen scharfe Blicke erkannt hatten, dass Sandras Hemd nicht ganz zugeknöpft war und ihr Chef nur einen Socken trug, nickte und versuchte, sein Vergnügen zu unterdrücken. Es war klar, dass James Corbett-Wynne keinen Versuch unternehmen würde, Marina wieder zum Reiten zu überreden; sie könnte ihn dann bei seinen Ausritten mit der Pferdepflegerin überraschen. »Ich hoffe, wir sehen uns bald wieder«, sagte er, dann stieß er dem Pferd die Absätze in die Seiten und ritt von der Lichtung weg.

»Wer war das?«, fragte Sandra, die den Reiter sehr attraktiv fand.

»Sir Matthew Stevens. Er ist ein neuer Nachbar. Himmel, verdammt, knöpf endlich dein Hemd zu. Ich hoffe, dass Matthew nichts bemerkt hat.«

Sandra hob die Schultern, schloss die Knöpfe und stieg auf ihr Pferd. Ihr war es egal, wenn er was gesehen hatte; es hätte ihn bestimmt nicht gestört, und vielleicht war er ja auch an ihr interessiert. Sie wusste aus Erfahrung, dass diese Landherren sexuelle Beziehungen mit Pferdepflegerinnen liebten.

Auf dem Rückweg war ihr Arbeitgeber ziemlich still, aber das war nichts Neues für Sandra. Es war immer gleich bei ihnen; nach den Sexspielen verhielten sie sich so, als wären sie gar nicht geschehen, aber einen Tag später kamen sie wieder und wollten mehr davon.

Als sie zu Hause ankamen, nahm Sandra beide Tiere mit,

um ihnen die Zügel abzunehmen und die Pferde trocken zu reiben. Sie wollte gerade gehen, dann drehte sie sich noch einmal zu Lord Corbett-Wynne um, als wäre sie plötzlich auf eine Idee gekommen.

»Sir, gibt es noch eine freie Stelle bei Ihnen?«, fragte sie demütig. »Hat meine Schwester vielleicht eine Chance? Sie muss ihre jetzige Stelle aufgeben, weil dort alle Pferde verkauft werden. Es wäre schön, wenn wir zusammenarbeiten könnten. Wir sind uns sehr ähnlich, Sir, und sie würde Ihnen sehr gefallen«, fügte sie bedeutungsschwanger hinzu.

Trotz seiner totalen Erschöpfung spürte James einen Kitzel der Erregung. »Wie alt ist sie?«, fragte er.

»Elf Monate älter als ich. Sie ist sehr erfahren.«

»Habt ihr schon mal zusammengearbeitet?«, fragte er, und seine Augen bohrten sich in ihre, damit sie begriff, dass er nicht vom Ausmisten der Ställe redete.

»Ja, Sir, und wir haben mit völliger Befriedigung zusammengearbeitet.«

James nickte. »Das glaube ich gern. Nun, ich werde es im Kopf behalten. Ich werde mal mit Jerry reden. Er hat das Sagen über die Ställe. Ah, du kannst ihm sagen, er soll sich um halb sechs bei mir im Arbeitszimmer melden.«

»Ich danke Ihnen, Sir«, sagte Sandra und senkte den Blick, um ihren Triumph zu verbergen. Zusammen würden sie und Melanie unbezwingbar sein, und Lord Corbett-Wynne würde beste Ware für sein Geld erhalten.

Um halb fünf trafen sich Tania und Annabel im Musikzimmer, wo der Nachmittagstee serviert wurde. Annabel hatte die letzten Stunden damit verbracht, sich um ein Gespräch mit Lady Corbett-Wynne zu bemühen, aber zu ihrer Überraschung war sie mit fadenscheinigen Begründungen einige Male zurückgewiesen worden. Ihre Ladyship ruhte, badete oder war zu beschäftigt, wie ihre Zofe sagte.

Das kam Annabel sehr seltsam vor, wenn sie daran dachte, wie sehr der Dame des Hauses daran gelegen war, die Renovierung der einzelnen Zimmer voranzutreiben.

»Hast du einen guten Tag gehabt?«, fragte Tania und lag zusammengerollt in einem der durchhängenden Sessel. Unter dem Baumwollrock waren ihre Beine nackt.

»Ich war beschäftigt«, antwortete sie. »Dieses Zimmer hat mich die meiste Zeit gekostet. Es muss dringend renoviert werden, aber die Ideen deiner Mutter stimmen noch nicht mit meinen Vorschlägen überein.«

»Was will sie denn? Vorhänge aus Chintz und seidene Gardinen?«

»Gestreifte Tapete wie zur Regency-Zeit und Vorhänge aus Brokat. Mir schwebt etwas weniger Aufdringliches vor. Ich finde, wenn die Wände ...«

»Spar dir das für sie auf«, unterbrach Tania sie mit ihrer gedehnten Aussprache. »Mir ist es scheißegal, wie das verdammte Zimmer aussieht. Ich wüsste gern, wie Crispian mit dieser fürchterlichen Amanda fertig geworden ist. Ich wette, sie hat ihm die Ohren mit Schweinegeschichten vollgelabert. Sie ist schwer mit der Schweinezucht beschäftigt.«

Annabel lachte. »Ist das nicht etwas ungewöhnlich für ein Mädchen?«

»Nicht in dieser Familie, sie sind alle verrückt wie Feldhasen. Leider haben sie Geld wie Heu, deshalb ist Stiefpapa der Meinung, er soll ihren Gestank vergessen und immer nur an den Scheinen riechen, nicht an ihr.«

»Nun, ich schätze, irgendeine wird er heiraten müssen«, murmelte Annabel.

Tania starrte sie mit gefährlich funkelnden Augen an. »Warum denn? Nicht alle Männer heiraten. Außerdem ist er ja schon verliebt.«

Annabel wünschte, sie hätte den Mund gehalten. »Ja, aber aus dieser Liebe kann nichts werden, oder doch?«

»Das sehe ich nicht ein. Wir sind schließlich nicht miteinander verwandt. Wenn wir uns irgendwo bei einem Ball getroffen hätten und nicht durch die Heirat meiner Mutter zusammengeworfen worden, wäre die Meinung der Leute einhellig gewesen: Was für ein schönes Paar, das gut zusammenpasst.«

»Meinst du?«

Tania verzog das Gesicht. »Nein, nicht wirklich. Ich bin nicht reich, und das ist das große Problem. Meine Mutter ist reich, und eines Tages werden mein Bruder und ich reich sein, aber ich selbst besitze nichts, deshalb sollte ich eigentlich versuchen, auch reich zu heiraten. Vielleicht heirate ich Amandas Bruder, dann können wir eine wirklich enge Familie werden.« Sie lachte ihr perlendes Lachen, aber ihre Augen blieben ernst. »Ich werde ihn nie gehen lassen«, sagte sie leise, als sie das Lachen abgebrochen hatte. »Ich weiß, wie ich ihn halten kann, auch wenn uns das Haus um die Ohren fällt, weil kein Geld für den Erhalt da ist. Wir passen ideal zueinander. Er wird eine andere Frau nie so lieben können, wie er mich liebt.«

Zum Glück für Annabel brachte ein Dienstmädchen das Tablett mit Sandwiches und Tee in einer antiken Silberkanne und einige angeschlagene Tassen und Untertassen, die nicht zueinander passten, herein, sodass Annabel eine Antwort erspart blieb.

»Du kannst einschenken«, sagte Tania und hörte sich plötzlich übellaunig an.

Während Annabel die erste Tasse einschenkte, öffnete sich die Tür, und Lord Corbett-Wynne trat ein. »Ich hoffe, ich komme rechtzeitig zum Tee«, sagte er fröhlich. »Ich nehme an, dass Crispian bei den Fitzwilliams ist?«

»Ja, wahrscheinlich kratzt er gerade einem Schwein den Rücken«, blaffte Tania.

»Einen Schweinerücken? Ich weiß nicht, was du meinst.«

»Doch, das weißt du ganz genau. Amanda Fitzwilliam ist ganz vernarrt nach Schweinen.«

»Unsinn, sie ist ein verdammt feines Mädchen. Ich möchte etwas Tee, meine Liebe, und ein paar von diesen vorzüglichen Sandwiches auch. Ich habe heute das Mittagessen verpasst, weil ich ausgeritten bin.«

Tania ließ ein unterdrücktes Glucksen hören. Ihr Stiefvater starrte sie an. Annabel reichte ihm seine Tasse und die Sandwiches, gab Tania ihre Tasse und wollte sich gerade hinsetzen, als Lady Corbett-Wynne hereinkam. Alle blickten erstaunt auf.

»Was führt dich denn her, Mama?«, fragte Tania. »Sage bloß nicht, du suchst unsere Gesellschaft.«

Ihre Mutter lächelte gelassen. Annabel fand, dass ihre Auftraggeberin viel entspannter aussah als am Vortag. »Ich dachte, es wäre nett, den Tee mit Annabel zu trinken; sie und ich haben einige Dinge zu besprechen, und ich war zu beschäftigt, um sie eher zu empfangen. Und dich, James, wollte ich fragen, ob wir noch den dunkelhaarigen jungen Mann in den Ställen beschäftigen?«

»Du meinst Jerry?«, knurrte ihr Mann.

»Möglich. Ich habe nämlich beschlossen, wieder mit dem Reiten zu beginnen.«

Verblüfftes Schweigen entstand, das schließlich von James gebrochen wurde, der nach Annabels Beobachtung überhaupt nicht mit der Ankündigung einverstanden war. »Unsinn«, sagte er scharf. »Du weißt ganz genau, dass du dich beim letzten Mal fast umgebracht hast. Was soll das für einen Sinn haben, deinen hübschen kleinen Hals für etwas zu riskieren, was du nie gemocht hast?«

Seine Frau warf ihm einen amüsierten Blick zu. »Dieser ›hübsche kleine Hals‹, wie du es ausdrückst, war nie in Gefahr. Ich bin einfach vom Pferd gefallen. Früher war ich mal eine gute Reiterin, hat man mir bescheinigt, daher hat Tania auch mein Talent geerbt. Aber ich habe natürlich in meinem Alter kein Interesse mehr an irgendwelchen Wettbewerben. Ich möchte nur durch die Landschaft reiten.«

»Aber du bist bisher kaum an der frischen Luft gewesen«, polterte ihr Ehemann. »Wenn du beschlossen hast, in Zukunft gesünder zu leben, warum fängst du nicht mit Spaziergängen an? Es ist verdammt viel sicherer.«

»Gibt es einen bestimmten Grund, warum du nicht willst, dass ich wieder mit dem Reiten anfange?«

James wich ihren forschenden Blicken aus. »Natürlich nicht! Ich denke dabei nur an dich.«

»Das ist sehr fürsorglich von dir, aber trotz deiner Sorge glaube ich, bei diesem Jerry in sicheren Händen zu sein. Du hast mir doch immer gesagt, dass wir die besten und geschicktesten Mitarbeiter in den Ställen haben.«

Bei dieser Bemerkung nahm das Gesicht ihres Mannes noch eine tiefere Röte an; er knurrte irgendwas und nahm dann einen gehörigen Bissen von seinem Sandwich.

Marina wandte sich Annabel zu. »Es tut mir leid, dass ich am Nachmittag so beschäftigt war, meine Liebe. Haben Sie sich schon zu diesem Zimmer etwas einfallen lassen?«

Annabel nickte und versuchte hastig, den Rest ihres Sandwichs zu kauen und zu schlucken. Das Ergebnis war ein Hustenanfall. Lord Corbett-Wynne war sofort an ihrer Seite und klopfte ihr voller Enthusiasmus auf den Rücken. Seine Finger verharrten noch etwas länger als nötig, nachdem sie sich erholt hatte.

»Ich habe mir dieses Zimmer so vorgestellt, wie Sie es gern haben möchten, Lady Corbett-Wynne«, sagte sie dann, »aber um ehrlich zu sein, ich glaube nicht, dass es gut aussehen würde. Alles muss heller werden. Und die typischen Regency-Streifen in der Tapete würden es noch dunkler wirken lassen. Mein Vorschlag ist, die Wände in einem sehr leichten Blaugrau zu streichen. Dazu könnten die von Ihnen gewünschten Brokatgardinen passen, aber nur, wenn sie stark gerafft werden. Ein Teppich mit verblichenen Blau- und Pinktönen würde sich wunderbar eignen. Dann haben Sie beim Mobiliar eine große Auswahl, weil auf den Wänden und im Teppich so viele verschiedene Farben vorkommen. Aber es ist gar nicht erforderlich, dass in allen Räumen das eine auf das andere abgestimmt ist. In einem Haus wie diesem sieht das irgendwie nicht richtig aus. Ein Teil des Charmes von Leyton Hall besteht darin …«

»Es hat keinen Sinn, mit meiner Frau über den Charme von Leyton Hall zu reden!«, explodierte Lord Corbett-Wynne. »Sie hasst dieses Haus. Wenn sie zu sagen hätte, würde sie es bis auf die Mauern einreißen lassen und dann jedes Zimmer mit französischen Möbeln mit diesen spindeldürren Füßen füllen und Spitzengardinen vor die Fenster hängen. Sie sollte in einem Harem leben, aber das Leben da würde ihr nicht gefallen.«

Er lachte laut über seinen eigenen Witz, dann verfiel er wieder in Schweigen.

Seine Frau hob die Augenbrauen. »Bist du jetzt fertig, James?«

Er wischte sich mit einem Taschentuch die Augen trocken und erinnerte sich daran, dass er zuvor seine Hände damit gereinigt hatte, bevor Sandra mit den Strafen begann. Zu seinem Erstaunen spürte er seinen Penis zucken. »Ziemlich fertig«, antwortete er hastig.

»Gut. Nun, Annabel, das ist zwar nicht das, was ich mir gedacht habe, doch ich weiß jetzt, was Sie meinen. Ich kann mir meinen Mann auch nur schwer in einem ordentlichen Zimmer vorstellen, in dem alles aufeinander abgestimmt ist. Ihr Vorschlag, da alles Mögliche an Möbeln unterzubringen, klingt daher sehr vernünftig.«

Annabel beugte sich vor. »Ich habe nicht von allen möglichen Möbeln gesprochen, Lady Corbett-Wynne. Ich habe nur gemeint …«

Zu ihrer Verblüffung unterbrach die Frau sie mit einem knappen Wink ihrer Hand. »Wie Sie wollen, Annabel. Man hat mir versichert, dass sie talentiert sind, und wenn ich an den Betrag denke, den ich Ihnen zahlen werde, hoffe ich doch sehr, dass das zutrifft. Morgen Nachmittag besprechen wir das Esszimmer. Sie sind doch auch dafür, es zu renovieren?«

»Ich glaube, dass mehr Licht …«

»Ich will das ganze Zimmer renoviert haben«, sagte Lady Corbett-Wynne entschlossen. »Ich hasse es, dort zu essen, weil es so ein dunkler Raum ist, in dem man Depressionen bekommt. Ein Hauch von italienischem Flair würde genau passen.«

Annabel war so entsetzt, dass ihr keine Antwort einfiel. Sie wusste, es würde ein Sakrileg sein, in einem so schönen Raum derartig drastische Veränderungen vorzunehmen. Aber dies war nicht der Zeitpunkt, darüber zu diskutieren, deshalb nickte sie nur und hoffte, dass sie sich am nächsten

Tag auf einen Kompromiss einigen konnten, obwohl sie noch keine Ahnung hatte, wie der aussehen konnte.

»Da wir gerade vom Esszimmer gesprochen haben«, fuhr Marina fort. »Ich dachte, wir könnten am Samstag nächster Woche zu einer Dinnerparty einladen.«

»Eine Dinnerparty? Wie groß?«, verlangte ihr Mann zu wissen.

Marina hob die Achseln. »Ich dachte an zwanzig bis vierundzwanzig. Es ist schon so lange her, dass wir so richtig gefeiert haben.«

»Ja, weil du gesagt hast, dass du alle meine Freunde verabscheust«, hielt James dagegen.

Marina lächelte vor sich hin. »Unsinn; ich bin sicher, das nie gesagt zu haben. Außerdem werden es diesmal nicht nur deine Freunde sein. Annabel ist dabei, und wir können Matthew wieder einladen. Er war ein ausgezeichneter Gast und sehr unterhaltsam.«

»Mir ist aufgefallen, dass du ihn magst«, sagte Tania.

Marina wandte sich ihrer Tochter zu. »Ist daran etwas auszusetzen?«

»Nein, es ist nur ungewöhnlich, das ist alles.«

»Er ist mir am Nachmittag bei meinem Ausritt begegnet«, sagte James. »Er sagte, du hättest dir seine Welpen angesehen.«

»Ja, aber ich habe mich noch nicht entscheiden können, welchen ich mir aussuchen soll«, erklärte Marina. »Ich muss sie mir noch einmal ansehen. Ich glaube, man kann sich leichter entscheiden, wenn sie ein wenig älter sind.«

»Ich dachte, du magst keine Hunde«, warf Tania ein.

»Ich mag die Hunde nicht, die wir haben, sie sind laut und schlecht erzogen. Ich werde mir einen Hund aussuchen, den ich selbst trainieren werde.«

»Du wirst dich verausgaben, wenn das so weitergeht«, murmelte ihr Mann. »Reitstunden, Hundetraining und Inneneinrichtung. Ich hoffe, dass der Tag genug Stunden für dich hat.«

Tania kicherte, Marina schaute verärgert drein, und Annabel saß voller Unbehagen auf ihrem Platz. Sie fragte sich, was in diesem Haushalt vor sich ging. Ein Klopfen gegen die Tür unterbrach sie.

»Herein«, rief Lord Corbett-Wynne.

Susan, das Dienstmädchen, trat ein. »Mr. Jerry wartet in Ihrem Arbeitszimmer auf Sie, Sir. Man hat ihm gesagt, dass Sie ihn sprechen wollen.«

Marinas Augen weiteten sich. »Sag mal, James, seit wann kannst du hellsehen? Hast du gewusst, dass ich wieder reiten will?«

»Natürlich nicht. Ich wollte mit ihm wegen eines neuen Pferdepflegers sprechen.«

»Hast du nicht genug davon?«, fragte Tania unschuldig.

»Nun, richte ihm aus, dass ich meine Reitstunden zur selben Zeit wie damals nehmen will«, sagte Marina. Sie stellte ihre Tasse ab und schwebte aus dem Zimmer. Sekunden später ging auch ihr Mann.

»Ich wüsste gern, was die beiden im Schilde führen«, murmelte Tania. »Ich wette darauf, dass mein Stiefpapa auf der Suche nach einer neuen Gespielin ist, aber ich verstehe nicht, was in Mutter gefahren ist. Seit Jahren ist sie jedem Pferd aus dem Weg gegangen, und außerdem mag sie keine Hunde. Ich kann mir nur denken, dass sie Sir Matthew mag, aber da sie seit Jahren kein Interesse an einem Mann gezeigt hat, ist das auch ziemlich überraschend. Was sagst du, Annabel?«

Annabel, die auch glaubte, dass Lady Corbett-Wynne eine

Schwäche für Sir Matthew hatte, entschied sich, nichts dazu zu sagen. »Ich habe keine Ahnung.«

»Also, ich halte ihn für einen Draufgänger, viel zu erfahren für Mutter. Was hast du von ihm gehalten?«

»Er ist sehr attraktiv«, gab Annabel zu. »Er sieht gut aus und wirkt sehr maskulin. Mir gefallen solche Männer besser als die zierlichen Typen.«

»Hat er nicht erwähnt, dass du dir sein Haus mal ansehen sollst?«, fragte Tania. »Ich würde hingehen, wenn ich du wäre. Wer weiß, was er dir alles zeigen wird.«

Annabel, die nichts dagegen hatte, dass Sir Matthew ihr das eine oder andere zeigen würde, bemühte sich um einen uninteressierten Eindruck. »Ich weiß nicht, ob ich Zeit dafür habe.«

»Ich an deiner Stelle würde Zeit für ihn finden. Kommst du heute Abend wieder zu Crispian und mir? Wir haben ein paar neue geile Ideen, und es wäre eine Schande, wenn du sie verpassen würdest.«

Annabel errötete. »Ich weiß noch nicht. Gewöhnlich ...«

»Nun hör aber auf! Dir hat es doch gestern Abend Spaß gemacht, oder? Ich bin Expertin, ich erkenne, wenn jemand nur so tut oder echt dabei ist, und du hast nicht nur so getan. Wir haben dich ganz schön aufgegeilt, nicht wahr? Warum willst du das nicht noch mal erleben? Crispian und ich stehen auf Dreiern.«

»Wir stehen auf was?«, fragte Crispian, der leise ins Zimmer getreten war, während Tania gesprochen hatte.

»Auf einen Dreier! Ich habe Annabel gerade eingeladen, uns heute Abend wieder Gesellschaft zu leisten. Erinnerst du dich, was du vorgeschlagen hast?«

Crispian lächelte. »Aber gewiss. Wenn du mitmachen willst, Annabel, dann komme nach dem Essen auf mein Zimmer. Wir sind da, und wir werden bis zehn Uhr auf dich warten. Wenn du dann noch nicht da bist, fangen wir ohne dich an.«

Annabel spürte Wellen der Erregung, die sich über sie ergossen. Instinktiv presste sie ihre Schenkel fest zusammen, um die angenehmen Gefühle noch zu verstärken.

»Wie war Amanda?«, fragte Tania und schenkte ihrem Stiefbruder eine Tasse Tee ein.

Er stöhnte auf und schob sich das lange Haar aus der Stirn. »Genau, wie ich sie mir vorgestellt hatte – grausam. Die meiste Zeit des Nachmittags haben wir bei ihrem neuen Wurf Ferkel verbracht. Um genau zu sein, es war nicht ihr Wurf, obwohl mich in dieser Familie nichts mehr überraschen würde. Also, es geht um den Wurf ihrer Lieblingssau. Dadurch wurde die Romantik zwischen uns ein wenig beeinträchtigt. Aber Pa wird begeistert sein, und sie hat zugestimmt, mich zum Ball bei den Winterbrooks zu begleiten. Sie meinte, das wäre ein großer Jux, aber ich habe nicht verstanden, was sie damit meinte.«

»Mutter will wieder mit dem Reiten anfangen«, sagte Tania, offenbar bemüht, das Thema zu wechseln.

»Reiten? Himmel, wie ist sie denn darauf gekommen?«

»Ich habe keine Ahnung, aber ich habe den Verdacht, dass ihr Besuch heute Morgen bei Matthew Stevens etwas damit zu tun haben könnte.«

»Wirklich?« Crispian schaute Annabel an. »Sieht so aus, als hättest du ernsthafte Konkurrenz, Annie.«

»Ich heiße Annabel, und ich habe kein besonderes Interesse an Sir Matthew.« Sie stand abrupt auf. »Wenn ihr mich jetzt entschuldigen würdet, aber ich muss zurück auf mein Zimmer. Ich muss meine Notizen auf den aktuellen Stand bringen.«

»Sie ist ganz verrückt nach ihm«, behauptete Crispian, als

Annabel gegangen war. »Ich glaube, wir sollten ihnen eine Gelegenheit bieten, sich besser kennen zu lernen, meinst du nicht auch, Tania?«

Seine Stiefschwester lächelte ihn an. »Das hört sich nach Spaß an. Vielleicht können wir nach der Dinnerparty irgendwas arrangieren.«

»Welche Dinnerparty?«

»Das war auch so eine Bombe von meiner Mutter. Sie will eine große Dinnerparty am übernächsten Samstag geben, und Sir Matthew wird einer der Gäste sein.«

»In diesem Fall müssen wir diese Gelegenheit nutzen, allein schon wegen Annabel.«

»Und wir können dabei doch auch unseren Spaß haben, oder nicht?«

»Ja, das ist ein Bonus, den alle hilfsbereiten Menschen erhalten.«

Sie mussten beide lachen.

Sechstes Kapitel

Beim Essen an diesem Abend ging es wieder sehr förmlich zu; die Herren trugen Dinnerjacketts. Annabel trug ein bis zu den Waden reichendes Kleid aus grauer und blauer Seide mit einem darauf abgestimmten Jackett, während Tania sich für ein glänzendes, buntes, schulterfreies Kleid bis zum Knie entschieden hatte. Es umschmiegte ihre Kurven wie eine zweite Haut.

»Ist dir nicht ein bisschen kalt, meine Liebe?«, fragte Marina scharf.

Tania lachte. »Mir ist nicht kalt. Es wissen doch alle, dass ich heißblütig bin.«

Ihr Stiefvater räusperte sich und konzentrierte seinen Blick auf Annabel. »Möchten Sie mal ausreiten, während Sie hier sind, junge Dame? Einige unserer Pferde sind sehr gutmütig.«

»Im Gegensatz zu den Kindern«, warf Crispian scherzhaft ein und zwinkerte Annabel zu.

Bevor sie antworten konnte, unterbrach Lady Corbett-Wynne das aufkommende Gespräch. »Hast du mit diesem Mann wegen meiner Reitstunden gesprochen, James?«

Er nickte. »Jerry sagte, dass er entzückt wäre, dir Reitstunden zu geben, ganz egal wann. Mehr hat er dazu nicht gesagt. Aber wenn du mich fragst …«

»Ich frage dich nicht«, sagte seine Frau streng.

Tania gab ihrem Stiefbruder einen Tritt unter dem Tisch. Sie schauten sich amüsiert an.

»Wie war es bei Sir Matthew?«, fragte Crispian.

Zu seiner Überraschung lächelte seine Stiefmutter verträumt. »Er war sehr hilfsbereit. Er war es übrigens auch, der mir empfohlen hat, wieder mit dem Reiten anzufangen.«

»Er soll sich nicht in unsere Angelegenheiten einmischen«, knurrte ihr Mann.

»Annabel ist verrückt nach ihm«, sagte Crispian. »Stimmt das nicht, Annie?«

Lady Corbett-Wynne ruckte den Kopf herum und starrte Annabel an. »Ich dachte, er wäre ein wenig zu alt für Sie.«

Annabel, wütend auf Crispian, versuchte, amüsiert auf seine Bemerkung zu reagieren. »Ihr Stiefsohn redet Unsinn, Lady Corbett-Wynne. Ich habe mit Sir Matthew ein oder zwei Sätze geredet.«

»Und in der Zukunft werden Sie auch kaum Zeit dafür haben. Seit Sie hier sind, haben Sie herzlich wenig erreicht, finden Sie nicht auch?«

Diese unfaire Bemerkung ließ die Röte in Annabels Wangen schießen, aber sie senkte den Kopf und fuhr mit dem Essen fort. Es war ihr klar, dass die ältere Frau sehr beunruhigt war von dem, was Crispian gesagt hatte. Wenn sie eine Konkurrenz fürchtete, dann hatte Crispian Recht mit seiner Vermutung. Ob die Gefühle beidseitig waren, konnte noch niemand wissen, aber es war schon auffällig, wie sehr er sich am vorigen Abend um die Lady des Hauses bemüht hatte.

Nach dem Essen, als der Kaffee in der Bibliothek serviert wurde, verschwanden Tania und Crispian. Lady Corbett-Wynne besprach ihre Ideen für die Renovierung des Esszimmers mit Annabel, aber sie waren beide nicht konzentriert, und nach einer halben Stunde zog sich Lady Corbett-Wynne auf ihre Zimmer zurück.

Allein mit Annabel, wurde Lord Corbett-Wynne immer

lebhafter. »Also kein fester Freund?«, murmelte er, während seine rechte Hand Annabels Schenkel berührte. Sie saßen nebeneinander auf dem Sofa.

Annabel zog die Beine zurück. »Nicht im Moment, Sir.«

»Sex ist gut für Sie, er hält Sie fit und aktiv. Marina wäre viel fröhlicher und gesünder, wenn sie das verstünde.«

»Gestern Abend schien sie fröhlich zu sein«, bemerkte Annabel.

Seine Lordschaft nickte. »Ja, verdammt seltsam! Wenn ich sie nicht besser kennen würde, müsste ich glauben, sie hätte einen Narren an Sir Matthew gefressen. Aber Männer interessieren sie nicht mehr, wie ich zu meinem Leidwesen weiß.«

Annabel musste wieder an Sir Matthew am vorigen Abend denken, und gleichzeitig fiel ihr ein, dass Tania und Crispian auf sie warteten. Sie schaute auf die Uhr. Zehn Minuten vor zehn. In zehn Minuten würden sie mit ihrem sehr eigenen Unterhaltungsprogramm beginnen, entweder mit ihr oder ohne sie. Sie wollte dabei sein, in schierer körperlicher Lust wieder schwelgen, sich ganz von der Sinnlichkeit einfangen zu lassen.

»Ich bitte um Entschuldigung«, sagte sie abrupt und stand auf. »Ich bin wirklich müde, und morgen haben wir einen anstrengenden Tag. Wenn Sie nichts dagegen haben, Lord Corbett-Wynne, möchte ich jetzt zu Bett gehen. Ich wünsche eine gute Nacht.«

Ihre plötzliche Bewegung nahm James kaum wahr. Nachdem er während des Essens schon eine Menge Wein getrunken hatte, sprach er seit dem Kaffee dem Whisky zu. Die Flasche war fast leer. Seine Gedanken kehrten zu Sandra zurück oder, um es genau zu sagen, zu der Aussicht, dass Sandra und ihre Schwester mit ihm spielen könnten. Jerry hatte protestiert und gesagt, sie bräuchten nicht noch eine Pferdepflegerin, aber er hatte ihn überstimmt, und wenn alles gut lief, würde die Schwester spätestens in einer Woche auf dem Hof sein. Trotz der Anstrengungen im Niederwald rührte sich sein Penis wieder.

»Gute Nacht«, wiederholte Annabel.

Lord Corbett-Wynne schaute auf, der Blick verschwommen. »Gute Nacht, Sandra«, murmelte er, und Annabel überließ ihn seinen Träumen.

In Crispians Zimmer hörten der Stiefbruder und Tania Annabels Schritte auf dem Korridor. Sie lächelten sich an und freuten sich darüber, dass Annabel so heiß war wie sie beide.

»Zum Glück habe ich zwei Kostüme«, sagte Crispian. »Ihr beide werdet einen interessanten Kontrast bilden.«

Annabel klopfte leise an die Tür, und sofort ließ Crispian sie herein. Er lächelte sie an, und sie war von neuem von dem attraktiven jungen Mann angezogen, von seinen schneeweißen, ebenmäßigen Zähnen und den klaren blauen Augen. Als er seine Haare aus der Stirn strich, empfand sie ein Verlangen nach ihm, das sich in ihren Augen widerspiegelte.

»Zeit für ein bisschen Spaß«, verkündete er. »Ich hoffe, du verkleidest dich gern, Annabel.«

»Verkleiden?«

»Ja, ich bin heute Abend auf einem Power Trip. Du und Tania, ihr seid meine Dienstmädchen; eure Dienstkleidung liegt auf dem Bett. Ihr beide müsst jeden meiner Befehle befolgen. Das müsste interessant sein, findest du nicht auch?«

»Was passiert, wenn ich nicht gehorche?«, fragte Annabel, die spürte, wie ihr Verlangen stieg.

»In dem Fall müsste ich dich züchtigen, aber irgendwie glaube ich nicht, dass du mir die Arbeit erschweren wirst. Du scheinst eine wohlerzogene Angestellte zu sein, wie meine Stiefmutter meint.«

Während er redete, begann Tania, ihr Ballkleid auszuziehen und schlüpfte in eines der beiden Outfits, die auf dem Bett lagen. Annabel schaute zu, wie das kastanienrote Mädchen in ein mit Rüschchen verziertes, weißes Spitzenhöschen stieg, das fast mit dem kurzen schwarzen Rock abschnitt.

Das enge Top war ebenfalls schwarz, ein Korsett, das auf dem Rücken geschnürt wurde und über den Brüsten mit Spitze gesäumt. Eine kleine weiße Schürze und schwarze Netzstrümpfe gehörten noch zum Outfit, das erst komplett war, als Tania ein Schiffchen aus Spitze auf den Kopf setzte. Dann posierte sie vor den beiden in provozierenden Positionen, hob den linken Fuß mit dem Stiletto-Absatz, wodurch ihre Pobacken sich unter dem Rock noch deutlicher herausdrückten. Sie sah ihren Stiefbruder schmollend an.

»Das ist zu viel Arbeit für mich, Sir. Ich brauche Hilfe.«

Crispians Augen glänzten. »Die Hilfe ist doch schon da. Schnell, Annabel, zieh dich um.«

Einen Moment zögerte sie noch, aber dann erinnerte sie sich an die heißen Erlebnisse des vergangenen Abends. Sie erinnerte sich, wie die beiden ihren Körper geleckt und geneckt hatten, an den kleinen Metallring um ihrer Klitoris, mit dem das Pärchen sie so herrlich gequält hatte, dass es kaum auszuhalten war.

Bei der Erinnerung an die erregenden Stunden wurde sie schon wieder feucht zwischen den Beinen, und ohne weitere Gedanken zu vergeuden, legte sie ihr Abendkleid ab und nahm rasch das zweite Kostüm an sich.

Crispian betrachtete sie zustimmend, als sie angezogen war. »Es steht dir gut. Sage mir, Annabel, bist du es gewohnt, in Stellung zu sein?«

Zu ihrer Überraschung fiel es ihr leicht, in die übertragene Rolle zu schlüpfen. Es war, als wäre sie eine andere Person geworden, seit sie das erotische Kostüm angelegt hatte. »Nein, Sir«, sagte sie demütig, »aber ich habe es immer schon versuchen wollen.«

»Gut. Stell dich vor mich hin. Ich will überprüfen, ob du ordentlich angezogen bist.«

Sie gehorchte, stand nur ein paar Zentimeter von ihm entfernt, und obwohl sie den Kopf gesenkt hatte, als er ihre Kleidung überprüfte, drückte sie die Schultern zurück, um ihre Brüste besser zu präsentieren, die sich im Korsett sehr eingeengt fühlten.

Sehr langsam ließ Crispian die Finger einer Hand über die Spitze über ihren Brüsten gleiten. Die Finger waren kühl auf ihrer heißen Haut. »Ist das zu eng?«, fragte er mit scheinbarer Besorgnis.

»Nein, Sir, es ist genau richtig.«

»Ich glaube, es ist ein bisschen eng. Ich schnüre die oberen zwei Knöpfe auf«, murmelte er, und dann fühlte sie seine Hände an den Unterseiten ihrer fest umschlossenen Brüste. Die Enge des Korsetts und das Öffnen der oberen Löcher führten dazu, dass Annabels Brüste nach oben gedrückt wurden, sodass die oberen Hälften der beiden Halbkugeln deutlich sichtbar wurden. Er beugte den Kopf und ließ die Zunge über die neu entblößten Stellen gleiten, aber nur für einen kurzen Moment, dann richtete er sich wieder auf.

Ein Zittern der Lust lief durch Annabel. Sie blieb dicht vor ihm stehen.

»Hebe deinen Fuß, wie Tania es getan hat«, sagte er, und seine Augen blickten plötzlich kalt. Als sie gehorchte, bewegte sich ihre Hüfte weiter zu seinem Körper, bis sie ihn fast berührte. Annabel empfand ein brennendes Verlangen, ihren

Körper gegen seinen zu reiben. Angewiesen zu werden, wie man sich zu bewegen hatte, was man anziehen musste, das war unglaublich erregend. Ihr Atem beschleunigte sich.

»So ist es gut. Halte diese Position und bewege dich nicht, bevor ich es dir erlaube«, sagte er, und als Annabels Gliedmaßen starr wurden, wandte er sich an Tania. »Du, komm her und stelle dich zu dem neuen Mädchen. Überprüfe, ob die Strumpfnähte gerade sind.«

Ganz langsam und federleicht ließ Tania ihren Finger spielen. Er nahm eine Spur an Annabels Beinen auf, und Annabel spürte, wie die gespannten Muskeln des ausgestreckten Beins zu zerreißen drohten. Das Bein zitterte.

»Du sollst dich nicht bewegen!«, sagte Crispian scharf.

Als Tanias Hände den Strumpfsaum erreichten, ließ sie sie über das weiche Fleisch gleiten, und Annabel stockte der Atem.

»Was hast du getan?«, fragte Crispian seine Stiefschwester.

»Meine Hand ist ausgerutscht«, sagte sie mit kaum hörbarer Stimme.

»Dann entschuldige dich.«

»Warum sollte ich, Sir? Es hat ihr nicht wehgetan. Ihre Nähte sind übrigens gerade.«

»Du entschuldigst dich, weil ich es sage«, rief Crispian, und jetzt verdunkelten sich seine blauen Augen zu einem Violett.

Hinter Annabel ließ Tania ihre Hand unter den Rock der anderen Frau gleiten, und sanft streichelte sie über die gerundeten Pobacken. Annabel begann wieder vor sexueller Anspannung zu zittern. Sie hoffte, dass diese geilen Vorspiele nicht zu lange dauerten, denn ihr Körper erwartete verzweifelt weitere Stimulierungen.

Crispian sah, wie ihr Körper bebte und ahnte, was Tania tat. »Annabel, strecke deine Beine und stelle dich hin, die Füße gespreizt«, befahl er leise. Dankbar dafür, dass sich ihre Muskeln wieder entkrampfen konnten, nahm sie die neue Position ein. Zu ihrer Überraschung war ihre Fügsamkeit nicht mehr gespielt. Die Tatsache, dass sie nur das zu tun hatte, was ihr befohlen wurde, wirkte erregend auf sie. Jede neue Anweisung nahm sie mit Lust entgegen.

Tanias Hand bewegte sich, und ihre Finger schlüpften zwischen Annabels gespreizte Schenkel und strichen über die bedeckte Vulva. »Sie ist schon feucht«, rief sie.

Crispian sog die Luft tief ein. »Wer hat dir denn das Sprechen gestattet?«

Tania warf den Kopf zurück. »Ich dachte, das könnte dich interessieren«, sagte sie trotzig. »Offenbar gefällt es ihr, dominiert zu werden.«

»Wenn du nicht still bist, muss ich dich bestrafen«, sagte Crispian drohend, und Annabel sah, dass sich seine Wangen gerötet hatten.

Tania trat vor und stand jetzt vor Annabel. »Die Schnüre sind zu eng, Sir«, sagte sie in einer Klein-Mädchen-Stimme. »Mein Korsett ist viel zu eng, ich kann kaum atmen.«

Zu Annabels Erstaunen verfärbte sich Crispians Gesicht dunkel. Er streckte eine Hand zu seiner Stiefschwester aus und riss an dem Korsett, sodass es bis zur Taille auseinanderklaffte und der größte Teil ihrer Brüste zu sehen war.

»Ich habe dir gesagt, du sollst still sein!«, schrie er sie an. »Was für ein Beispiel gibst du dem jungen Mädchen ab? Es tut mir leid, Tania, aber ich muss dich bestrafen.«

Tania stürzte davon, und durch die fliehenden Bewegungen flogen die Brüste aus den Körbchen. In scheinbarer Wut packte Crispian sie an den Schultern und zog sie zurück, seine Hände auf ihrer Haut. Nun wandte er sich an Annabel.

»Annabel, du setzt dich auf den Stuhl mit dem hohen Rücken. Zieh deine Schuhe aus und stelle deine Füße flach auf den Boden, die Knie sechs Zentimeter auseinander.«

Sie hastete zum Stuhl, um seinen Anweisungen zu gehorchen, aber dann fiel ihr gerade noch ein, dass sie kleine Schritte machen sollte, weil sie besser zu ihrem Outfit passten. Als sie saß, zog Crispian eine sich plötzlich sträubende Tania durchs Zimmer, direkt vor Annabel.

»Es tut mir leid, dass ich das von dir an deinem ersten Tag als Dienstmädchen verlangen muss, Annabel, aber ich fürchte, du musst Tania für mich bestrafen.«

Annabel starrte ihn an. »Ich?«

»Vergiss nicht, mich ›Sir‹ zu nennen«, blaffte er sie an.

Annabel errötete und begann zu begreifen, dass dies mehr als ein Spiel war. »Ich, Sir?«, wiederholte sie.

»Ja, du. Sage mir bloß nicht, dass du noch nie ein Mädchen gezüchtigt hast.«

Diesmal brauchte Annabel keine schauspielerischen Fähigkeiten, denn der Ausdruck auf ihrem Gesicht verriet Crispian, dass sie auf seine Frage mit nein antworten müsste. Ihre Augen weiteten sich, und sie erhob sich von ihrem Stuhl.

»Bleib da«, wies er sie an. »Du wirst herausfinden, dass es sehr einfach ist und aufregend noch dazu. Tania, hör auf, dich zur Wehr zu setzen.«

Tania wand sich in seinem Griff, aber er hielt sie erbarmungslos fest und zwang sie, das Gesicht nach unten, auf Annabels Knie. Obwohl sie sich leicht hätte befreien können, verharrte Tania dort, wo ihr Stiefbruder sie hingeschleppt hatte, aber sie hörte mit ihrem Winden und den lauten Klagen des Protests nicht auf.

Durch ihr Winden mahlten ihre Hüften gegen Annabels Beine, und sie konnte das weiche Fleisch von Tanias Bauch spüren. Je mehr Tania hin und her ruckte, desto mehr spürte Annabel den Druck der nackten Haut. Sie sah, dass Tanias Rock hochgerutscht war, sodass ihre runden Backen, nur mit dem Spitzenhöschen bedeckt, sichtbar wurden.

Crispian streckte eine Hand nach Tanias Kopf aus und drückte ihn nach unten, dann zog er das Spitzenhöschen an ihren Beinen entlang. Annabel sah auf das glatte, weiße Fleisch.

»Klatsch sie«, sagte Crispian. Annabel zögerte. »Wenn du mir nicht gehorchst, kann ich dir versichern, dass Tania nicht zögern wird, dich zu klatschen.«

Annabel entschied, dass sie nicht in derselben Position sein wollte wie die sich immer noch sträubende Tania, deshalb hob sie ihre rechte Hand und brachte sie hinunter auf die Pobacke des anderen Mädchens. Einen Moment herrschte Schweigen. Tania bewegte sich nicht mehr, und Crispian schaute Annabel ungläubig an.

»Was soll das denn sein?«, fragte er verdutzt. »Sie hat deine Hand wahrscheinlich gar nicht gespürt. Ich zeige dir jetzt, wie du sie disziplinieren musst.« Er hob seine rechte Hand und klatschte sie mit Wucht auf die gespannte Pobacke. Man hörte das laute Geräusch, wenn Fleisch auf Fleisch stößt. Als er die Hand zurückzog, sah man einen roten Fleck auf ihrem Po.

»So wird es gemacht. Jetzt schlägst du richtig zu, Annabel, sonst steckst du in gewaltigen Schwierigkeiten.«

Sie wusste, dass es ein Spiel war, das Crispian und Tania mit ihr spielten, und doch fühlte Annabel einen Anflug von Furcht. Hastig hob sie die Hand und klatschte sie auf Tanias Po, wie Crispian ihr gezeigt hatte, und als die Hand mit dem

Fleisch in Kontakt kam, ließ Tania ein leises Stöhnen hören und ihre Hüften hart über Annabels Knien kreisen.

»Schon besser«, sagte Crispian und hörte sich wieder freundlicher an. Annabel entspannte sich ein wenig. »Mach weiter«, fügte er hinzu. »Ich sage dir früh genug, wann du aufhören sollst.«

Als sie begann, rhythmisch auf Tanias Po zu klatschen, der sich bald rot verfärbt hatte, spürte Annabel, wie sich die Finger der Lust in ihr ausbreiteten, und doch empfand sie auch immer noch Furcht. Hastig ließ sie die Hand immer noch mit voller Wucht auf Tanias Backen klatschen, wie Crispian es ihr gezeigt hatte. Sie genoss ihre Macht, und sie spürte an den Bewegungen auf ihren Knien, dass Tania selbst auch Lust aus den Schlägen zog.

Tanias Atmen wurde lauter, ihr Stöhnen und Ächzen war deutlicher zu vernehmen, und bald wurde Annabel bewusst, dass Tania sich am Rand eines Orgasmus befand. Crispian wusste es auch. Er langte nach den Brüsten der Stiefschwester und bearbeitete sie rau. Seine Finger kneteten und quetschten das weiche Fleisch.

Für Tania war die Kombination der wuchtigen Hitze von den Schlägen, die zu sexuellen Spannungen in ihrem Becken führten, und dem derben Behandeln ihrer Brüste die reine Glückseligkeit. Plötzlich fühlte sie, wie sich ihr ganzer Körper versteifte. Ihre Zehen verkrampften, als die ersten köstlichen Erschütterungen des Höhepunkts einsetzten.

»Aufhören!«, rief Crispian, und Annabel, die Hand noch in der Luft, gehorchte sofort. Gleichzeitig ließ er Tanias Brüste los und zog sie rücksichtslos auf die Füße.

Er ignorierte ihre wütenden Schreie, als alle Quellen der Stimulierungen so abrupt versiegten und ihren Körper schmerzhaft angeschwollen zurückließen.

»Das genügt für den Augenblick«, sagte Crispian. »Schließlich sollte es sich um eine Bestrafung handeln.«

»Lass mich los!«, kreischte Tania. »Das ist nicht fair. »Ich wäre jeden Moment gekommen!«

Annabel sah sie und wusste genau, wie Tania sich fühlte. Ihre Lippen waren voll und feucht, und ihre Brüste hoben und senkten sich. Eine sexuelle Röte überzog ihr Gesicht und den schlanken Hals.

»Ist sie in diesem Zustand keine Schönheit?«, fragte Crispian leise, packte Tania von hinten und senkte den Kopf, sodass er mit der Zunge über die empfindliche Haut am Beginn der Wirbelsäule lecken konnte. Tania stöhnte und wollte sich von hinten an ihn schmiegen, aber Crispian hielt sie auf Distanz.

»Wie fühlst du dich, Annabel? Hast du dich auch erregt, als du Tania erregt hast?«

Seine stechenden blauen Augen hielten sie davon ab zu lügen. Annabel nickte. »Ja«, sagte sie heiser.

Crispian lächelte. »Das ist gut. Ich dachte, wir könnten uns gegenseitig genießen, während wir Tania zuschauen lassen. Das soll deine Belohnung sein, weil du deinen Job so gut erledigt hast. Was sagst du, Tania? Ist das fair?«

Tania war jetzt richtig wütend, sie trat mit ihren hochhackigen Schuhen um sich und versuchte, Crispian zu treffen, und gleichzeitig versuchte sie etwas zu finden, was ihren erhitzten Körper stimulieren konnte. Aber es war hoffnungslos, und ein paar Minuten später fand sie sich auf jenem Stuhl festgebunden, auf dem Annabel bei der Bestrafung gesessen hatte. Ihre Arme waren auf dem Rücken mit einem seidenen Schal zusammengebunden, ein schwarzer Ledergurt band ihre Taille an den Stuhl, und schließlich hatte Crispian auch noch ein Bein mit dicken Kordeln an den Stuhl gebunden.

Dann drehte er den Stuhl, damit Tania auf Crispians Bett schauen konnte.

»Nun schau mal, sieht sie nicht lieb aus?«, fragte Crispian lachend. Annabel sah auf die finster dreinblickende Tania und erkannte den Ausdruck sexueller Not. Dabei zog sich ihr Magen krampfhaft zusammen, und sie spürte, wie sich die Nässe zwischen ihren Beinen ausbreitete.

Crispian drehte Annabel zu sich und begann, ihr Korsett aufzuschnüren. Er schälte den Stoff ab, sodass immer mehr von ihr entblößt wurde, und Annabel spürte die kühle Luft im Schlafzimmer.

Schauer der Erregung liefen durch sie hindurch, und als er ihre Brüste schließlich ganz freigelegt hatte und mit den Händen umfasste, strichen seine langen Finger über die Unterseiten, und ihr ganzer Körper zitterte vor aufgeregter Erwartung.

»Siehst du, wie gierig sie ist?«, fragte Crispian, als er sich lachend zu seiner aus Verärgerung schweigenden, gefesselten Stiefschwester umdrehte. »Wer hätte gedacht, dass sie so scharf auf Lust ist?«

Annabel wollte seine Lippen auf ihren Brüsten spüren, weil sie die Sensationen erleben wollte, wenn er mit der Zunge über ihre harten Nippel strich. Aber Crispian war damit beschäftigt, ihren Rock und die Schürze auszuziehen. Er ließ sie auf den Boden fallen, und Annabel stand jetzt nur noch in ihrem geöffneten Korsett da, dem weißen Spitzenhöschen, den schwarzen Strümpfen und den hochhackigen Schuhen.

Er drehte sie um, sodass sie Tania direkt gegenüberstand. Er trat hinter sie, und seine Hände streunten über Annabels Hüften und die Oberschenkel, während er seinen Körper von hinten gegen ihren Rücken presste. Sie konnte die Erregung in seiner Hose spüren.

Sehr zärtlich öffnete er die Strapse, die ihre schwarzen Fischnetzstrümpfe hielten, dann schob er sie die schlanken Beine hinunter, wobei seine Finger sie leicht wie Federn berührten, als er die Strümpfe von ihrer nackten Haut löste.

Annabel fühlte, wie sie zitterte. Sie wollte mehr, wollte, dass er sie wild und heftig nahm, dass er ihren harten, feuchten Lustknopf rieb, der sich gegen den Stoff des Höschens presste. Aber Crispian war entschlossen, sich Zeit zu lassen. Das gehörte noch zu Tanias Bestrafung.

Während Tania hilflos zuschaute, zog Crispian Annabels Höschen aus, und als er ihre sanft gerundeten Backen streichelte, wimmerte Tania vor Frustration. Ihr eigener Po brannte und schmerzte immer noch von den Schlägen, die Annabel ihr versetzt hatte, und sie sehnte sich nach Liebkosungen, wie Annabel sie gerade erhielt.

Annabel schämte sich, aber die hörbaren Beweise von Tanias Eifersucht erhöhten noch ihre eigene Lust. Sie stieß einen leisen Seufzer aus, als Crispians Hände in die Backen ihres Pos griffen, sie drückten und quetschten und einen Rhythmus begannen, der die ganze Region erfasste, den Bauch, die Vagina und die pochende Klitoris.

Schließlich drückte er Annabel – nur mit dem aufgeschnürten Korsett bekleidet – aufs Bett, und Tania musste wütend zusehen, als er Annabels Schenkel spreizte und ein relativ neues Spielzeug hervorkramte, einen weichen Massagehandschuh aus Latex, der mit vielen kleinen Erhebungen bespickt war.

Vorsichtig schob er Annabels Beine weiter auseinander und verrieb duftendes Massageöl über den Unterbauch und die Innenseiten ihrer Schenkel. Annabels Körper zuckte für einen kurzen Moment, weil das Öl kalt war auf ihrer erhitzten Haut, aber dann begann Crispian, den Massagehandschuh über ihren Unterleib zu reiben. Es fühlte sich so an, als würde sie von vielen kleinen Zungen geleckt. Als er mehr Druck ausübte, stemmte sie ihm die Hüften entgegen. Sie genoss die tumultartigen Sensationen, die tief innen rumorten.

Crispian positionierte Annabel so, dass Tania sie und ihn besser im Blick hatte, dann strich er mit der Zunge über Annabels harte, spitze Nippel. Als sie ihre Hände um seinen Hals legte und ihn näher an sich heranzog, nagten Zunge und Zähne an der weichen, hellbraunen Haut der Aureolen. Annabel keuchte und bäumte sich auf. Sie fühlte, wie sich der Orgasmus zwischen ihren Schenkeln aufbaute.

Crispians rechte Hand umschloss ihre linke Brust und hob sie an, damit er sie lecken und saugen konnte, und während der ganzen Zeit massierte er mit der anderen Hand, bewaffnet mit dem Handschuh, ihren Unterleib, bis sie sich auf dem Bett wand und spürte, dass Tania gegen ihre Knie stieß.

»Soll ich wieder den Klitorisring benutzen?«, flüsterte Crispian an ihrem Ohr, und Annabel schrie vor Erregung auf. Geschickt schob er den winzigen Kupferring über den Stamm ihrer Klitoris, die stolz erigiert aus dem geschwollenen Gewebe ragte, und als der Ring eingesetzt war, konnte Annabel an nichts mehr denken als an ihre Lust.

Sie wand sich unter seiner Zunge, die immer noch auf ihren Brüsten arbeitete, sie küsste und leckte und streichelte, bis sie hinunter schlich zu ihrer Pussy und die dortigen Lippen saugte, aber er ignorierte ihre Liebesknospe und konzentrierte sich stattdessen auf die Massage der Innenseiten ihrer Schenkel und auf den Unterbauch. Er drückte fest aufs Schambein, bis der Schmerz der sexuellen Not fast unerträglich wurde.

Annabel begann sich zu winden und zu drehen. Sie versuchte, eine Möglichkeit zu finden, ihn dazu zu bringen, ihre jetzt umschlossene Klitoris zu berühren. Schließlich, mit einem leisen Lachen, rutschte er ihren Körper entlang, entfernte den Handschuh und umkreiste die Knospe mit seinen eingeölten Fingern.

Annabel konnte die Schreie ihrer Erregung hören. Sie war offen für ihn, offen und geschwollen, und seine geschickten, erfahrenen Finger ließen ihren Puls steigen, während die Pfeile der Lust durch ihren Körper schossen und sie ritzten wie Glasscherben.

Crispian wandte den Kopf zu seiner Stiefschwester. »Ich glaube, ich lasse sie jetzt kommen«, sagte er leise, und Tania starrte ihn an, die Augen dunkel vor Wut und sexuellem Verlangen. »Sie wird wahrscheinlich sehr laut sein, ich hoffe, das stört dich nicht«, fügte er noch hinzu, bevor er sich wieder der Gestalt auf dem Bett zuwandte.

Endlich konnte Annabel seine Zunge spüren, die den Eingang zu ihrem Geschlecht umkreiste. Er verteilte ihre Säfte, die aus ihrem Innern rannen, und nahm sich dann ihre Klitoris vor. Er blies sie federleicht an, und wenn sie nicht im Ring gefangen gewesen wäre, hätte sie sich zurückgezogen, aber er wusste, dass sie durch den Ring dazu gezwungen war, starr aufgerichtet zu bleiben und auf die finale Berührung zu warten, die Annabels aufgestaute Erregung auslösen würde.

»Bereit?«, neckte er sie.

»Beeil dich, bitte«, rief Annabel. Ihr ganzer Körper war jetzt so gespannt und geil, dass sie glaubte, explodieren zu müssen, wenn er sie nicht kommen ließe. Mit den Händen teilte er behutsam ihre Labien, und für einen Augenblick studierte er das nasse, geschwollene Gewebe, während Annabel sich aufbäumte und sich ihm entgegenstreckte, um seine Zunge zu erreichen.

Dann, endlich, senkte er den Kopf und ließ die Zunge in trägen Kreisen um den Metallring zirkulieren. Annabels Erregung wuchs noch, bis sie fast im Delirium schwebte. Als er schätzte, dass der Moment richtig war, zog Crispian den Kupferring ab und sog ihre Klitoris in seinen Mund. Die Zunge kreiselte unermüdlich um die Knospe herum, die er zwischen den Lippen hielt.

Annabel erlebte die schönsten, exquisitesten Sensationen, an die sie sich erinnern konnte, und im nächsten Moment explodierte ihr Körper in den Orgasmus, auf den sie so lange gewartet hatte. Sie schrie laut, denn die Intensität ihrer versengenden Lust raste durch ihren Körper, und selbst die Zehen- und Fingerspitzen spürten das erregende Kribbeln.

Als ihr Körper sich beruhigt hatte, schob Crispian zwei Finger in ihre Pussy, bis er gegen den Muttermund stieß. Behutsam begann er damit zu spielen, und Annabels Atem kam wieder schneller. Sie gab leise miauende Laute der Lust von sich. Annabel erlebte dies zum ersten Mal, und ihre Lust war so tief und intensiv, dass sie kaum atmen konnte.

Gefangen auf ihrem Stuhl, wusste Tania sehr wohl, was Crispian mit Annabel anstellen würde, und sie war außer sich. Das war eines ihrer Lieblingsspiele. Crispian war der Erste, der es bei ihr ausgeführt hatte, und nun zusehen zu müssen, wie er es bei einer anderen Frau anwandte, und auch noch bei einer so attraktiven Frau, war wie Folter für sie. Protestierend stieß sie wilde Schreie aus, aber Crispian ignorierte sie und konzentrierte sich weiter auf Annabel.

»Ich halte das nicht mehr aus«, wisperte Annabel, als er die Tiefenmassage fortsetzte. Er lächelte sie an und bewegte seine Hand ein wenig, damit er ihren G-Punkt erreichen konnte. Sekunden später wälzte sich Annabel erneut auf dem Bett herum, bäumte sich auf, warf sich ihm entgegen und wurde von einem weiteren Orgasmus geschüttelt, und diesmal fand er auch, dass er nicht länger warten wollte.

Bevor ihre Zuckungen aufhörten, positionierte er sich auf ihrem Körper; er schob seine Hose hinunter zu seinen Füßen und schlüpfte in ein Kondom. Mit einem satten Stich drang er sofort tief in die nasse Wärme ihrer Vagina ein.

Als sich die vaginalen Wände um seinen Schaft zusammenzogen, fühlte er, wie sich seine Hoden spannten. Seine Hüften bewegten sich, und er spürte bereits das Prickeln in seiner Penisspitze. Er begann schneller zuzustoßen, ehe er vom eigenen Orgasmus eingeholt wurde.

Tania sah, wie ihr geliebter Stiefbruder in seiner Ekstase den Kopf in den Nacken warf, und sie sah auch die wilden Stöße aus den Hüften heraus. Heiße Wut durchflutete sie, aber diese Wut half ihrem eigenen Körper und der eigenen Erregung nicht zum Orgasmus.

Als er sich erschöpft auf Annabel fallen ließ, wobei sein Kopf an ihrer Schulter ruhte, hätte Tania am liebsten geschrien, er sollte sich von ihr erheben. Die Position war zu intim. Sie hatte nichts dagegen, ihn mit anderen Frauen zu teilen, im Gegenteil, das erhöhte stets ihre eigene Lust, und später hatten sie ihren Spaß daran, die Unterschiede zu der anderen Frau zu vergleichen. Aber dies hier war anders. Er sollte nicht so verliebt mit der anderen Frau auf dem Bett liegen, auch wenn sie kein Liebespaar waren, sondern nur Sexualpartner.

Nach ein paar Minuten hob Crispian den Kopf und drehte sich um, damit er Tania anschauen konnte. Der Ausdruck in ihren Augen überraschte ihn; er sah dort eine Eifersucht, die er bisher nicht von Tania gesehen hatte. Er fragte sich flüchtig, warum sie wohl eifersüchtig auf Annabel sein sollte, aber das war kein Problem, das ihn lange beschäftigte.

Für Crispian würde es nie eine andere Frau wie Tania geben, und er nahm an, dass sie das ebenso gut wusste wie er. Trotzdem musste er zugeben, dass Annabel eine sehr attraktive und stimulierende Partnerin war, und er freute sich darauf, dass sie noch zwei Wochen bleiben würde.

Er grinste zu seiner Stiefschwester hinüber. »Waren wir gut?«, fragte er.

»Ich habe kaum was mitbekommen.«

»Sah es denn gut aus?«

»Ich hatte die Augen geschlossen.«

Er lachte laut. »Lügnerin! Du hättest die Augen nicht schließen können, und wenn man dich dafür bezahlt hätte! Ich weiß doch, wie neugierig du bist. Komm jetzt, Annabel. Wir dürfen nicht zu egoistisch sein. Tania ist bestraft genug. Ich finde, wir sollten sie jetzt wegen ihrer Geduld belohnen, nicht wahr?«

Annabel streckte sich sinnlich. Ihr ganzer Körper fühlte sich lebendiger als je zuvor. Vielleicht hätte sie es vorgezogen, dieses Erlebnis mit Sir Matthew zu teilen statt mit Crispian, aber er hatte sie zu solchen Höhen der Ekstase gebracht, dass der Gedanke an Sir Matthew sich von allein verbot. Die Lust hätte nicht größer sein können, aber selbst jetzt ahnte sie, dass sie bereit für weitere Freuden war.

»Hilf mir, Tania loszubinden«, sagte Crispian. Er kletterte vom Bett und zog endlich seine Kleider aus, sodass die beiden Frauen seinen schlanken, muskulösen Körper sehen konnten. »Wir binden ihr zuerst das Bein los.«

Nackt erhob sich Annabel vom Bett, und als sie das Seil von Tanias linkem Knöchel löste, wunderte sie sich selbst darüber, dass sie mit den Händen die Schenkel der anderen Frau streichelte. Sie arbeitete sich vor und langte nach der nackten Stelle oberhalb der Strümpfe. Sie ließ ihre Finger leicht über den Schamhügel gleiten, bis sie Tania hörte, die tief die Luft einatmete.

Crispian lachte. »So ist es richtig. Vergewissere dich, dass sie noch erregt ist, Annabel. Ich habe mir noch einige besondere Dinge für sie einfallen lassen, aber vorher muss sie darauf vorbereitet werden.«

»Ich bin jetzt schon bereit«, sagte Tania verärgert. Sie konnte das sanfte Streicheln von Annabel kaum ertragen

Als beide Beine frei von Fesseln waren, hob Crispian ihre Pobacken an und zog ihr Höschen aus, das er durchs Zimmer segeln ließ. Es landete in einem Rüschchenhaufen auf seinem Bett. Annabel musste beiseitegehen.

Crispian hob seine rechte Hand und presste die offene Handfläche gegen Tanias Geschlecht. Seine Finger spielten mit ihren Schamhaaren, er zog leicht an den Härchen und bewegte die Haut darunter, bis die ersten Pfeile der Lust von Tanias Klitoris in ihr Becken schossen, und die ganze Zeit blieb die rechte Hand gegen ihre Pussy gedrückt.

Tania schluckte hart; ihre Hüften schwankten trotz des dicken Ledergurts um ihre Taille. Jetzt wies Crispian Annabel an, vor seine Stiefschwester in Stellung zu gehen. »Öffne sie für mich«, sagte er heiser.

Annabels Finger zauderten, aber als sie die äußeren Schamlippen geteilt hatte, stieg Tanias Erregung an, denn Annabels Finger arbeiteten zart. Tania liebte es, Menschen zu sehen, die etwas zum ersten Mal taten und in ihrer Gegenwart ihren sexuellen Horizont erweiterten. Sie wusste, dass Annabel so etwas noch nie ausprobiert hatte.

Als sie ganz für ihn geöffnet war, holte Crispian einen Vibrator hervor, steckte ihn in seinen Mund, bis er nass war von seinem Speichel, dann schob er den Kopf in Tanias

Vagina, und gleichzeitig schaltete er den versteckten Motor auf die kleinste Stufe.

Als er zu pochen begann, versuchte Tania, auf dem Stuhl tiefer nach unten zu gleiten, damit der Vibrator weiter in sie eindringen konnte, aber ihre Bewegungen wurden von dem Ledergurt eingeschränkt. Sie musste es Crispian überlassen, was wann geschehen würde.

Ihre Backen verkrampften sich auf dem Stuhl, und als Crispian den Kopf hervorzog und ihn mit dem empfindsamen Gewebe spielen ließ, das sich zwischen den beiden Öffnungen befand, hätte sie beinahe aufgeschrien. Obwohl die Gefühle großartig waren, blieben sie zu leicht, zu oberflächlich, zu delikat. Wie Schmetterlinge, die von Blüte zu Blüte huschten. Sie brauchte etwas Härteres, Festeres.

»Schnür ihr Korsett auf«, wies er Annabel an. »Wenn ihre Brüste frei sind, benutzt du diese Lustpeitsche.« Tania stöhnte vor Wonne, und Crispian sah sie stirnrunzelnd an. »Sei still, sonst wirst du diese Lust nicht erleben.«

Sie biss sich auf die Lippen. Die sanften Latexstreifen der Lustpeitsche gehörten zu ihren besten Erfahrungen. Ein sagenhaftes Gefühl, wenn sie auf ihre Haut klatschten, fest genug, um zu brennen und sanft genug, um wie ein Streicheln zu wirken. Wenn sie richtig eingesetzt wurde, konnte sie mit wenigen Schlägen zum Orgasmus führen. Crispian sah, dass es ein dünnes Rinnsal gab, das aus ihr heraustrat, und lächelte. Mit Tania zu spielen war immer ein Gewinn.

Annabel schnürte das Korsett mit flinken Fingern auf, dann umfasste sie Tanias Brüste mit beiden Händen. Sie grub die Fingerspitzen in das feste Fleisch und massierte dann die Brüste, wie sie selbst gerne massiert wurde. Tania stieß überrascht einen Laut aus.

Crispian reichte Annabel die schwarze Latexpeitsche mit

dem hölzernen Griff. Sie und Tania sahen sich in die Augen, dann senkte Annabel den Blick und schaute auf die geschwollenen Halbkugeln.

Tanias Körper wehrte sich gegen die erzwungene Einschränkung ihrer Bewegungen, wodurch ihre Brüste noch stärker hervortraten. Sie wurden schon besonders betont, weil Crispian die Arme auf den Rücken gebunden hatte. Annabel ließ das erste Mal die Lustpeitsche klatschen, und Tania hatte Mühe, einen Schrei der Ekstase zu unterdrücken.

Während Annabel fortfuhr, die Latexstreifen einzusetzen, schob Crispian den Vibrator in die Vagina seiner Stiefschwester, aber diesmal tiefer, und als er den Stab in ihr kreisen ließ, damit er ihre vaginalen Wände stimulieren konnte, erhöhte Annabel die Wucht ihrer Schläge.

Plötzlich und unerwartet bog sich Tanias Körper so weit es ihre Fesseln zuließen, und mit einem hastig unterdrückten Keuchen wurde sie von ihrem ersten Orgasmus an diesem Abend umfangen.

Während sie sich noch in den Wehen ihrer muskelstarken Kontraktionen befand, befreite Crispian sie vom Stuhl und trug sie zum Bett. Er legte sie auf den Bauch, ein Kissen schnell unter ihren Bauch geschoben. Er setzte sich auf ihre Oberschenkel und streichelte ihre Pobacken.

Annabel sah schweigend zu, beschämt darüber, dass sie trotz ihrer bisherigen Erlebnisse schon wieder bereit für neue Lüste war. Ohne nachzudenken, was sie tat, griff sie an die eigenen Brüste und manipulierte die Spitzen, bis sie voll erigiert waren. Hart standen sie hervor.

Crispian sah sie lächelnd an. »Reibe deine Brüste über Tanias Rücken. Reibe sie mit Gleitcreme ein, dann werdet ihr beide euren Spaß daran haben. In der Zwischenzeit hole ich etwas, was sie auch liebt.«

Schnell führte Annabel das aus, was Crispian ihr geraten hatte. Als er vom Bett aufstand, nahm sie seinen Platz ein, und Sekunden später bewegte sie die Brüste über Tanias Rücken, glitschig von der Gleitcreme. Beide Frauen stießen lustvolle Töne aus.

Während Tania das Becken rastlos gegen die Matratze rieb, kam Crispian zurück und positionierte sich so, dass Annabel jetzt neben Tania saß. Crispian drückte ein durchsichtiges Gel in seine Hand und signalisierte Annabel, die Pobacken seiner Stiefschwester auseinanderzuhalten.

Vorsichtig teilte sie die beiden Halbkugeln und entblößte die dunkle runzlige Öffnung dazwischen. Tania stieß einen Lustschrei der Erregung aus. Crispian gab ihr einen Klaps auf den unteren Rücken. »Pst«, machte er, und sie grub den Kopf tiefer in das Kissen, um ihre Geräusche zu dämpfen.

Mit großen Augen schaute Annabel zu, als Crispian vier runde Bälle in der Hand hielt, die mit einer dünnen Kordel verbunden waren. Sie zog Tanias Pobacken noch weiter auseinander, dann verbreitete Crispian das Gel rund um die Öffnung, die zuckte und durch die Kühle mehr und mehr schrumpfte.

Jetzt wurden Tanias Schreie der Erregung so laut, dass auch das Kissen und die Matratze sie nicht mehr dämpfen konnten, und als Crispian den ersten Ball in sie hineinschob, gab sie ein lautes Quietschen von sich, und ihr Kopf ruckte von einer Seite zur anderen. »Ja! Oh, ja!«, rief sie, und Annabel fühlte, wie die Erregung durch ihren Bauch drang, als sie die Szene beobachtete.

Crispian ließ sich Zeit, aber schließlich hatte er alle vier Bälle versenkt, dann reichte er Annabel eine Fernbedienung. »Es gibt drei Stufen«, erklärte er. »Fange mit der kleinsten an. Ich sage dir, wann du zulegen kannst, okay?« Annabel brachte kein Wort hervor, aber sie nickte. »Sie sind unglaublich erregend, du musst sie selbst irgendwann mal ausprobieren«, fuhr er fort. »Wenn sie zu pochen beginnen, wirst du ungeheuer wild, du wirst es gleich bei Tania sehen.«

Annabel konnte es sich nur zu gut vorstellen. Sie wünschte, sie läge dort nackt auf dem Bett und erwartete diesen köstlichen Thrill. Bei dem Gedanken wurden ihre Nippel hart.

Crispian strich mit einer Hand über ihre Brüste. »Ich sehe, dass du es genießt. Aber du darfst nicht so gierig sein! Jetzt ist Tania an der Reihe.«

Da Annabel die Fernbedienung in der Hand hielt, war Crispian in der Lage, Tania vorsichtig auf den Rücken zu legen. Jetzt konnte sie ihn anschauen. Ihre Augen glänzten und drückten die Lust aus, die sie in den nächsten Sekunden erwartete. Crispians Hände griffen an ihre Hüften und pressten sie tiefer ins Bett, dann signalisierte er Annabel, die Bälle zum Pulsieren zu bringen. Tania fühlte, wie sie in ihr zu pochen begannen; sie stimulierten die hoch empfindlichen Nervenenden der dünnen Rektalwand. Die Vibrationen zogen durch sie hindurch, und ihre Hüften wanden sich. Ihre Brüste und der Bauch waren von einem leichten Schweißfilm bedeckt, denn die Spannung in ihr nahm noch zu.

Behutsam hob Crispian Tanias Knie an, wodurch sich die Bälle in ihr herrlich bewegten, dann stellte er sich zwischen ihre Beine und schob ein Bein unter ihre Pobacke, während das andere Bein ihre Wade anhob.

Einen Moment lang starrte er auf sie und beobachtete, wie ihre Blicke durchs Zimmer huschten. Ihr Körper wand sich hin und her und fing zu zittern an.

»Du bist bereit zu kommen, nicht wahr?«, flüsterte er. »Willst du, dass ich in dich hineinstoße, wenn du kommst?«

»Ja! Ja!«, rief Tania, als das warme Glühen der pochenden

Bälle sich weiter ausdehnte und nun auch ihren Bauch und den Bereich ihrer Genitalien erreichte.

»Leg noch einen Zahn zu«, sagte Crispian zu Annabel, und Tanias Körper wurde geschüttelt. Crispians Hand streichelte ihr linkes Bein. Sie weitete die Beine so weit sie konnte, und Crispian glitt in sie hinein und starrte sie mit seinen hellblauen Augen an, die jede ihrer Bewegungen verfolgten.

Er nutzte ihre Beine, um die Stöße mit voller Wucht ausführen zu können, und als er seinen Rhythmus gefunden hatte, nickte er Annabel wieder zu. Sie schaltete die Bälle zur höchsten Stufe; sie bewegten sich schneller als zuvor. Tania presste die Schultern aufs Bett und bäumte sich auf.

Crispian wusste, dass sie dicht vor ihrem Orgasmus stand, und Annabel hatte auch die Zeichen erkannt. Sie konnte sich vorstellen, welche Genüsse die andere Frau erlebte, und ihr ganzer Körper schmerzte verzweifelt nach dem Hunger, auch so wunderbar stimuliert zu werden.

Tania hatte den Punkt ohne Wiederkehr erreicht. Jeder Nerv ihres Körpers schrie nach Erleichterung, und plötzlich löste sich das beharrliche Pochen zwischen ihren Beinen auf und ging in heiß glühende Sensationen über. Genau in diesem Moment griff Crispian mit der freien Hand zwischen ihre Schenkel und massierte den winzigen Stamm ihrer Klitoris mit kreisenden Bewegungen.

Tania konnte sich nicht länger beherrschen. Ihre Hüften schossen vom Bett hoch, und die Zuckungen rüttelten ihren Körper durch.

Es kam Annabel wie eine kleine Ewigkeit vor, in der sich die junge Frau wand und aufbäumte. Die Bälle in ihrem Rektum pochten immer weiter, und Crispian hörte nicht auf, das empfindliche Gewebe zu reizen.

Es war einer der heftigsten Orgasmen, die Tania jemals

erfahren hatte. Es dauerte lange, bis sich die Wellen in ihr langsam abbauten, und auch dann noch zuckte und hüpfte der Körper. Sie hätte schreien können, als die herrlichen Gefühle sich langsam zerstreuten und schließ schwanden.

Erst als sie die Augen schloss und schlaff auf die Matratze zurückfiel, nahm Crispian die Hand zurück, die ihre Klitoris gestreichelt hatte, und zugleich wies er Annabel an, den Bällen den Saft abzudrehen. Crispian drehte eine bereitwillige Tania auf den Bauch, während er die Bälle herauszog. Bei jedem Ball, der durch die kleine Öffnung flutschte, stieß seine Stiefschwester ein gedämpftes Stöhnen aus, halb Lust, halb Protest.

»Ich habe dir doch gesagt, dass es ein schöner Abend werden wird«, sagte Crispian zu Annabel und lächelte.

Sie starrte ihn an, die Beine leicht gespreizt, und ihre Brüste standen stolz hervor, die Nippel immer noch erigiert. »War es das?«, fragte sie leise.

»Ich fürchte ja«, sagte er entschieden. »Es ist Zeit, dass wir alle unseren Schlaf finden. Stiefmama wird sehr verärgert sein, wenn du morgen nicht fit genug für die Arbeit bist.«

Tania gab ein leises, freudiges Grunzen von sich und rollte sich wie ein Ball neben ihm zusammen.

»Aber ...«, begann Annabel.

»Was für ein gieriges Mädchen du doch geworden bist«, sagte er spöttisch. »Willst du mir sagen, dass du noch mehr haben willst?«

Sie fühlte, wie sich ihre Wangen röteten, und mit dem Rest von Würde, der ihr geblieben war, stand sie vom Bett auf und fing an, sich anzuziehen.

»Nein«, sagte sie.

»Jetzt lügst du aber. Doch das macht nichts; ich liebe aufgeschlossene Frauen. Und dein Matthew empfindet das genauso wie ich.«

»Sir Matthew bedeutet mir nichts«, sagte sie heftig und mühte sich, wieder in ihr Abendkleid zu schlüpfen.

»Nun, ich werde versuchen, das zu ändern. Ich bin sicher, er ist nicht weniger fasziniert von dir, wie ich es bin, Annie. Und du weißt, wie sehr du mich faszinierst.«

Tania befand sich zwar im Halbschlaf, aber sie hörte die Worte ihres Stiefbruders mit Unbehagen. Sie richtete sich im Bett auf und legte einen Arm um Crispian, als wollte sie dokumentieren, dass er zu ihr gehörte.

»Bist du noch nicht weg, Annabel? Du beeilst dich besser. Wenn Mutter sich über dich ärgert, schickt sie dich nach Hause, und das willst du doch nicht, oder?«

»Ich wollte gerade gehen«, antwortete Annabel. »Wenn du dich recht erinnerst, hast du mich eingeladen.«

»Ja, stimmt. Aber jetzt bitten wir dich zu gehen. Es gibt ein paar Dinge, für die selbst wir Privatsphäre brauchen.«

»Gute Nacht, Annie«, rief Crispian ihr nach, als sie die Tür hinter sich geschlossen hatte.

Sie ging zurück zu ihrem Zimmer und versuchte sich vorzustellen, für welche Spiele das junge Paar die Privatsphäre haben wollte.

Siebtes Kapitel

Am folgenden Morgen fand sich Annabel allein beim Frühstück ein. Es schien, dass sonst niemand im Haus schon aus den Federn war, abgesehen von Lord Corbett-Wynne, der nach London musste, um seinen Sitz im Oberhaus einzunehmen.

Während sie eine letzte Tasse Kaffee trank, kam Mary, das Dienstmädchen, herein und teilte ihr mit, Lady Corbett-Wynne würde Annabel gern in ihrer Wohnung sehen – so schnell wie möglich. Sie seufzte innerlich und schaffte ein Lächeln für das Mädchen, dann erhob sie sich. Sie hatte das Gefühl, mit ihrer Auftraggeberin auf Kollisionskurs zu liegen, was die Dekoration des Esszimmers anging.

Da es erst halb zehn war, hatte Annabel erwartet, die Hausherrin in einem Morgenmantel vorzufinden, aber zu ihrer Überraschung war Marina bereits angezogen; sie trug einen blau-violett gestreiften Rock und ein Hemd, das sie über einem dunkelblauen Top trug, dessen Halsausschnitt mit attraktiven Stickereien abgesetzt war.

Die Haare fielen ihr locker auf die Schultern, was sie jünger aussehen ließ. Ihr Gesicht war geschminkt, aber nur ganz leicht, um die feine Struktur ihrer Knochen zu betonen. Sie sah aus, dachte Annabel, wie eine Frau, die sich große Mühe gemacht hatte, so gut wie möglich auszusehen, ohne *overdressed* zu wirken.

Marina lächelte Annabel an. »Ich muss an diesem Morgen

ausgehen, deshalb dachte ich, wir sollten uns vorher noch ein wenig über das Esszimmer unterhalten. Gestern Abend hatte ich das Gefühl, dass Sie mit meinen Änderungsvorschlägen nicht einverstanden waren.«

Annabel atmete tief ein. »Ich weiß, dass es ein dunkles Zimmer ist, aber es hat einen wunderbaren Charakter. Es hat alles, was die Leute von einem Landsitz in England erwarten. Ich glaube, wenn man versuchen wollte, den Raum aufzuhellen und mit italienischen Einflüssen zu füllen, würden wir ein katastrophales Ergebnis erhalten.«

»Tatsächlich?« Lady Corbett-Wynnes Augenbrauen hoben sich. »Und was haben Sie sich vorgestellt?«

»Ich glaube, dass man das Holz in etwas helleren Tönen streichen kann, und die Beleuchtung sollte indirekt in den Raum fließen, statt des gleißenden Lichts, das jetzt über dem Tisch hängt. Ein anderer Teppich würde auch schon einen gewaltigen Unterschied bringen. Wenn Sie sich einen Teppich mit einem dominierenden Grau aussuchen, dazu Spuren von Rot und Gold, würde er dem allgemeinen Ambiente des Zimmers gerecht, aber man muss darauf achten …«

»Mir gefällt das ›allgemeine Ambiente‹ des Zimmers nicht. Sie sind doch hier, um das zu ändern, Annabel«, unterbrach Marina, die Wangen gerötet. »Wenn ich nur den Raum betrete, vergeht mir der Appetit. Ich will es hell haben, das Holz soll weiß werden, die Wände cremefarben, und vielleicht ein paar impressionistische Bilder statt dieser schrecklichen Porträts von Leuten, die seit Jahrhunderten tot sind.«

»Weißes Holz?« Annabel konnte nicht glauben, dass sie richtig gehört hatte.

»Während ich weg bin«, sagte ihre Auftraggeberin fest entschlossen, »möchte ich, dass Sie ein Design entwerfen, das meine Anregungen aufnimmt. Wenn Ihnen das zu schwer fällt, sollten Sie besser nach London zurückfahren, und ich suche mir einen anderen Inneneinrichter.«

Annabel schaute auf den Boden und überlegte ihre Position. Die Vorschläge liefen auf ein Sakrileg hinaus; das Esszimmer wäre ruiniert, aber zu ihrer Schande musste sie sich eingestehen, dass sie Leyton Hall nicht verlassen wollte. Sie genoss ihre sexuellen Abenteuer zu sehr, um zu ihrem vorherigen Leben (nur Arbeit, kein Vergnügen) zurückzukehren, und sie wollte auch die Chance wahrnehmen, Sir Matthew Stevens besser kennen zu lernen. Wenn das bedeutete, das Esszimmer zu ruinieren – sei's drum, dachte sie plötzlich. Schließlich brauchte sie nie im Esszimmer zu sitzen und sich das Ergebnis anzusehen.

»Wenn Sie sicher sind, dass Sie diese Veränderungen haben wollen, bin ich sicher, Ihnen Vorschläge machen zu können, die Ihren Vorstellungen entsprechen, Lady Corbett-Wynne«, sagte sie höflich. »Diesen Morgen werde ich ein paar Skizzen entwerfen, die wir vielleicht am Abend besprechen, denn wir müssen die Farben und die Stoffe festlegen.«

Marina nickte. »Darauf freue ich mich schon. Stoffe sind eine Leidenschaft von mir, müssen Sie wissen. Aber jetzt muss ich gehen. Ich hoffe, dass ich mir heute ein Hündchen aussuchen kann. Ich habe nie einen eigenen Hund gehabt, nur früher als Kind.«

»Aber es gibt doch viele Hunde im Haus«, sagte Annabel verdutzt.

»Sie sind alle schlecht erzogen und gehören anderen Mitgliedern der Familie. Dieser wird nur mir gehören.«

Annabel nickte, aber als sie ging, dachte sie bei sich, dass Lady Corbett-Wynne eher an Sir Matthew dachte und weniger an die Welpen. Sie versuchte, sich die beiden als Paar vorzustellen, aber das gelang ihr nicht. Ihre Auftraggeberin war so kühl und selbstbeherrscht. Sie gab einem den Eindruck, dass sie nie die Kontrolle über sich verlieren würde, während Sir Matthew ein Mann zu sein schien, der sich seine Lust verschaffte, ohne nach der Würde seiner Partnerin zu fragen.

»Du bist eifersüchtig«, sagte sie zu sich selbst, als sie zurück auf ihr Zimmer ging, um die Notizblöcke zu holen.

»Eifersüchtig auf wen?«, fragte Crispian, der aus seinem Zimmer trat, als sie vorbeiging.

»Du liegst im Bett, während ich arbeite«, sagte Annabel lachend.

»Du schaust dir doch nur Zimmer an und kritzelst ein paar Zeichnungen. Das nenne ich nicht Arbeit.«

»Glaube mir, wenn es um deine Stiefmutter geht, ist es Arbeit«, sagte Annabel.

Crispian grinste, als er nur noch ihren Rücken sah. Er konnte sich gut vorstellen, dass sie zu leiden hatte, aber er hoffte, dass Annabel nicht aufgab und abreisen würde. Er hatte einfach zu viel Spaß mit ihr.

Er und Tania hatten bis spät in die Nacht hinein überlegt, wie es ihnen gelingen könnte, Annabel und Sir Matthew zusammenzubringen. Jetzt hatten sie dieses Problem gelöst, deshalb wollte er erst recht nicht, dass Annabel verschwand. Sie sollte sich zuerst die Resultate ihrer kleinen Intrigenspiele ansehen.

Während Annabel zu arbeiten begann, schritt Marina rasch auf die Old Mill zu. Als sie sie vor sich sah, begann sich ihr Puls zu beschleunigen, und sie spürte ihr Herz gegen die Rippen schlagen, während ihre Handflächen feucht vor Nervosität wurden.

Matthew sah sie kommen; er war in seinem Arbeitszimmer und fühlte so etwas wie Überraschung darüber, dass sie so schnell zurückkehrte. Er hatte eher damit gerechnet, dass sie sich ein bisschen länger zierte.

Ihr heutiges Kommen nahm der Jagd ein bisschen die Aufregung. Aber noch zählte es, die nach außen hin eiskalte Frau mit dem offensichtlichen Mangel an sexueller Erfahrung gezähmt und aufgetaut zu haben.

Trotzdem hoffte er, dass sie nicht so oft kam. Er hatte nicht vor – noch nicht –, ein Eine-Frau-Mann zu werden. Und Frauen wie Marina konnten zum Klammern neigen.

Er ging zur Haustür und blieb scheinbar überrascht stehen, als er sie den Pfad hochkommen sah. »Marina, was für ein überraschendes Vergnügen. Du hättest anrufen sollen. Es gefällt mir nicht, dass du den ganzen Weg alleine gehst. Und tagsüber bin ich häufig nicht zu Hause.«

Marina lächelte glücklich, denn allein sein Anblick in den Kordhosen und dem am Hals offenen Hemd, die Frisur vom Wind leicht zerzaust, erregte sie.

»Schon gut. Der Weg ist eine Herausforderung für mich. Ich möchte dir auch sagen, dass ich wieder Reitunterricht nehme, wie du angeregt hast.«

Matthew musste plötzlich an die Szene von James und der schmucken Pferdepflegerin im Niederholz denken und fragte sich, was ihr Mann zu den neuen Reit-Ambitionen seiner Ehefrau sagen würde.

»Ausgezeichnet«, rief er. »Bei wem wirst du den Unterricht nehmen?«

»Bei Jerry. Er arbeitet schon seit zehn Jahren für James, und er hat Tania zuletzt das Reiten beigebracht.«

»Dann bist du in sicheren Händen«, sagte er, ging auf sie zu und nahm seine Hände zärtlich in seine. »Ich nehme an, du willst dir die Welpen noch einmal anschauen?«

Marina hätte ihm gern gesagt, dass er sich irrte und dass

sie eigentlich nur gekommen war, um ihn wiederzusehen, aber sie nickte und lächelte, und wiederum tat sie das, was von ihr erwartet wurde und nicht das, was sie wirklich wollte.

Matthew wusste nur zu genau, was sie wollte, aber diesmal, dachte er, wäre es aufregender, es woanders zu treiben als im langweiligen Salon. Die Aussicht, die makellose Marina bei einem Orgasmus in nicht so makelloser Umgebung zu beobachten, erregte ihn auch.

»Ich muss nur noch einmal in den Ställen nachschauen«, sagte er und nahm sie an die Hand. »Ich weiß noch nicht, ob der Junge, der jeden Tag kommt, um die Ställe auszumisten, auch einen ordentlichen Job erledigt. Wenn ich das überprüft habe, gehen wir sofort zu denn Welpen, die gleich neben den Ställen ihr Zuhause haben.«

»James sagt, dass unsere Pferdepfleger sehr gut sind«, murmelte Marina und wünschte, sie hätte keine weißen Sandalen mit offenen Spitzen angezogen, wenn er erwartete, dass sie mit ihm die Ställe betrat.

»Das glaube ich gern«, antwortete Matthew lachend. »Und sie sind attraktiver als mein Bursche.«

»James wählt sie nach ihrem Aussehen aus, aber ich bin sicher, dass Jerry dafür sorgt, dass sie auch ihren Job ordentlich ausführen. Das Haus kann sich keine Faulenzer erlauben.«

»Aber es kann sich einen David Crosbie erlauben?«, fragte Matthew.

Marina lächelte. »Nein, ich bin es, die sich David Crosbie erlaubt, oder besser gesagt, David Crosbies Protegé. Allerdings muss ich sagen, dass sie sich als Enttäuschung erweist.«

»Warum denn das?«, murmelte Matthew und drückte die Stalltür auf. Er fühlte, wie seine Erregung stieg.

»Sie ist nicht so modern, wie ich gehofft hatte.«

»Wie schade«, sagte er, aber zugleich dachte er, dass sie ihm sehr modern vorgekommen war, und auch sehr attraktiv. Er bemerkte, dass Marina sich zurückfallen ließ, sie hielt auch seine Hand nicht mehr fest. »Es ist schon gut«, sagte er, »das Pferd ist nicht im Stall.«

Mit einem Seufzer der Erleichterung folgte Marina dem Hausbesitzer, aber sie spürte ein leichtes Unbehagen, als er die Tür hinter ihnen verriegelte. Sie wurden von Dunkelheit umfangen. Marina konnte das Stroh riechen, den Geruch der Pferde und den starken Ledergeruch von den Sätteln, eine Mischung, die sie nicht besonders reizvoll fand.

Bevor sie sich umdrehen konnte, um den Stall wieder zu verlassen, spürte sie Matthews Hände um ihre Taille. Er zog sie gegen seinen Brustkorb, und dann drückte er seinen Mund auf ihren. Es wurde ein tiefer, leidenschaftlicher Kuss.

Marina brauchte ein paar Sekunden, bis sie reagierte. Sie fühlte sich nicht entspannt, denn die Umgebung war nicht ihre, aber ahnte durch Matthews Streicheln und Reiben, dass er mehr als nur küssen wollte, und das in dieser unhygienischen und sehr unromantischen Umgebung.

Er fühlte ihre Verspannung, aber er ignorierte sie, weil er sicher war, dass sie ihre Hemmungen ablegte, sobald er sie stärker erregen konnte. Seine Hände schoben sich auf dem Rücken unter die kurzärmelige Jacke und das Hemdchen, dann konnte er über die warme Haut streicheln. Die Fingerspitzen fuhren an ihrem Rückgrat rauf und runter, während er einen Schenkel zwischen ihre Beine zwängte.

Beinahe ohne nachzudenken, presste Marina ihren Schamhügel gegen seine willkommene Härte, und als Matthew ihr die Jacke auszog und einfach irgendwohin warf, protestierte sie nicht einmal. Ihr Körper war wieder lebendig geworden, und sie erinnerte sich daran, wie es das letzte Mal gewesen war. Sie war hungrig nach einer Wiederholung.

Rasch und geschickt öffnete Matthew ihren Rock, dann schaffte er es, ihn zusammen mit dem weiten Höschen abzustreifen. Das war nicht ganz leicht, denn ihre Augen hatten sich immer noch nicht an die Dunkelheit gewöhnt, deshalb war er dankbar, dass ihre Beine nackt waren.

Als sein Mund zu ihrem zurückkehrte, reagierte Marina enthusiastischer; ihre Zunge glitt zwischen seine Zähne und bohrte sich mit kleinen Stößen in seinen Mund, während ihre Hüften im selben Rhythmus vor und zurück wuchteten. Langsam schob Matthew sie auf die Steinmauer zu, bis sie ihr Fleisch an der kalten rauen Oberfläche spürte. Sie gab einen leisen Laut des Protests von sich, aber er öffnete bereits ihren BH mit dem Vorderverschluss, und als er hinunterfiel, stand sie völlig nackt da, abgesehen von den Sandalen.

Matthew wusste genau, was er wollte, aber er musste sie zuerst in die richtige Gemütsverfassung bringen. Er griff ihre Handgelenke und drückte ihre Hände gegen die Mauer. »Bleib so, während ich mich ausziehe«, sagte er heiser. »Ich mag es, dich so anzuschauen.«

Marina wollte nicht in dieser Pose verharren. Sie hasste es, ihre Würde zu verlieren, aber zugleich hatte sie noch nie so ein überwältigendes Verlangen für einen Mann gefühlt wie in diesem Moment. Als er schließlich nackt war und sein muskulöser Körper mit dem erigierten Penis sich wieder an sie drückte, verflogen all ihre Zweifel. Was immer er wollte, sie würde es tun, denn ihr Körper pochte vor Erregung, und das Blut rauschte durch ihre Adern.

Matthews Hände kehrten zu Marinas Gelenken zurück, und während er sie fest gegen die Mauer gedrückt hielt, rieb er seinen Körper an ihren. Sie fühlte seine hart werdenden Nippel, die über ihre braunen Spitzen rieben. Als er einen Schenkel zwischen ihre Beine zwängte und gegen ihre Vulva stieß, hätten ihre Knie vor Erregung fast nachgegeben.

Langsam ließ Matthew seine Hüften kreisen. Die geschwollene Eichel stieß gegen ihren Unterleib; die Berührung so leicht wie Seide. Marinas Körper zitterte schon, und als er eines ihrer Handgelenke losließ, bemerkte sie das gar nicht und hielt die Arme weiter ausgebreitet.

Matthew glitt mit der freien Hand an ihrem Körper hinunter, bis sie auf das Delta zwischen ihren Schenkeln traf. Dort kneteten seine Finger zärtlich die Schamlippen, sie massierten und stimulierten das Gewebe rundherum, bis er fühlte, dass sie sich ihm öffneten: Die äußeren Labien teilten sich, weil das Stadium ihrer Erregung wuchs.

Jetzt konnte er die nassen inneren Schamlippen fühlen. Er führte zwei Finger in die Öffnung ein, bewegte sie rasch ein und aus, und Marina stöhnte laut; es waren Geräusche, die tief aus ihrer Kehle drangen.

Er verbreitete ihre Säfte im inneren Kanal, bis er die Stelle erreichte, die Marina verrückt vor Begierde machte, und zu ihrer Überraschung massierte er sie dort so lange, bis sie einen Orgasmus erlebte. Abrupt wurde sie von den heftigsten Zuckungen erfasst.

Matthew atmete jetzt auch schneller, von ihren unerwartet starken Reaktionen auf seine Manipulationen ebenso erregt wie von ihrem Körper, und ohne weiteres Vorspiel schob er sie von der Mauer weg und drehte sie seitlich. »Hebe dein rechtes Bein«, raunte er. »Da gibt es ein Gestell, auf das du das Bein stellen kannst.«

Noch ganz benommen von ihrem Orgasmus, wusste Marina kaum, was mit ihr geschah, aber sie befolgte seine Anweisung. Er führte ihren Fuß, bis sie das Gestell unter der Sandale spürte. Die Stellung des Beins war ziemlich unbequem, und sie wusste nicht, wie lange sie die Balance halten konnte, aber Matthew schien von ihren Mühen nichts zu ahnen.

Er näherte sich ihr von hinten, und sie spürte seinen Penis, der zwischen ihren Pobacken zuckte und nach der vorderen Öffnung suchte. Als er in sie hineinglitt, griff sie nach hinten und legte eine Hand auf seinen Oberschenkel, während sein Torso den Rest ihres Körpers stützte.

Zuerst bewegte er sich sehr langsam mit langen Pausen zwischen den Stößen, deshalb konnte sie nicht wissen, wann die nächsten Sensationen einsetzen würden. Er bewegte die Finger so langsam wie die Hüften und begann, die Innenseiten des aufgerichteten Schenkels mit den Fingerkuppen zu streicheln. Die Finger zogen allmählich zu ihrer Mitte hin, wo ein heftiger Schmerz immer schlimmer wurde.

Diesmal mied er ihre Klitoris; stattdessen massierte er das sie umgebende Gewebe und ging mit außergewöhnlich leichten Berührungen vor. Ihre Unterleibsmuskeln begannen zu zucken und schickten ein bittersüßes Prickeln durch ihren Körper. Sie spürte, dass ihre Brüste noch mehr anschwollen.

Jetzt erhöhte Matthew das Tempo der Stöße, und seine eigene Erregung steigerte sich. Er leckte und saugte an Marinas nackter Schulter, und ab und zu setzte er auch seine Zähne auf ihrer Haut ein. Plötzlich wurde Marinas Oberkörper ganz starr, und sie warf den Kopf zurück, während seine geschickten Finger den Stamm ihrer Klitoris drückten.

Sie fühlte heiße, flüssige Sensationen zwischen ihren Schenkeln, dann setzten die Druckwellen ein, sanft zuerst, dann immer schneller und kräftiger, die ihren Körper ergriffen, und wieder einmal explodierte die behutsam aufgebaute sexuelle Spannung zu einer glücklichen Erlösung.

Diesmal brauchte sie eine längere Erholungsphase. Ein paar Minuten lang sackte sie gegen ihren Liebhaber, der sie immer noch streichelte und stimulierte. Seine Hand beschrieb auf ihrem Unterbauch und auf dem Schamberg kleine Kreise.

Marina war sicher, dass sie total befriedigt war; jeder Muskel fühlte sich schlaff an. Aber Matthew streichelte sie noch mit der Hand, und dann bewegten sich auch seine Hüften, und als sie seinen steifen Schaft spürte, war plötzlich auch ihre Lust wieder da. Sie gab einen quietschenden Laut von sich, eine Mischung aus Erregung und Verzweiflung.

»Nur noch einen«, murmelte er. »Ich will, dass wir zusammen kommen.« Während er das sagte, zog er sich von ihr zurück, wodurch sie sich für einen Moment beraubt fühlte, aber später realisierte sie, dass er einen anscheinend öfter genutzten Trick anwandte; er schob sie zur Seite, weg vom Gestell, und setzte sich darauf. Dann zog er sie an sich heran, drückte sie auf seinen Schoß, und sie starrte ihm in der Dunkelheit in die leuchtenden Augen.

Vorsichtig ließ er seinen steifen Penis in sie eindringen. Sie hörte, wie er ihr sagte, die Beine zu heben und die Sohlen gegen die Stallmauer zu drücken. Sie gehorchte, und seine Hände legten sich auf ihren Rücken. Sie lehnte sich langsam zurück, gestützt von seinen Händen, bis sie schließlich flach auf seinen Oberschenkeln lag.

»Halte dich an meinen Armen fest, Marina«, raunte er heiser. »Du kannst dich auf und ab bewegen und drückst dabei gegen mich. Ich bleibe still sitzen und warte darauf, dass du für meinen Orgasmus sorgst.«

Sie war total überwältigt von der ganzen Prozedur, halb

beschämt und halb stolz über ihr Verhalten. Seine Worte waren fast so erregend wie seine Berührungen. Sie drückte sich gegen seine Kraft, und sobald sie die Technik begriffen hatte, spürte sie, dass die Gegend um ihre Klitoris bei jeder Bewegung indirekt gereizt wurde, und erneut stieg die Hitze zwischen ihren Schenkeln an, und die köstliche Enge packte ihren Körper.

Er schaute auf sie hinab und konnte genau sehen, was geschah. Der Anblick ihres Kopfes, den sie wild von einer Seite auf die andere warf, und das Gefühl ihrer langen Haare, die gegen seine Schienbeine rieben, ließen seinen eigenen Orgasmus nahen. Er wusste, dass er nicht mehr lange aushalten würde.

»Du machst das perfekt«, rief er aus. »Du machst das unglaublich, aber bewege dich noch ein bisschen schneller, dann komme ich auch.«

Marina wusste, dass sie schon sehr weit war, und seine Worte feuerten sie noch mehr an. Gerade als Matthew tief zu grunzen begann, spürte sie die elektrischen Pfeile, die ihren eigenen Orgasmus verkündeten.

Plötzlich griff Matthew mit den Händen, die er bisher untätig am Körper gehalten hatte, an ihre Flanken und half, dass sie sich mit den Füßen kräftiger gegen die Mauer abstieß, damit ihr Körper fester gegen seinen Penis drückte. Er sah ein weißes Licht hinter ihren Lidern, und dann wurde sie wieder von einer Explosion gerüttelt.

Matthews Höhepunkt hielt eine sehr lange Zeit an, und als er langsam abzuflachen begann, zischte er einige unverständliche Worte, aber der Körper zuckte und ruckte immer noch.

Marina fühlte sich wie leblos, als ob ihre ganze Kraft den Körper verlassen hätte. Schlaff lag sie auf seinen Oberschenkeln, und ihre Füße baumelten hinter Matthew. Sie hatte die Augen geschlossen und versuchte, sich an die genauen Gefühle ihres letzten Orgasmus zu erinnern.

In diesem Moment öffnete sich die Stalltür, und der Pferdepfleger kam herein.

Gegen seinen Willen stieß er einen Laut der Überraschung aus, und Marina ruckte sofort hoch und drückte ihre nackten Brüste gegen Matthews Torso. Sie barg ihr Gesicht an seiner Schulter.

Matthew sah zu dem achtzehnjährigen Burschen und sagte lächelnd: »Wir sind im Moment noch beschäftigt, komm später wieder.«

»Es tut mir leid, Sir Matthew. Ich wusste ja nicht ... ich meine, ich hätte nie gedacht, dass ich an einer Stalltür anklopfen sollte, verstehen Sie?«

»Erst recht nicht, wenn das Pferd auf dem Feld ist«, sagte der Arbeitgeber lachend. »Rufus ist draußen.«

»Ja, Sir. Es tut mir leid, Sir«, murmelte der Junge noch, als er sich rückwärts aus dem Stall entfernte und die Tür hinter sich ins Schloss warf.

Marina blieb, wo sie war. Ihre Hände hielten Matthews Körper immer noch umfasst. Er spürte, wie sie nicht aufhörte zu zittern. Zu seiner Überraschung hatte die Unterbrechung wie ein Aphrodisiakum gewirkt. Er wünschte, er könnte Marina noch einmal nehmen, aber die Zeit hatte er nicht.

»Du ziehst dich besser an«, sagte er leise.

Marina fühlte sich den Tränen nahe. »Was ist, wenn er mich erkannt hat?«, jammerte sie. »Ich habe mich in der ganzen Grafschaft lächerlich gemacht.«

»Wie sollte er dich erkannt haben? Weil er aus dem Hellen kam, war er halb blind, und außerdem hat er nur einen Rücken gesehen und deine langen Haare.«

»Wie habe ich nur so dumm sein können«, haderte sie und wühlte sich durch das Stroh, bis sie ihre Kleider und die Sandalen wiedergefunden hatte. »Meine Kleider riechen entsetzlich«, rief sie und zog sich den Rock an.

»Also, du riechst wunderbar. Ich liebe deinen Duft«, sagte Matthew sanft, und mit den Händen strich er über ihre immer noch nackten Brüste.

Marina stieß seine Hände weg. »Hör auf! Ich kann mir nicht erklären, was ich mir dabei gedacht habe, als ich dich ...«

»Marina, du hast mich nicht gelassen, du wolltest all diese Dinge haben. Du hast sie genossen, und mir hat es Spaß gemacht, dich dabei zu sehen, wie du dich in deiner Lust verloren hast. Glaubst du nicht, dass das aufregender ist, als die ganze Zeit zu planen, wie du ein Haus neu dekorieren lässt, das nicht einmal dir gehört?«

Sie wusste, dass er Recht hatte, aber plötzlich wollte sie nicht, dass er das so sah und aussprach. Sie konnte sich sehr gut vorstellen, wie sie ausgesehen haben musste, als sie sich ihm hingab, aber in diesem Augenblick wollte sie wieder Lady Corbett-Wynne sein statt eines der Pferdemädchen ihres Ehemanns.

»Lass mich los«, sagte sie wütend, als seine Finger immer noch ihre Brust umfassten und sanft mir den Nippeln spielten, bis sie sich unter seinen Händen aufrichteten.

»Du könntest es die ganze Zeit tun, nicht wahr?«, fragte er, um sie zu reizen. Er küsste sie auf ihre Halsseite, wo ein Puls heftig pulsierte.

»Nein, bitte! Matthew, ich muss jetzt gehen. Der Junge könnte zurückkommen.«

»Sage mir vorher noch, dass es dir auf diese Weise gefallen hat«, forderte er sie auf.

Sie schaute ihn an, die Augen leicht umnebelt. »Ja, doch, es hat mir gefallen, wenn ich auch nicht weiß, warum. Das passt überhaupt nicht zu mir.«

»Das ist ein Teil von dir, der viel zu lange verborgen geblieben ist«, sagte er. »Wenn du wieder reiten kannst, machen wir Ausritte zusammen und Liebe im Freien. Unter den Bäumen oder im Unterholz. Würde dir das nicht gefallen?«

»Nein! Eh, vielleicht doch. Ich weiß es nicht«, jammerte sie, völlig verwirrt von den Widersprüchen von Körper und Geist. Sie wusste nicht mehr, wie sie sich zu verhalten hatte. Sex, auch guter Sex, gehörte ins Schlafzimmer, vielleicht auch noch auf die Wohnzimmercouch oder in den bequemen Ohrensessel. Und doch wusste sie, dass sie heute den aufregendsten Sex ihres bisherigen Lebens genossen hatte.

Matthew half ihr, den Rest ihrer Kleider zu finden und küsste sie auf die Mundwinkel. »Du wirst dich daran gewöhnen«, versprach er ihr. »Ich fand es wunderbar, und du warst geradezu unglaublich.«

»Ich fange heute mit meinen Reitstunden an«, sagte sie und erwiderte seine Küsse viel entschiedener. Sie wusste, dass ihm das gefallen würde, deshalb hielt sie durch, bis sie nach Luft schnappen musste. Es stimmte, er hatte ihr Lust und Selbstvertrauen beigebracht.

»Gut«, murmelte er an ihrem Mund, dann küsste er sie, bis sie sich von ihm löste. »Matthew, ich muss gehen. Wann werde ich dich wiedersehen?«

Er runzelte die Stirn. »Leider muss ich diese Woche ein paar Tage in London verbringen. Ich fahre heute Nachmittag und werde nicht vor Freitag zurück sein. Vielleicht am Freitagnachmittag?«

Das kam Marina wie eine lange Zeit vor, aber sie wusste, dass sie sich albern benahm. Er war ein beschäftigter Mann und hatte wahrscheinlich einen großen Freundeskreis. Sie konnte nur hoffen, dass nicht zu viele Frauen darunter waren. »Ich werde gegen drei Uhr den Weg hierher gehen«, sagte sie.

»Ausgezeichnet. Dann kannst du mir auch von deiner ersten Reitstunde berichten.«

Marina schüttelte sich. »Ich weiß nicht, wie ich mich dabei zurechtfinde. Meine Nerven liegen blank, und James hat gesagt, wenn das passiert, soll man am besten aufgeben.«

»Ich kann mir denken, dass James das sagt«, kommentierte Matthew, den Blick dunkel.

»Warum?«

»Weil er nicht will, dass du ihm auf seinen Ausritten folgst. Ich schätze, dass es ihm gefällt, seine schöne Frau in Leyton Hall eingesperrt zu halten.«

»Er interessiert sich wirklich nicht für mich«, bekannte Marina. Ein unbestimmtes Lächeln spielte um ihre Lippen. »Und ich habe kein Interesse mehr an ihm. Unsere Ehe ist nur noch ein Status der Bequemlichkeit.«

»Aber das hindert deinen Mann nicht daran, viele Dinge zu finden, die ihm Spaß bereiten, nicht wahr? Ich finde, es wird Zeit, dass du es genauso machst. Damit haben wir zum Glück in den letzten Tagen begonnen.«

Marina fühlte, wie sie errötete. »Bin ich nicht ein bisschen zu direkt gewesen?«, fragte sie.

Matthew hätte bei der Frage beinahe gelächelt, aber da er wusste, wie wichtig das für Marina war, veränderten sich seine Gesichtszüge nicht. »Nein, Marina. Ich mag es, wenn meine Frauen die Lust ausschöpfen, die ich ihnen bieten kann. Das wollen die meisten Männer.«

»Wirklich? Das sollte jemand James sagen.«

»Ich glaube nicht, dass James typisch ist, aber da ich ihn

nicht lange genug kenne, maße ich mir kein Urteil an.« Matthew erinnerte sich an James' Gesichtsausdruck, als er die Pferdepflegerin im Niederholz genommen hatte.

»Ich habe beschlossen, am Samstag in einer Woche eine Dinnerparty zu geben«, fuhr Marina fort und war plötzlich besorgt, dass ihr wichtigster Gast schon verabredet war. »Es werden wohl etwa zwanzig Leute da sein. Du kannst doch kommen, nicht wahr?«

»Ich bin begeistert. Feierst du deinen Geburtstag?«

Sie lächelte schelmisch. »Nein, aber vielleicht ist es meine Coming-out-Party.«

»Dann werde ich sie in keinem Fall verpassen. Es tut mir leid, Marina, aber ich glaube, ich kann das Telefon hören. Ich muss jetzt gehen. Wir sehen uns am Freitagnachmittag. Ich freue mich schon jetzt darauf.«

Als er von ihr wegging, hielt Marina den Atem an, weil sie auch das Telefon hören wollte, aber sie hörte nichts, und für einen Moment fragte sie sich, ob er sie einfach los sein wollte. Doch dann verwarf sie solche Gedanken als Paranoia, und sie ging langsam den Hügel hinauf zu Leyton Hall. Im Gehen wischte sie das Stroh vom Rock.

In der Old Mill nahm Sir Matthew das Telefon ab und wählte die Nummer von Leyton Hall. Er hatte zu dieser Notlüge greifen müssen, weil er glaubte, dass Marina überhaupt nicht mehr gehen wollte. Crispian hob ab.

»Sie haben Glück, dass Sie mich erwischen, denn ich bin auf dem Weg zu meiner schrecklichen Amanda, die ich freien soll, hat mein Vater verlangt.«

»Tut mir leid, aber ich hatte überraschenden Besuch. Worüber wollten Sie mit mir reden?«

»Es geht um die Einladung zu einer Dinnerparty am übernächsten Samstag. Ich nehme an, meine Stiefmutter wird Ihnen davon erzählen. Tania und ich würden Sie gern zu ein paar Mitternachtsspielen einladen. Also, ich meine, sobald die offizielle Party vorbei ist. Haben Sie Interesse?«

Matthew zögerte. »Darf ich fragen, um welche Art Spiele es sich handelt?«

»Ach, es sind ziemlich originelle Spiele. Spiele für Erwachsene eben. Ich kann Ihnen versprechen, dass Sie sich nicht langweilen, Sir Matthew.«

»Werden wir zu dritt sein?«

»Himmel, nein! Annabel wird sich bestimmt zu uns gesellen, und ich könnte meinen Freund Luke überreden, seine Freundin mitzubringen. Sie ist eine erstaunliche Frau und ziemlich athletisch gebaut.«

Die Erwähnung von Annabels Namen führte in Sir Matthew die Entscheidung herbei. Er vergnügte sich gern mit Marina Corbett-Wynne, aber er wusste, wenn er sie dazu gebracht hatte, alle ihre Hemmungen abzulegen, würde sie seine Sklavin sein wollen und ihn langweilen.

Er war nicht stolz auf sich, aber so war es nun einmal. Annabel war ihm bei ihrer ersten und bisher einzigen Begegnung als erfahrene junge Frau vorgekommen, die eine Partnerin und keine Schülerin sein würde.

»Hört sich nach einer Menge Spaß an. Wird Ihr Vater teilnehmen?«

Man hörte Crispian an, dass er bei der Vorstellung am liebsten laut aufgelacht hätte. »Nein, bei unseren Spielen ist er nie dabei, aber er betreibt seine eigenen Spiele, sie sind aber nur für Leute mit bestimmten Vorlieben.«

»Warum haben Sie daran gedacht, dass ich der richtige Mann für Ihre Privatparty bin?«

»Zwei Gründe. Erstens: Wenn meine Stiefmutter Sie für einen attraktiven Mann hält, und das tut sie, dann müssen Sie ein besonderer Mann sein. Und zweitens: Annabel mag Sie auch.«

»Woher wollen Sie das wissen?«

»Woher weiß ein Mann so was? Wenn Sie sich nicht so sehr bei Stiefmama ins Zeug gelegt hätten, wäre es Ihnen sofort aufgefallen. Nicht, dass sie während Ihrer Abwesenheit lauter Trübsal geblasen hat.«

Matthews Mund wurde trocken bei dem Gedanken, was Annabel und Crispian in Leyton Hall abspulten. »Ich bin nicht sicher, ob Sie Recht haben, was Ihre Stiefmutter angeht«, sagte er, »aber ich hoffe, dass Sie bei Annabel Recht haben. Aber jetzt muss ich gehen. Bye.«

Er legte den Hörer auf und starrte durchs Fenster. Er hatte befürchtet, das Leben in Wiltshire könnte langweilig werden. Aber seine Ängste schienen unbegründet zu sein.

Achtes Kapitel

An diesem Nachmittag ging Lady Corbett-Wynne, frisch gebadet und mit Jodhpurs und einer weißen Seidenbluse bekleidet, hinüber zu den Ställen, um ihren Reitlehrer zu suchen. Sie hielt eine Pferdepflegerin an. »Wo ist Jerry?«, fragte sie barsch. Ihre Stimme klang wegen ihrer Anspannung herrischer als sonst.

»Ich hole ihn, Eure Ladyschaft«, sagte das Mädchen und ging mit einem provokativen Hüftschwenken über den Hof. Ein paar Minuten später kam sie mit einem Mann zurück, der Mitte dreißig sein mochte. Seine blau-schwarzen Haare waren viel zu lang, und seine dunkelblauen Augen musterten Marinas Körper auf eine Weise, die sie für sehr frech hielt.

»Ich glaube, mein Mann hat mit Ihnen über Reitstunden für mich gesprochen«, sagte sie kurz angebunden.

Er lächelte und zeigte sehr weiße und regelmäßige Zähne. Seine Haut war so dunkel, dass Marina annahm, dass er Zigeunerblut in den Adern hatte. »Ja, hat er.«

»Nun, ich möchte jetzt eine Stunde nehmen.«

»Ich bin jetzt beschäftigt«, sagte er.

»Womit?«, fragte Marina.

Er hob die Schultern. »Dies und das.«

»Dies und das kann warten, ich nicht.«

Es sah so aus, als wollte er mit ihr streiten, aber dann änderte er offenbar seine Taktik. Er seufzte, dann nickte er. »Wie Sie wollen. Wann haben Sie zuletzt geritten?«

»Vor zwölf Jahren.«

»Warum haben Sie aufgehört?«

»Weil ich vom Pferd gefallen bin. Es war ein hässlicher Sturz.«

Er verzog das Gesicht. »Sie hätten sofort wieder aufsteigen sollen.«

»Ich habe mir das Schlüsselbein gebrochen.«

»Ich bin schon mit einem gebrochenen Schlüsselbein geritten«, sagte er, Langeweile in der Stimme.

»Ich bin nicht hier, damit Sie mir die Leviten lesen können«, sagte Marina kühl. »Ich erwarte eine Reitstunde von Ihnen, nichts anderes.«

Jerrys ursprüngliche Verärgerung war verschwunden, als er erkannte, wie nervös Lady Corbett-Wynne war. Ihre Stimme klang zwar fest und kontrolliert, aber ihre Hände hatte sie zu kleinen Fäusten geballt, und ihre Haut wirkte blass unter dem leichten Make-up.

»Da es so lange her ist, seit Sie zuletzt geritten sind, ist es wohl am besten, wenn Sie eines unserer Pferde ein wenig herumführen, damit Sie sich daran gewöhnen, die Nähe zum Pferd zu spüren.« Er ging zurück zu Betsys Stall. Sie war das friedlichste Tier, das Lord Corbett-Wynne besaß. Betsy war so träge, dass sie eine schnellere Gangart als den gemächlichen Trott als Zumutung empfand.

Sie war auch eines der kleinsten Pferde, und Marina atmete erleichtert auf, als das Mädchen, das sie zuerst angesprochen hatte, Betsy aus dem Stall brachte.

»Danke, Sandra«, sagte Jerry, und das Mädchen hatte ein wissendes Lächeln für ihn, als sie ihn unter gesenkten Lidern anschaute.

»Sie liebt Äpfel«, sagte Jerry, als Marina starr auf der Stelle stand und auf das Pferd blickte. »Hier, nehmen Sie das auf die Handfläche und füttern Sie sie damit. Danach wird sie Ihnen überallhin folgen.«

»Vielleicht solltest du ihm ins Ohr blasen«, rief eine helle Stimme auf der anderen Seite des Hofs. Marina drehte sich auf dem Absatz um und sah ihre Tochter, die sich ihnen langsam näherte.

»Ins Ohr blasen?«, fragte sie verwirrt.

»Das macht Jerry mit den Pferdepflegerinnen, und dann folgen sie ihm überallhin. Stimmt das nicht, Jerry?«

Er warf ihr einen herausfordernden Blick zu und erinnerte sich an das Gefühl ihrer samtenen Haut unter seinen Händen und die verblüffende Menge ihrer Sexspielzeuge, die sie während ihrer ersten und bisher einzigen Begegnung benutzt hatte. Er stellte sich dumm und sagte: »Davon weiß ich nichts.«

»Sind denn alle Geschichten, die man von dir hört, übertrieben?«

»Das kommt darauf an, was in diesen Geschichten erzählt wird. Wenn Sie mich jetzt entschuldigen, ich gebe Ihrer Mutter eine Reitstunde.«

»Nun, das wird bestimmt interessant«, sagte Tania in ihrer lang gezogenen Aussprache. »Mein Stiefvater liebt die Pferdepflegerinnen, und meine Mutter geht zum Stallmeister für Reitstunden.«

Jerry nahm Betsys Zügel und ging mit dem Pferd auf Tania zu. Er kam ihr so nahe, dass sie einen Schritt zurückweichen musste. »Nun schau mal, was du gemacht hast!«, rief sie wütend. Er nahm ihren Duft wahr und sah plötzlich ein Bild vor sich, wie sie ihre Beine um seine Taille geschlungen hatte, als er sie im Stehen vor ihrem Bett genommen hatte, aber dann brachte ihn ein Geräusch von Lady Corbett-Wynne in die Gegenwart zurück.

»Wollen Sie Zuschauer haben?«, fragte er leise.

Marina biss sich auf die Unterlippe. »Ganz gewiss nicht. Tania, geh bitte.«

»Warum willst du überhaupt wieder das Reiten lernen?«, fragte die Tochter, verwundert über den Anblick der Mutter, zwar aufgeregt, aber entschlossen, alles über sich ergehen zu lassen, auch die Demütigung, ein Pferd an der Leine zu führen, das jedes Kind hätte reiten können.

»Weil ich es will«, sagte ihre Mutter trotzig.

»Ich schätze, das ist der Einfluss von Sir Matthew«, sagte Tania lachend. »Er muss was Besonderes sein, wenn er dich zum Reiten bringen kann. Du hast mal gesagt, dass du eher stirbst als wieder auf ein Pferd zu steigen.«

»Ich habe meine Meinung geändert. Aber geh jetzt«, sagte ihre Mutter, und ihre Verärgerung siegte über ihre Nervosität.

»Ich bin nur gekommen, um dir zu sagen, dass Annabel mit Crispian in die Stadt gefahren ist«, teilte Tania mit. »Ich hoffe, sie will dich nicht aufs Kreuz legen.«

»Niemand wird aufs Kreuz gelegt, und wir verlieren Zeit, solange Sie hier sind«, warf Jerry ein, mehr als strapaziert von der Anwesenheit des Mädchens mit den kastanienbraunen Haaren.

»Ich geh ja schon«, murrte sie, und mit der leichtesten Berührung seines Arms ging sie zurück ins Haus.

Nach gut zehn Minuten mit Betsy spürte Marina, dass sie nicht mehr steif vor Angst war; im Gegenteil, sie wollte auf den Rücken des Pferdes. »Ich glaube, ich möchte versuchen, auf ihr zu reiten«, sagte sie einem gleichmütigen Jerry, der von Plaudereien absolut nichts hielt.

Jerry, der viel mehr an Informationen in sich aufnahm, als Leute glauben würden, hatte seine neue Schülerin genau beobachtet und war auch zu dieser Ansicht gekommen. »Gut«, stimmte er zu, »ich helfe Ihnen hoch.« Er hielt die Hände zusammen und wartete, dass sie sie als Aufstieghilfe benutzte.

Als sie einen Fuß auf seine Hände setzte, erinnerte sich Marina daran, wie ihre Sandalen am Morgen von ihren Füßen gefallen waren, und die Erinnerung an ihr Benehmen brachte auch jetzt noch Farbe auf ihre Wangen.

»Keine Sorge«, sagte Jerry, »es geht ganz leicht.« Er glaubte, dass sie wegen ihrer Angst rote Wangen bekommen hatte. Sie saß im Sattel, und er passte die Steigbügel an. Er legte eine Hand auf ihren Rücken. »Gerade sitzen. Sie müssen Ihr Gewicht im Gleichgewicht halten, das ist besser für das Pferd und für Sie«, sagte er mit einem Lächeln.

Marina setzte sich aufrecht hin. Ihre Schenkel drückten gegen die Flanken des Tiers, und als Jerry vor Betsy trat und die straffen Zügel lockerte, fiel ihr auf, wie sanft er mit Betsy umging, auch wenn er sie seine kontrollierte Kraft spüren ließ. Marina fand die wenigen Sekunden sehr erregend.

Schockiert durch ihre Gedanken, bemühte sie sich um Konzentration. Es war schlimm genug, von Matthew besessen zu sein, aber jetzt auch noch den Stallmeister ihres Mannes anzumachen, war mehr, als sie ertragen konnte. Sie fragte sich, ob sie verrückt wurde.

Der Rest der Reitstunde verlief gut, aber zu ihrem Schrecken fand Marina den Stallmeister immer interessanter. Wenn er sie lobte und seine dunkelblauen Augen sie lächelnd ansahen, flatterte es in ihrem Bauch, und jedes Mal, wenn er mit einer Hand durch seine dunklen Haare strich, wurde ihr Mund trocken, und sie stellte sich vor, dass sie es war, die voller Leidenschaft mit ihren Händen durch seine Haare strich.

Als er ihr aus dem Sattel half, die Hände fest um ihre Taille gelegt, war sie erschöpft, aber mehr durch ihre Gedanken als vom Ritt. »Ich danke Ihnen«, murmelte sie, die Stimme längst nicht mehr so selbstsicher wie zu Beginn der Reitstunde. »Vielleicht können wir an einem anderen Tag weitermachen?«

»Morgen Nachmittag, die gleiche Zeit?«, schlug er vor.

»Das passt mir sehr gut«, antwortete Marina und ging über den Hof, bis sie nicht mehr zu sehen war.

Von da an rannte sie hinüber zum Haus und zu ihren Zimmern. Zum Erstaunen des Dienstmädchens nahm sie wieder ein Bad, dann legte sie sich aufs Bett und versuchte, Ruhe zu finden. Sie sah Bilder vor sich, Bilder von ihr selbst und Matthew, dann Bilder von sich selbst und dem jüngeren Mann, dessen gebräunte Hände sie auf ihrem Körper spürte.

Jerry brachte das Pferd zu Sandra und ging in sein Büro. Die Reitstunde hatte ihn mehr als beunruhigt. Von dem, was er gehört hatte, war Lady Corbett-Wynne eine scharfzüngige, vertrocknete Frau, aber die Wirklichkeit war, dass er sie als schlanke, feingliedrige Schönheit wahrgenommen hatte, sehr begehrenswert, viel mehr als ihre überreife Tochter, die ihre Reize so freizügig zeigte.

»Nicht für dich, Jerry«, mahnte er sich und beugte sich wieder über die Abrechnungen. »Konzentriere dich auf deine Arbeit, dann gerätst du nicht in Schwierigkeiten.«

Crispian hatte Annabel in die Stadt gefahren, damit sie sich in einem großen Warenhaus die Stoffe ansehen konnte, die ihr vielleicht eine Idee für die Einrichtung des Esszimmers brachten. Es war wohl unvermeidlich, das Zimmer aufzuhellen, aber weißes Holz schien ein hoher Preis zu sein, den sie für drei Wochen sexueller Lust zahlen musste. Deshalb suchte sie ausgiebig nach Kompromissen. Als sie zurück zum Auto kam, fand sie Crispian ungewöhnlich depressiv vor.

»Ist was nicht in Ordnung?«, fragte sie neugierig.

»Ich habe Amanda zum Dinner eingeladen, und sie hat zugesagt«, murrte er düster.

»Hast du erwartet, dass sie sich weigert?«

»Ja, verdammt, das habe ich gedacht! Sie geht abends nie aus, höchstens mal in den Schweinestall. Was für ein Elend. Jetzt muss ich mich während des ganzen Essens um sie kümmern und den aufmerksamen Freier spielen.«

»Wenn du es nicht ernst mir ihr meinst, ist das alles doch nur eine Zeitverschwendung, oder?«

Crispian blickte noch düsterer drein. »Ja, aber es ist die einzige Möglichkeit, Papa bei Laune zu halten.«

»Aber er wird nicht lange bei Laune bleiben, denn irgendwann musst du dich entscheiden: Entweder du trennst dich von ihr, oder du musst sie heiraten.«

»Nein, das sehe ich anders. Sie wird es satt sein, auf meinen Antrag zu warten, und dann wird Schluss sein. Ich werde so tun, als wäre mein Herz gebrochen, und das wird ein paar Monate anhalten. Danach gehe ich wieder auf die Suche.«

»Willst du überhaupt nicht heiraten?«, fragte Annabel.

Crispian sah sie von der Seite an. »Wie soll das nur gehen? Ich bin besessen von Tania. Sie ist die einzige Frau, die ich haben will, aber weil sie kein Geld hat und unsere Eltern meinen, wir sollten uns als Bruder und Schwester sehen, kann ich sie nicht heiraten.«

»Wie könnte dein Vater dich denn hindern?«

»Er würde mich nicht hindern, Annie. Tatsache ist aber,

dass wir Leyton Hall ohne kräftige Geldspritze verlieren werden. Deshalb ist eine Heirat mit Tania ausgeschlossen.«

»Kümmert dich das?«

Er dachte einen Moment darüber nach. »Ja, eigentlich schon. Schließlich haben einige meiner Vorfahren hart gearbeitet, um Leyton Hall zu erhalten. Es wäre nicht fair, das Haus einfach im Stich zu lassen.«

»Dann musst du darauf hoffen, ein reiches Mädchen zu treffen, das fast so ist wie Tania.«

»Du hast keine Ahnung, wovon du redest«, gab er kühl zurück. »Wir sind einfach das perfekte Paar. Keine andere Frau würde sich an den Dingen erfreuen, die wir pflegen. Selbst wenn ich mich von Tania lossagen möchte, würde es mir nicht gelingen. Sie ist wie eine Zauberin, und sie hat mich in ihren Bann gezogen.«

Annabel verstand, was er sagte. Sie konnte sich die langen erotischen Stunden vorstellen, die das Paar geteilt hatte, die beiden jungen Leute hatten ihre Sexualität erforscht, und mehr und mehr hatten sie festgestellt, dass sie auf einer Wellenlänge lagen.

»Man kann nie wissen. Ich glaube nicht, dass Tania einmalig ist«, sagte Annabel, um Crispian einen bisschen Trost zu spenden, denn sie mochte ihn nicht so depressiv sehen.

Crispian bremste scharf, als sie sich einer S-Kurve näherten, und Annabel wurde gegen seinen Arm geschleudert. »Nein«, sagte er, »ich habe das anfangs geglaubt, ich meine, dass sie einmalig ist, aber seit ich dich kennen gelernt habe, bin ich mir nicht mehr so sicher. Was würdest du sagen, wenn du die Lady von Leyton Hall würdest, Annabel? Wir könnten zu dritt eine Menge Spaß haben.«

»Nein, danke«, sagte Annabel lachend. »Ich habe nie davon geträumt, einen Mann und seine Stiefschwester zu heiraten.«

»Vielleicht solltest du darüber nachdenken«, sagte Crispian. »Es wäre die ideale Lösung.«

»Für dich ja, aber nicht für mich, und bestimmt auch nicht für Tania.«

Crispian wechselte das Thema; ihm genügte es schon, Annabel den Floh ins Ohr gesetzt zu haben. Es war seltsam, aber was er gesagt hatte, traf zu: Annabel erregte ihn mehr als jede andere Frau, Tania natürlich ausgenommen.

»Amanda wird die Dinnerparty hassen«, sagte er plötzlich.

»Warum?«

»Nun, nach dem Essen, und wenn jeder viele Drinks intus hat, treiben wir gewöhnlich einige Spiele, um die Stimmung zu heben. Jeder nimmt daran teil, nur meine Stiefmutter nicht, die sich immer in ihre Zimmer zurückzieht, bevor sie gezwungen wird, etwas zu sehen, was ihre Würde verletzen könnte.«

»Was für Spiele?«, fragte Annabel.

»Ach, du wirst sie ja erleben. Und nach der offiziellen Dinnerparty werde ich einige Freunde von mir auf mein Zimmer einladen, um die Unterhaltungsspiele fortzusetzen. Du wirst doch dabei sein?«

»Ich bin mir nicht sicher.«

»Aber du musst dabei sein!«, rief Crispian. Er lenkte das Auto gerade mit halsbrecherischer Geschwindigkeit durch die Tore von Leyton Hall. »Ich habe Sir Matthew gesagt, dass du dabei sein wirst.«

Gegen ihren Willen fühlte Annabel ein Flattern in der Magengrube. »Also gut«, sagte sie, »ich komme.«

»Du wirst es nicht bereuen«, versicherte Crispian ihr.

Als sie aus dem Auto stiegen, kam Tania die Treppe hinunter. Sie trug eine grüne Hose, ein weißes Hemd und eine lange rotgrüne Weste mit Messingknöpfen. Sie sah sehr gut aus und war schwer verärgert.

»Wo, zum Teufel, bist du gewesen?«, fragte sie Crispian. Sie ignorierte Annabel völlig.

»Ich musste zu Amanda, das habe ich dir doch gesagt.«

»Und ist Annabel mit dir gefahren?«

»Nein, Annabel ist in der Stadt geblieben und hat sich nach Stoffen umgesehen. Später haben wir uns getroffen, damit ich sie mit nach Hause nehmen konnte.«

»Hast du das Fahren verlernt, Annabel?«, erkundigte sich Tania.

»Ich habe Probleme mit meiner Schaltung. Jemand von der Werkstatt wird sich das ansehen.«

Tania schürzte die Oberlippe. »Wie vorteilhaft. Du hättest dir mein Auto borgen können.«

»Sei nicht albern, Tania«, sagte Crispian, sichtlich irritiert. »Ich wollte sowieso in die Stadt und habe Annabel angeboten, mitzufahren.«

»Ich habe mich gelangweilt«, sagte Tania schmollend. »Mein Pferd hat ein Hufeisen verloren, und als ich zu den Ställen ging, um mit Jerry darüber zu reden, war er dabei, Mutter eine Reitstunde zu geben. Kannst du dir das vorstellen? Sie führte die trottende Betsy an der Leine und sah trotzdem noch eingeschüchtert aus. Der Himmel weiß, wie Jerry das aushält.«

»Er wird dafür bezahlt, dass er das aushält. Außerdem war er vielleicht froh, dass er dich nicht amüsieren musste.«

»Ich brauche auch noch ein paar Stunden, bevor ich zur Gymkhana fahre«, sagte Tania, immer noch verärgert. »Ich hoffe, Mutter nimmt ihn nicht die ganze Zeit in Anspruch.«

»Ich bin sicher, dass er genügend Zeit hat, um dich in seinem Terminplan noch unterzubringen«, sagte Crispian lachend und legte eine Hand auf ihren Arm. »Komm jetzt, ich bin zurück, und deine Langeweile wird bald vorbei sein.«

Ein paar Tage später hörte Annabel überrascht, dass sie zu Lord Corbett-Wynne gerufen wurde. Lady Corbett-Wynne war seit einigen Tagen uninteressiert an allem, was Annabel vorgeschlagen hatte, und als sie die Treppe hinaufging, fragte sie sich, ob der Hausherr sie nach London zurückschicken würde. Sie hoffte, dass dies nicht der Fall war, denn in zwei Tagen würde die Dinnerparty mit dem anschließenden Unterhaltungsprogramm stattfinden – das wollte sie nicht missen.

Sie klopfte an die Tür und wartete. Sie hörte schlurfende Geräusche, dann dröhnte Lord Corbett-Wynnes Stimme, dass sie eintreten sollte. Sie nahm einen tiefen Atemzug und öffnete die Tür.

Zuerst konnte sie den Herrn von Leyton Hall nicht sehen, aber was sie nicht übersehen konnte, war das kurvenreiche blonde Mädchen, das vor dem Toilettenspiegel stand. Ihr Kostüm war bestaunenswert. Die vollen Brüste wurden von einem schwarzen glänzenden Lederkorsett gehalten, der Bauch war frei, und die breiten Hüften waren mit einem zum Korsett passenden Strumpfgürtel bedeckt. Ihre hellbraunen Schamhaare lugten darunter hervor, und um das erotische Bild abzurunden, trug das Mädchen lange schwarze Samthandschuhe, die aber die Finger frei ließen. In der rechten Hand hielt sie eine Reitpeitsche.

Annabel glaubte, das Mädchen schon einmal gesehen zu haben, und plötzlich erinnerte sie sich – sie war aus Lord Corbett-Wynnes Zimmer getreten, als Annabel auf dem Weg zu ihrem Zimmer gewesen war.

Sie sah sich im geräumigen Ankleidezimmer des Hausherrn um, den sie immer noch nicht entdeckt hatte. Dann begriff sie, dass er still in einer Ecke saß, aufrecht auf einem hohen Hocker. Er war bis zu den Hüften nackt. Er trug einen breiten Gürtel, der seine enge schwarze Lederhose hielt.

»Setzen Sie sich, setzen Sie sich«, sagte er scharf. Offenbar erwartete er, dass Annabel die eigenwillige Szene ignorierte. Er wies mit den Händen in die Richtung eines Sessels, und dabei fiel Annabel auf, dass er Handschellen trug.

»Es tut mir leid, ich komme lieber zu einem anderen Zeitpunkt zurück«, stammelte Annabel, die von der Szenerie entnervt war. »Ich dachte, Sie hätten mich sehen wollen.«

»Ja, will ich. Und Sandra will Sie auch sehen, nicht wahr, Sandra? Sie hat einiges über Sie gehört.«

»Ja, Eure Lordschaft«, sagte das Mädchen. Die Augen leuchteten vor unterdrücktem Vergnügen.

Während Annabel bewegungslos im Zimmer stand, ging Sandra zur Tür und schloss ab. Den Schlüssel versteckte sie in ihrem Korsett. Dann begab sie sich auf ihre ursprüngliche Position zurück. Annabel empfand einen Hauch von Furcht.

»Es geht um meine Frau«, fuhr Lord Corbett-Wynne fort. »Sie kommt mir immer seltsamer vor, viel zu gelassen und viel zu schnell zum Einlenken bereit. Was ist mit ihr los? Das will ich wissen. Hat sie sich Ihnen anvertraut?«

»Lady Corbett-Wynne und ich diskutieren nur über meine Arbeit«, sagte Annabel und hoffte, dass ihre Stimme ihre zunehmende Unsicherheit nicht verriet. »Mir kommt sie völlig normal vor.«

»Streitet sie mit Ihnen? Regt sie sich über völlig belanglose Dinge auf?«

»Nein, wir arbeiten gut zusammen.«

Er nickte. »Da haben wir's doch. Irgendwas ist mit ihr nicht in Ordnung. Diese Frau hat bisher mit niemandem ohne Streit zusammengearbeitet. So ist das, seit ich sie geheiratet habe. Sie lässt mich nicht mal mehr in ihr Schlafzimmer, aber zum Glück habe ich andere Mädchen, die glücklich sind, ihren Platz einzunehmen. Stimmt das nicht, Sandra?«

Das Mädchen nickte, aber Sandra schaute zu Annabel und musterte sie lange.

»Was ist mit Ihnen?«, fragte Lord Corbett-Wynne plötzlich. »Sie sind ein hübsches Ding, und wir haben viele Kostüme hier, die Ihnen passen würden.«

Annabel bewegte sich rückwärts zur Tür. »Das ist sehr freundlich, aber dies ist nicht mein Ding«, sagte sie leise und fragte sich, ob denn irgendeiner auf Leyton Hall ein normales Sexleben führte.

»Haben Sie es denn mal probiert?« Sie schüttelte den Kopf. »Woher wollen Sie es dann wissen? Ach, ich sage Ihnen was: Wir lassen Sie zuschauen.«

»Lieber nicht«, sagte Annabel schnell.

Für einen Moment verlor das Gesicht von Lord Corbett-Wynne seinen freundlichen Ausdruck. »Mir wäre lieber, dass Sie meinen Sohn und meine Stieftochter nicht zu solchen Spielen ermutigen, aber ich behalte meine Unzufriedenheit für mich, solange Sie tun, was ich von Ihnen verlange.«

»Wer hat Ihnen denn davon erzählt?«, fragte sie verdutzt.

Er lächelte. »Hier gibt es keine Geheimnisse, meine Liebe. Wir sind eine sehr enge Familie – auf unsere ganz eigene Weise.«

»Seien Sie still«, sagte Sandra, die Stimme hart und befehlend. Sofort wurde der Lord auf dem Hocker still und ließ sich hängen. »Wie können Sie es wagen, mich so lange warten zu lassen?«, fuhr Sandra fort. »Wissen Sie denn nicht, dass ich hier arbeiten muss? Ich kann nicht meine ganze Zeit mit Ihnen vergeuden.«

Annabel schaute zu und nahm jedes Wort auf, und ihr Blick erfasste auch die deutliche Beule im Schoß von Lord Corbett-Wynne. Sandra drehte eine Runde nach der nächsten um den hohen Hocker herum, während sie sprach. Ab und zu schwang sie die Peitsche und ließ sie über seinen Rücken oder den Brustkorb streicheln, und schließlich drückte sie den Griff gegen seinen Gürtel. Bei jedem Schwung der Peitsche holte er ganz tief Luft, als wollte er sich gegen einen Schlag wappnen, und die ganze Zeit presste seine Erektion gegen die enge Lederhose.

Jetzt langte Sandra mit der rechten Hand an seine Beule. »Können Sie sich nicht besser konzentrieren?«, fragte sie verärgert. Er ließ den Kopf hängen. »Also gut, ich werde Ihnen eine Augenbinde umlegen. Vielleicht schaffen Sie es dann, nicht so schnell erregt zu werden.«

»Nein!«, protestierte er, und es klang echt, dachte Annabel. »Ich will dich doch ansehen können.«

»Seien Sie still«, fauchte Sandra. »Wenn Sie noch einmal ohne meine Erlaubnis reden, gehe ich.«

Annabel bemerkte, dass ihr eigener Atem sich beschleunigt hatte, seit sie Sandra bei der Arbeit zusah, und als die dick gepolsterte Augenbinde um den Kopf des sitzenden Mannes gebunden wurde, ging sie einen Schritt vor, fasziniert von der Hilflosigkeit des Hausherrn.

Sandra warf ihr einen Blick zu und lächelte wissend. Sie konnte sehen, dass Annabel trotz ihrer Einwände erregt war, genau wie Sandras Erregung gewachsen war. Die Anwesenheit einer dritten Person fügte der Lust ein neues Element hinzu.

Sehr langsam öffnete sie den Reißverschluss von Lord Corbett-Wynnes Hose und ließ den starren Penis ins Freie. Er war dick und dunkel, und die Adern pochten. Eine helle Flüssigkeit trat schon aus dem kleinen Schlitz in der Eichel. Mit größter Vorsicht strich Sandra mit der Peitschenschnur über den Schaft, dann rund um den Kopf, aber als er die Hüften nach vorn ruckte, nahm sie die Peitsche weg und zog sie ihm über eine Schulter.

Ohne es zu realisieren, war Annabel noch zwei, drei Schritte näher gekommen und starrte fasziniert auf die gewaltige Erektion. Sie hatte noch nie einen Mann gefesselt und mit einer Augenbinde versehen in einer solchen Situation gesehen, aber plötzlich konnte sie verstehen, wie aufregend es für eine Frau war, die totale Kontrolle zu haben.

»Fass dich selbst an«, befahl Sandra ihm. »Ich will dich noch größer sehen, aber untersteh dich, zu kommen!«

Annabel hielt es nicht für möglich – er sah jetzt schon zum Bersten aus –, aber mit einem gedämpften Grunzen hielt er seine gefesselten Hände vor sich. Sandra goss ein wenig Öl auf seine Handflächen.

Sobald er mit den schlüpfrigen Fingern die Wurzel des Schafts berührte, ruckte Lord Corbett-Wynne mit den Hüften vor, direkt auf die beiden Frauen zu, aber dann fiel er zurück. Es musste ihn große Mühe kosten, sich zusammenzureißen.

Sandra schaute genau hin, als er die Finger über den unteren Teil des Schafts rieb, aber nach ein paar Sekunden verlor sie die Geduld. »Reibe auch über den oberen Teil. Ich weiß doch, dass Sie das besonders lieben.«

Er gehorchte ihr widerwillig, und jetzt leuchtete die Eichel in einem noch tieferen Rot, und der Winkel seiner Erektion veränderte sich, bis sie auf seinen Bauch zeigte.

»Er ist sehr nah«, wisperte Sandra der gebannten Annabel zu. »Warum nehmen Sie ihn nicht in den Mund? Wenn ich dann rede, weiß er genau, was wir verabredet haben, und das wird ihn erst recht fertig machen.«

Annabel war entsetzt, als sie feststellte, dass sie das gern tun würde. Die Intensität von Lord Corbett-Wynnes Erregung, die ganze Atmosphäre im Zimmer, während die in Leder gekleidete Pferdepflegerin um ihn herum schritt, alles an dieser Szene trieb Annabel dazu an, mitzumachen und eine total neue Sensation zu erfahren.

Sandra fuhr mit den Fingerspitzen über den sich hebenden und senkenden Brustkorb Seiner Lordschaft. An der Taille wich sie nach rechts und links aus, was den Lord zu einem wütenden Knurren veranlasste. Sie zog den Finger zurück. »Wo ist denn Ihre berühmte Selbstbeherrschung?«, fragte sie höhnisch, aber die Worte stachelten seine Erregung nur noch mehr an, und wieder schoben sich ein paar klare Tropfen durch den Schlitz in der Eichel.

»Jetzt muss ich Sie auch noch sauber lecken«, sagte Sandra verärgert, aber sie winkte Annabel mit einer Kopfbewegung heran. Annabel wusste, dass sich eine solche Gelegenheit nie mehr bieten würde, und plötzlich fand sie sich auf den Knien wieder, und ihr Mund öffnete sich und nahm die große, sich wie Samt anfühlende Eichel in sich auf.

»Sie müssen drei Minuten aushalten«, sagte Sandra, dabei wusste sie ganz genau, dass er das nicht schaffen würde. Zu ihrem Entzücken nahm Annabel den pochenden Penis in den Mund und begann die Eichel mit der Zunge zu umschmeicheln.

Während sie arbeitete, fühlte sie ihr eigenes Verlangen steigen, nicht für den Mann vor ihr, sondern für Sir Matthew Stevens. Sie wünschte, er wäre da und würde ihr zuschauen, und sobald Lord Corbett-Wynne sein Vergnügen gehabt hatte, würde Sir Matthew sie in die Arme nehmen, zum nächsten Bett tragen und kräftig hernehmen, ohne alle Finessen und ohne Vorspiel.

Erregt von den eigenen Gedanken, verstärkte sie ihre Aufmerksamkeit auf den jetzt hörbar keuchenden Mann auf dem Hocker. Nachdem sie ihn mit der Zunge einige Zeit geneckt hatte, wechselte sie plötzlich ihren Rhythmus und begann den berstenden Prügel zu saugen, und gleichzeitig nahm sie seine gefesselte Hand und führte sie zur Wurzel des Schafts.

Sandra lächelte vor sich hin. Es war das Beste, was Annabel tun konnte, und sie hatte nicht auf Sandras Rat gewartet. Während Lord Corbett-Wynne die Hand um den Schaft legte, meldete sich Sandra wieder.

»Benutzen Sie jetzt Ihre Finger und reiben Sie auf und ab, damit Sie schneller zur Erlösung gelangen.«

James konnte seinen Ohren kaum glauben. Er hatte sich Sandras Mund um seinen Penis vorgestellt, und er hatte das Gefühl ihrer Lippen genossen, die seine Männlichkeit umschlossen, besonders, als sie den Druck verstärkte, aber trotzdem redete sie.

In seinem Gehirn drehten sich alle Rädchen, bis er begriff, was geschehen war. Im Moment, in dem er alles realisiert hatte, nahm Annabel seine Hände in ihre und rieb sie an seinem Schaft auf und ab. Nun war er gezwungen, Sandras letzten Befehl auszuführen.

Er konnte es nicht länger aushalten, und mit einem lauten Triumphgeheul fühlte er, wie das Sperma nach oben schoss und dann in Annabels gierigen Mund. Sie fuhr fort, ihn zu melken, bis sein zuckendes Fleisch erschöpft war.

Sandra berührte die andere junge Frau an der Schulter. »Er

ist fertig.« Ein wenig benommen gab Annabel ihn frei und starrte zum Stallmädchen hoch.

»Ich habe ihn nicht saugen wollen ...«

»Ich weiß, aber es ist geil, nicht wahr?«

Annabel nickte und wünschte, sie könnte ihre eigene Erregung besänftigen.

Sandra schaute auf den Mann mit der Augenbinde. »Sie haben nicht drei Minuten ausgehalten, sondern nur zwei. Annabel sollte Ihre Buße festlegen.«

Plötzlich wusste Annabel, was sie haben wollte. Es war unglaublich, aber es war ihr egal, dass das andere Mädchen zuschaute, und auch, ob Lord Corbett-Wynne es wollte, es ging ihr nur um ihre eigene Befriedigung. Flink stieg sie aus ihrem Rock, streifte das Höschen ab und setzte sich auf die Beine Seiner Lordschaft und knöpfte ihre Bluse auf.

Sandra drückte fest gegen seinen Hinterkopf, und als er sich nach vorn beugte, schlang er seinen Mund um Annabels nackte Brüste. Sofort leckte die Zunge über einen der pochenden Nippel, und Annabel spürte, wie er hart wurde. Zwischen ihren Beinen breitete sich ein heißer Schmerz aus, und sie ruckte auf seinen mit Leder bekleideten Oberschenkeln auf und ab, bis Sandra, die genau wusste, was gebraucht wurde, seine Hände von den Handschellen befreite, damit er in der Lage war, mit der rechten Hand das Tal ihrer Brüste zu streicheln und dann in die Mulde zwischen ihren Schenkeln einzudringen.

Als er ihre Sexlippen teilte und die kleine Knospe suchte, deren Berührung dazu führen würde, dass ihr Orgasmus einsetzte, fühlte Annabel, dass er den Nippel tiefer in den Mund saugte und wie gehetzt leckte.

Da sie schon sehr erregt war vom bisherigen Geschehen, reagierte Annabels Klitoris sofort auf die geschickten Manipulationen seiner Finger, und innerhalb von Sekunden tanzte sie auf dem Rand des Orgasmus. Sie liebte diesen Moment, den Moment, in dem alle Spannungen und die Hitze zusammenkamen und sich auf den einen Punkt konzentrierten.

Sie wollte den Moment hinausschieben, aber Lord Corbett-Wynne schob zwei Finger in V-Form um die Klitoris. Die Finger drückten sanft, dann fester, bis sie sich um die heiße Knospe gelegt hatten, dann blieben die Finger still, aber der Druck blieb erhalten, und die ganze Zeit saugte und zupfte er an ihren Brüsten.

Annabel schloss die Augen und versuchte, den finalen Moment der Befriedigung noch ein paar Sekunden hinauszuschieben, aber das gelang ihr nicht. Kleine Schockwellen liefen von der Stelle, wo seine Finger sie verwöhnten, bis hinauf zu ihren Nippeln, und als seine Zähne an der Spitze ihrer Brustwarze schabten, gab sie die Schlacht auf und erlaubte ihrem Körper die Erleichterung, nach der Annabel gelechzt hatte.

Sandra schaute aufmerksam zu, als Annabel zitternd und gerüttelt auf Lord Corbett-Wynnes Schoß saß, ihr Mund leicht geöffnet und ihre Augen geschlossen, als sie in der schieren Sinnlichkeit des ungewöhnlichen Erlebnisses schwelgte. Das Stallmädchen spürte das heftige Verlangen, auch diese Lust in sich aufzunehmen, sie könnte die freie Brust mit der Peitsche traktieren oder die Finger Seiner Lordschaft durch ihre eigenen ersetzen, aber sie wusste, das gehörte nicht zu ihrer Rolle, die sie zu spielen hatte, daher musste sie sich mit dem Zuschauen begnügen.

Als die letzten Zuckungen ihres Orgasmus abgeklungen waren, öffnete Annabel die Augen. Sie schüttelte den Kopf, als wollte sie herausfinden, was sie bewogen hatte, sich derart zu verhalten, aber ihr gesättigter Körper war ihr Antwort genug.

Sie stieg vom Schoß des maskierten Mannes, zog ihre Kleider wieder an und ging hinüber zu Sandra. »Den Schlüssel, bitte«, sagte sie ruhig. Sandra holte ihn aus dem Ausschnitt des Korsetts und reichte ihn ihr ohne ein Wort.

Als sie die Tür öffnete, schaute Annabel noch einmal zurück. Sandra war dabei, dem Lord die Augenmaske abzunehmen, und seine Hände griffen schon nach den eingeschnürten Brüsten. Leise ging Annabel hinaus. Martin hatte Recht gehabt, dachte sie, als sie wieder die Sicherheit ihres eigenen Zimmers erreicht hatte. Sie lernte eine Menge über das Leben auf Leyton Hall.

Eine Zeitlang saß sie auf der Seite ihres Betts und dachte darüber nach, was seit ihrer Ankunft auf Leyton Hall geschehen war. Abgesehen von ihrer Arbeit, an der Lady Corbett-Wynne aus unerfindlichen Gründen nicht mehr interessiert zu sein schien, hatte sie sich mit Crispian und Tania und auf deren sexuelle Spiele eingelassen; auf Spiele, von deren Existenz sie nicht einmal geträumt hatte.

Als wäre das nicht genug, hatte sie Lord Corbett-Wynne erlaubt, seinen Fetisch vor ihren Augen auszuleben. Die alte Annabel wäre völlig entsetzt gewesen, dachte sie, aber die neue Annabel war nicht nur geblieben, sie hatte auch sich selbst in das Spiel eingebracht.

Mit großen Augen betrachtete sie sich im Spiegel des Frisiertischs. Sie sah noch genauso aus wie früher, die Augen waren groß und blickten immer noch unschuldig, und ihr sanftes Gesicht war auch so geblieben, es strahlte keine besondere Sexualität aus.

Und doch fühlte sie sich nicht mehr so wie früher. Die ganze Zeit war ihr nun ihr Körper bewusst, ihre Haut fühlte sich empfindlich an, und die Nervenenden schienen näher an der Oberfläche zu liegen. Ihre Brüste schwollen rasch an, und die Nippel wurden bei der geringsten Provozierung hart. Schlimmer als all das war aber die Erkenntnis, dass sie alles Geschehene mit voller Lust genossen hatte und doch von dem Verlangen nach Sir Matthew Stevens aufgezehrt wurde.

Die alte Annabel wäre niemals so dumm gewesen. In den Tagen vor Leyton Hall sah Annabel einen Mann, den sie mochte, aber nichts geschah, und sie hatte ihn schnell wieder vergessen. Aber diesmal konnte sie Sir Matthew Stevens nicht aus ihren Gedanken verdrängen.

Tagsüber dachte sie, ihm zufällig in einem der großen, nicht genutzten Räume zu begegnen, und nachts träumte sie davon, dass ihre Körper in einer dunklen, erotischen Weise ineinander verschlungen wären, dass sie sich gegenseitig anspornten, bis sie völlig verschwitzt aufwachte, einen tiefen Schmerz zwischen den Schenkeln.

»Ich werde ihn besitzen«, sagte sie leise zu ihrem Spiegelbild. »Ich weiß, dass wir füreinander bestimmt sind, und ich will ihn. Ich gehe erst nach London zurück, bis ich herausgefunden habe, ob der Sex mit ihm so gut ist, wie ich annehme.«

Ihr Spiegelbild antwortete nicht, aber es lächelte, und Annabel wusste, dass sie aus gespannter Erwartung lächelte. Das einzige Problem war Lady Corbett-Wynne, deren mangelndes Interesse an Leyton Hall, da war Annabel sicher, auf ihre Affäre mit Matthew zurückzuführen war.

Er und Marina passten im Alter zueinander, lebten in ähnlichen Verhältnissen, besonders jetzt, da sie Reitstunden nahm. Annabel konnte nichts anderes tun, als auf den Abend der Dinnerparty zu warten und zu hoffen, dass Crispian die Wahrheit gesagt hatte.

Sie gab sich einen innerlichen Ruck und kehrte zurück zu

den Plänen für Leyton Hall. Sie war sehr angetan von ihren Ideen für die Empfangshalle, und ihre Auftraggeberin schien entzückt zu sein. Sie stellte sich eine gebogene Pergola vor, die den Blick von dem Chaos ablenken sollte, das immer da herrschen würde. Den schmalen Marmortisch wollte sie durch einen runden Tisch ersetzen, bei dem die Farben Hellbraun und Creme vorherrschen sollten. Drei grün lackierte Sessel sollten um den Tisch herum stehen, und der Boden sollte aus blassgrünen italienischen Fliesen gelegt werden.

Das Musikzimmer hatte auch die Zustimmung der Auftraggeberin gefunden, aber das Esszimmer blieb der große Streitpunkt.

Widerwillig ging sie wieder hinunter, um sich erneut das anzusehen, was inzwischen das Albtraumzimmer geworden war. Mit Bedacht konsultierte sie ihre Farbskala und betrachtete das Zimmer. Es war viel zu groß, deshalb konnten Lady Corbett-Wynnes Ideen nicht ausgeführt werden. Wenn alles weiß war, mit hellen Möbeln eingerichtet, würde es aussehen wie eine Kreuzung aus Operationssaal und einem Pariser Café, dachte Annabel und musste lachen.

Sie hatte sich inzwischen etwas anderes einfallen lassen, nachdem ihr ursprünglicher Vorschlag (grüne und pinkfarbene Vorhänge, kombiniert mit einem neuen Lichtsystem) durchgefallen war.

»Rot!«, rief sie plötzlich, als sie auf die Rückwand schaute. »Das ist es! Wenn diese Wand rot wäre und das Holz eine Nuance heller, dann könnten die anderen Wände neutrale Farben vertragen, und das Zimmer würde seine Üppigkeit nicht verlieren.«

Aufgeregt zückte sie ihren Notizblock und schrieb alle Veränderungen nieder, die erforderlich wären, darin eingeschlossen kleine *trompe l'œil*-Nischen, in die Lord Corbett-

Wynne die Gipsabdrücke seiner erfolgreichen Pferde ausstellen konnte.

Unbemerkt von Annabel, hatten Crispian und Tania sie schon eine Weile von der Tür aus beobachtet. In ihrem gestreiften Kleid mit den vielen Farben und halben Ärmeln, mit Schlitzen an den Seiten, sah sie sehr begehrenswert aus.

»Mittagessen!«, rief Crispian leise, als sie das nächste Mal aufschaute.

Annabel zuckte zusammen. »Wie lange steht ihr schon da?«, fragte sie verstört.

»Wir sind gerade erst gekommen«, log er. »Tania und ich essen heute allein zu Mittag. Wir dachten, du willst uns vielleicht Gesellschaft leisten.«

»Wo sind deine Eltern?«, fragte Annabel, als sie zu dritt um den Tisch saßen.

»Stiefmama sucht vielleicht wieder ›ein Hündchen‹ aus, schon zum sechsten Mal, glaube ich. Pa reitet auf Sandra – oh, Entschuldigung, mit Sandra.«

Annabel errötete, und Crispian sah sie überrascht an. »Sage bloß, du hast nicht Bescheid gewusst über Pa und seine Stallmädchen?«

»Ja, doch, ich wusste es«, murmelte sie und sah das Erlebnis vom Morgen wieder deutlich vor sich.

Crispians Augen glänzten. »Du hast ihnen nachspioniert, nicht wahr? Ich kann es dir ansehen, du siehst schuldbewusst aus.«

»Ich habe niemandem nachspioniert. Dein Vater hat mich zu sich gerufen, und als ich in sein Zimmer trat, hatte er eines der Stallmädchen bei sich.«

»Ich habe mir gedacht, dass er hinter dir her sein würde«, sagte Crispian lachend. »Und hat er dich aufgefordert, bei seinen Spielchen mitzumachen?«

»Natürlich nicht.«

Tania musterte die andere Frau genau. »Willst du sagen, dass du nicht geblieben bist und zugeschaut hast?«

Annabel rutschte unruhig auf ihrem Stuhl herum. »Das Mädchen hat die Tür abgeschlossen. Deshalb konnte ich nicht mehr rechtzeitig hinaus.«

»Wie köstlich dekadent«, sagte Crispian. »Hat dich die Schau erregt?«

»Nicht sehr. Könnten wir jetzt vielleicht das Thema wechseln?«

»Mich macht das geil«, sagte Tania langsam. »Ich schaue ihm öfter zu, wenn er ausreitet und eines der Stallmädchen mitnimmt. Sie haben eine bestimmte Stelle im Unterholz. Ich reite meistens früher los, dann kann ich mich in aller Ruhe verstecken. Und wenn er mal losgelegt hat, ist er in seinen eigenen Emotionen gefangen und sieht und hört nichts mehr, auch nicht das Rascheln des Laubs, wenn ich meine Position verändere, um alles genau sehen zu können. Wenn sie endlich fertig sind, kann ich es nicht erwarten, dass sie verschwinden, damit ich mich selbst abrubbeln kann. Vor ein paar Tagen hat Sir Matthew sie fast erwischt. Sie hatten sich gerade angezogen und wollten aufbrechen. Am liebsten hätte ich Matthew gerufen, denn er hätte mir aus meiner argen Not helfen können.«

»Wie ungehörig«, schalt ihr Stiefbruder. »Du weißt doch, dass Sir Matthew für Annabel reserviert ist.«

»Ich weiß nur, dass ich zwei Gläser mit Maraschinokirschen sowie ein großes Laken für unsere Party am Samstagabend besorgen muss«, sagte Tania. »Ich frage mich nur, wie ich der Haushälterin erklären soll, zu was ich diese Sachen so dringend brauche.«

Crispian und Tania fingen an zu kichern, und Tania setzte

sich auf die Knie des Stiefbruders, einen Arm um seinen Hals. In diesem Moment brachte Susan das Essen. Tania blieb auf den Knien sitzen und wurde auch während des ersten Ganges von ihm gefüttert. Annabel fragte sich erneut, welcher Art die Spiele am Samstag sein würden.

Neuntes Kapitel

Am Tag vor der Dinnerparty hätte Lady Corbett-Wynne normalerweise das Personal mit einer Anweisung nach der anderen und mit hundert Fragen verärgert. Zum Erstaunen des Personals war diesmal alles anders. Sie setzte sich eine Dreiviertelstunde mit der Haushälterin zusammen und stimmte eine halbe Stunde lang alles mit ihrer Privatsekretärin ab. Dann ging sie und ließ die anderen in Ruhe arbeiten.

Die Haushälterin blickte aus dem Küchenfenster und sah Ihre Ladyschaft stramm zu den Ställen gehen. Sie trug sehr enge schwarze Jodhpurs und ein modisches kariertes Hemd, das am Hals offen stand. Ihre Reitkappe hielt sie in der Hand.

»Sie geht reiten!«, rief sie Richard, dem Lakai, aufgeregt zu.

Er lächelte. »Endlich mal was Neues.«

Die Haushälterin drehte sich zu ihm um. »Werde bloß nicht frech, Richard. Ihre Ladyschaft versteht jedenfalls was davon, wie Dinge angepackt und gelöst werden, ganz im Gegensatz zu ihrem Mann.«

»Wenn sie heute noch nicht reitet, wird sie aber bald so weit sein«, murmelte Richard. Er wusste von einem der Jungen, die bei Jerry arbeiteten, dass Mylady seit einiger Zeit Reitstunden genommen hatte.

Marinas Schritte schwangen und federten, ungewöhnlich für sie. Beschwingt erreichte sie den Hof mit dem Kopfsteinpflaster. Seit ihrem letzten Treffen mit Matthew, das hauptsächlich eine Lektion in gutem oralem Sex war, hatte sie sich der Old Mill nicht mehr genähert. Das hatte nichts damit zu tun, dass sie Matthew nicht mehr attraktiv fand, aber irgendwie lief die Beziehung nicht so ab, wie sie sich vorgestellt hatte.

Eigentlich konnte sie zufrieden sein. Sie hatte Matthew nie unbefriedigt verlassen, aber sie ahnte, dass seine Gefühle für sie nicht die waren, die sie für ihn empfand. Manchmal sah es so aus, als betrachtete er sie als faszinierendes Experiment und nicht als Person, und das war kaum besser, als die Order zu erhalten, sich einen Harnisch anzuziehen, was ihr Ehemann von ihr verlangte. Sie wollte sie selbst sein und eine befriedigende sexuelle Beziehung haben, aber sie zweifelte, ob das mit einem Mann in ihrem sozialen Kreis überhaupt möglich war.

Sie hielt ihre Reitstunden brav bei, und zu ihrer Überraschung bereiteten sie ihr großen Spaß. Jerry hatte sich als empfindsamer Lehrer erwiesen. Er hatte sie nie zu etwas gedrängt; sie konnte das Tempo bestimmen. Sie fragte sich, ob er auch beim Sex so verständnisvoll sein würde.

In diesem Moment stolperte er über das Kopfsteinpflaster auf sie zu und hob lässig eine Hand zur Begrüßung. Er war ohne Zweifel ein sehr gut aussehender Mann, wenn auch etwas ungepflegt. Sie hatte sich an seine lässige Art und an sein permanentes Schweigen gewöhnt.

Wann immer seine Hände sie berührten, wenn er ihre Beine richtig positionieren wollte oder wenn er ihr aufs Pferd half oder später vom Pferd, fühlte sie einen Schauder der Erregung, und in letzter Zeit hatte ihr Herz auch schneller zu schlagen begonnen. Sie hatte James seit Jahren dafür verachtet, dass er sich mit den Stallmädchen abgab, deshalb war sie nun beunruhigt, dass sie sich zu einem Mann hingezogen fühlte, dem diese Mädchen auch noch unterstanden.

»Guten Morgen«, sagte er knapp. Er sprach sie nie mit ihrem Titel an, und auch daran hatte sie sich gewöhnt; es war ihr sogar recht. Dadurch verringerte sich die Distanz zwischen ihnen, eine Distanz, die sie gern ganz aufgehoben hätte.

»Heute ist mein großer Tag, nicht wahr?«, rief sie ihm aufgeregt und mit einem nervösen Lachen zu.

»Das ist richtig, aber wir reiten nicht weit. Es gibt einen hübschen kleinen Reitweg, sobald wir die Straße überquert haben. Der Weg führt zum Südwall. Das müssten wir in einer Stunde schaffen.«

»Sie meinen, dass ich Betsy auf einem öffentlichen Weg reiten soll?«, fragte Marina entsetzt.

»Betsy kann die Straße auch allein überqueren«, sagte Jerry lachend. »Kommen Sie, es ist Zeit zum Aufsteigen.«

Marina wusste, dass sie inzwischen allein in den Sattel kommen würde, aber sie wartete, einen Fuß im Steigbügel, dass Jerry ihr den letzten Schub gab. Seine Hände bewegten sich leicht von der Taille hinunter zu den Hüften, wo sie einen Moment verweilten, bevor sie verschwanden.

»Also reiten wir«, rief er, schwang sich auf sein Pferd und begann den Ausritt mit einem Zungenschnalzer.

Zuerst war Marina wie versteinert. Sie fragte sich nun, warum sie sich mit der Organisation von Dinnerpartys schwergetan hatte – dies hier war viel schlimmer. Ihre Hände griffen die Zügel, und sie hielt ihre Schenkel fest gegen das Pferd gedrückt.

»Sie müssen ganz entspannt sein«, sagte Jerry, nachdem

die Straßenüberquerung gelungen war und sie sich nun auf dem Reitweg befanden. »So haben Sie nicht im Sattel gesessen, als Sie die Stute zuletzt geritten haben. Sie haben Ihren Rhythmus verloren; das arme Pferd muss glauben, es hätte eine Tonne Gewicht auf dem Rücken. Heben und senken Sie sich, wie wir es geübt haben.«

Marina versuchte es, versuchte es sehr hart, aber ihre Beine waren hölzern geworden vor Angst, und als sie sich heben und senken wollte, fiel sie jedes Mal wie ein Sack Kartoffeln in den Sattel zurück.

Als sie eine Lichtung erreichten – eine Lichtung, die ihr Mann gut kannte, was Marina aber nicht wusste –, legte Jerry eine Pause ein. »Ich glaube, es ist besser, wenn Sie jetzt aus dem Sattel kommen. Vertreten Sie sich die Beine und versuchen Sie zu entspannen.«

Marina fiel halb aus dem Sattel und stand auf dem Gras. Ihre Oberschenkel zitterten, nachdem sie den Pferdeleib so hart umschlossen hatten. »Es tut mir leid«, sagte sie leise. »Ich weiß, ich habe alles falsch gemacht, aber ich habe schreckliche Angst davor, vom Pferd zu fallen.«

Er band die Pferde an einem Baum fest und lehnte sich an den Stamm. »Warum sollten Sie? Die ganze Zeit bei mir sind Sie noch nie vom Pferd gefallen.«

»Betsy könnte scheuen.«

Er lachte. »Sie kann gar nicht scheuen, dazu hat sie keine Energie.«

Zu Marinas Entsetzen fühlte sie, wie ihr die Tränen in die Augen sprangen. »So ist es richtig«, sagte sie hochmütig, »lachen Sie ruhig über mich. Sie scheinen zu vergessen, dass ich meinen Mann bitten kann, Sie wegen einer solchen Respektlosigkeit zu feuern.«

Jerry trat näher zu ihr und nahm ihre Hände in seine. Als er sprach, klang seine Stimme so sanft, wie sie sie noch nie gehört hatte. »Warum wollen Sie, dass ich gefeuert werde? Ich habe nicht über Sie gelacht, sondern über Ihre Angst, dass Betsy mal zu schnell sein könnte. Ich würde nie über Sie lachen, dafür bewundere ich Sie zu sehr.«

»Sie bewundern mich?«

Er nickte. »Ich weiß, wie hart das für Sie ist, aber Sie haben durchgehalten, und bis zum heutigen Tag haben Sie gut gearbeitet. Ich dachte, Sie wären bereit für einen Ausritt, aber Sie sind es nicht. Wir gehen also zurück und versuchen es nächste Woche noch einmal, wenn Sie noch ein bisschen mehr Praxis haben.«

»Ich weiß gar nicht, warum ich wieder mit den Reitstunden angefangen habe«, murmelte sie, sah in seine blauen Augen und nahm einen Hauch seines Rasierwassers wahr.

»Ich dachte, Sie wollten wieder in der Lage sein, Ausritte zu unternehmen. Hat Ihr neuer Nachbar das nicht empfohlen?«

»Aber er empfiehlt mir viele Dinge, die ich nur ganz selten übernehme«, sagte sie leise.

Jerry löste seine Hände von ihren und legte seine Handflächen um ihr Gesicht. »Ich möchte Ihnen jetzt auch etwas vorschlagen«, wisperte er. »Aber wie kann ich sicher sein, dass Sie das auch tun wollen?«

Marina starrte ihn an. Sie antwortete nicht, aber ihre Augen sagten ihm alles, was er zu hören hoffte. Langsam hob er ihre rechte Hand und küsste die Innenseite ihres Gelenks. Marina begann zu zittern und bewegte sich auf ihn zu. »Bleiben Sie still stehen«, flüsterte er, und seine Augen brannten vor Bewunderung und Verlangen. »Ich will, dass Sie ganz still stehen, damit ich Sie richtig küssen kann.«

Sie schloss die Augen und rührte sich nicht; sie wartete auf die Berührung seines Mundes auf ihrem, aber stattdessen fuhr er fort, sie auf ihr Gelenk und den Unterarm zu küssen, bis er die Innenseite des Ellbogens erreichte. Dort beschrieb sein Mund träge Kreise entlang der feinen blauen Adern unter der blassen Haut, und Marina zitterte noch mehr.

Seine andere Hand streichelte ihren linken Arm und die Schulter. Er ging zärtlich mit ihr um, wie er es mit einem Pferd getan haben würde; er murmelte leise, bis sein Mund über das Schlüsselbein glitt. Die Lippen berührten die dünnen Knochen, während seine Hände ihr Hemd weiter öffneten, um leichteren Zugang zu ihren Brüsten zu haben.

Sie sehnte sich danach, dass er ihr Hemd aufknöpfte und ihre Brüste küsste, aber es schien so, als hätte er es nicht eilig. Sein Mund strich über ihren Nacken, und die Zähne nagten leicht an der Oberfläche des Fleischs unterhalb des Ohrs, bis ihr ganzer Körper vor Erwartung bebte.

Sie sehnte sich danach, seinen Kopf zwischen ihre Hände zu nehmen und mit ihrer Zunge in seinen Mund einzudringen, aber gleichzeitig wollte sie auch nicht auf die herrlichen Gefühle verzichten, die er auf ihrem Hals auslöste, an ihrer empfindsamen erogenen Zone.

Als sie glaubte, es nicht länger ertragen zu können, hörte er auf, und sie fühlte seinen Mund an ihrem Ohr. »Ich will deinen ganzen Körper mit Küssen bedecken«, sagte er leise. »Ich will jeden Zentimeter von dir küssen, aber nicht hier, nicht im Freien, wo wir vielleicht gesehen würden.«

Marina schlug die Augen auf, und sie wusste, dass er ihre Gier in seinem Gesicht lesen konnte. »Ich will nicht, dass du aufhörst«, stöhnte sie mit einer Stimme, die ihr Verlangen nicht leugnen konnte.

»Ich auch nicht. Keine Sorge, ich wohne in einem Cottage

am anderen Ende des Reitpfads. Glaubst du, du schaffst es, dich noch einmal auf Betsys Rücken zu schwingen?«

Sie hätte alles getan, was garantierte, dass ihr prickelndes, geschwollenes Fleisch zu seiner Befriedigung kam, und ohne ein weiteres Wort ließ sie sich von Jerry in den Sattel helfen. Sie ritten den Pfad entlang, bis sie schon nach wenigen Minuten zu einem Cottage gelangten.

Es war klein, und die Steinmauern mussten ausgebessert werden, aber das nahm Marina nur vage wahr. Sie wollte ihn so sehr, dass sie schon feucht vor Erregung war und auch das Durcheinander in den einzelnen Zimmern kaum mitbekam. Jerry führte sie eine schmale Treppe hoch, direkt in sein Bad.

Marina hatte das Schlafzimmer erwartet, und für einen Moment zog sich alles in ihr zusammen, was eher zur Frau von Lord Corbett-Wynne passte als zur baldigen Geliebten seines Stallmeisters. Jerry legte seine Arme um sie. »Ich dachte, eine gemeinsame Dusche würde uns nach dem Ausritt guttun.«

Marina antwortete nicht, aber als er anfing, seine Kleider auszuziehen, begann sie langsam, ihr kariertes Hemd aufzuknöpfen. Ihre Erregung stieg wieder, als sie sah, wie er sie die ganze Zeit ihres Ausziehens mit den Blicken verfolgte. Sie sah nichts als Bewunderung auf seinem Gesicht.

»Du bist wunderbar«, flüsterte er, als sie schließlich nackt war. Er fuhr mit einem Finger um ihre Brüste herum. »Du brauchst keine Angst zu haben. Wenn ich etwas tue, was dir nicht gefällt, sagst du es sofort. Ich will dich nur glücklich machen, sonst nichts.«

Sie folgte ihm in die Duschkabine, und als die warmen Strahlen auf sie hinunterprasselten, stellte er ihre Füße auf den erhöhten Wannenrand. Jetzt waren ihre Beine gespreizt, und ihre Körper befanden sich auf einer Höhe.

Er legte seine Arme um ihren Körper, langte hinunter zu ihren Pobacken, die er sanft knetete, dann griff er nach dem Duschgel, sprühte es in seine Handflächen und begann, ihre Brüste damit einzureiben. Seine Hände bewegten sich langsam und sinnlich um die Aureolen, bevor er die Warzen selbst massierte, und Marina stieß leise Lustschreie aus, da die schmerzenden Halbkugeln endlich so berührt wurden, wie sie es erwartet hatte, seit er sie zuerst geküsst hatte.

Während er massierte, knabberte er behutsam an ihren Ohrläppchen, womit er heftige Sensationen in ihrem ganzen Körper auslöste. Er drückte die Zungenspitze ins linke Ohr, ließ sie schnell hin und her huschen, bis ihre Schenkel vor Begierde schwach wurden.

Ihre Brüste hatten sich noch nie so hart angefühlt, und als er die Nippel abwechselnd in seine Hände nahm und mit Daumen und Zeigefinger zusammendrückte, war sie sicher, dass sie jeden Moment explodieren würde. Ihre Muskeln begannen sich zu spannen, und ihre Füße rutschten beinahe vom schmalen Wannenrand.

»Du siehst großartig aus«, murmelte er, als er anfing, ihren Bauch mit dem Gel einzureiben. Seine Hand kroch tiefer zu ihrem Venushügel und ließ sie dort verharren, bis ein warmes Glühen einsetzte, das sich zwischen ihren Schenkeln verbreitete, und ein süßer Schmerz betörte das ganze Geschlecht.

Als er ihre Vorderseite mit der Seife eingerieben hatte, bewegte sich Jerry auf sie zu und rieb sich gegen ihren glitschigen Körper; er stimulierte sie beide, und Marina schrie auf vor Lust. Ihre Hüften ruderten gegen seine, und ihre Bewegungen wurden immer schneller, da die Süße des Schmerzes unerträglich wurde.

Jerrys Hände kehrten zu ihren Pobacken zurück, und endlich zog er Marina an sich und glitt langsam aber stetig in ihre geschwollene Vagina. Er verharrte in ihr, bewegte sich nicht, aber mit den Händen begann er sie zwischen den gespreizten Schenkeln zu streicheln.

Er massierte die ganze Schamregion, drückte und rieb, beschrieb kleine Kreise und rieb wieder, und bald hatte er ihren Körper in Flammen gesetzt. Die indirekt stimulierte Klitoris schwoll an, und sie spürte, wie ihre inneren Muskeln sich hart spannten.

»Mach dich eng um mich«, raunte er. »Quetsch mich mit deinen inneren Muskeln, damit ich spüren kann, wie du mich abmelkst.«

Sie blickte tief in seine Augen, und als sie befolgte, was er gesagt hatte, presste sie ihren Mund wieder gegen seinen. Ihre Zunge stieß zwischen seine Lippen und erforschte seinen Gaumen, dann huschte die Zunge über seine Zähne, ehe sie zurück und nach vorn stieß, als wollte sie einen Mann imitieren, der oralen Sex bei einer Frau ausübt.

Dass sie so plötzlich die Initiative übernommen hatte, zusammen mit der Hitze, die von ihrem feuchten Körper aufstieg sowie der Enge ihrer vaginalen Wände, als sie ihn quetschte und mit kleinen Zuckungen auszuwringen schien, trieb Jerry fast in den Wahnsinn.

Er gab seinen zarten Beginn auf und reagierte auf ihre neuen Bedürfnisse. Seine Hände kneteten ihre Pobacken fester, und ein Finger rutschte in die Kerbe dazwischen. Marina war so sehr in ihre rasende Erregung verstrickt, dass sie gar nichts davon bemerkte, und erst als ihr Körper dicht vorm Orgasmus stand, schob er den Finger behutsam in ihre hintere Öffnung. Mit einem lauten Schrei der Ekstase warf sich Marina dem Orgasmus entgegen, einem Orgasmus, der gar nicht aufhören wollte, da seine Finger sie von vorn und von hinten stimulierten, bis sie schließlich still gegen ihn sackte.

»Jetzt bin ich dran«, murmelte er, und endlich begann er sich in ihr zu bewegen.

Er fing mit langen, trägen Stößen an, bei denen die volle Länge der Erektion ein und aus glitt, und bei jedem Rückzug klammerte sich Marina verzweifelt an ihn, offenbar erfüllt von dem Schrecken, dass er sich ganz zurückziehen und sie leer und darbend allein ließ.

Aber das hätte Jerrry ihr nicht angetan, außerdem genoss er die Stöße viel zu sehr, um sie aufzugeben. Langsam baute er einen Rhythmus auf, mit dem er zustieß, aber er wollte nicht viel schneller werden, weil er den Moment der absoluten Lust hinauszögern wollte. Das würde auch dafür sorgen, dass Marina einen weiteren Orgasmus erlebte.

Sie fühlte schon, wie sich ihr Körper langsam spannte. Sie hatte seinen Rhythmus aufgenommen und wand sich gegen ihn; ihre erigierten Nippel presste sie gegen seinen Brustkorb und den Bauch hart gegen seinen, damit sie wieder den Druck spüren konnte, der sie eben zum Höhepunkt gebracht hatte.

Nach ein paar Minuten beschleunigte Jerry seine Stöße, denn er spürte, dass sein eigener Orgasmus ganz nahe war. Seine Hoden wurden im Beutel nach oben gezogen, und die Penisspitze erlebte leichte kribbelnde Sensationen. Er wusste, dass er jeden Moment kommen würde, und er ahnte, dass Marina auch dicht davor stand. Schnell drückte er seine Hände gegen ihre Hüftknochen, und während er jetzt hastig in sie hineinstieß, knetete er ihre Lenden mit den Fingern.

Marinas Bauch wogte in einem Delirium der Erregung, sie hielt die Augen weit offen und starrte auf Jerry, der genau wie sie von der Lust geschüttelt wurde. Als bei ihr die letzten

Zuckungen abklangen, konnte sie sich kaum noch auf den Beinen halten. Tränen der Freude schossen ihr in die Augen, während die sanften Strahlen der Dusche weiterhin auf ihren nackten Körper fielen.

Er hielt sie gegen sich gedrückt, strich mit den Fingern durch ihre nassen Haare und schob die Strähnen sanft von ihrer Stirn, aber dann stellte er das Wasser ab und trat langsam zurück. »Wir müssen uns abtrocknen«, sagte er. »Ich glaube, wir sollten unseren ersten Ausritt nicht so lange ausdehnen, sonst könnte jemand Verdacht schöpfen.«

»Das wäre mir egal«, murmelte Marina und ließ sich von ihm in ein großes, ein wenig raues Badetuch wickeln. »Ich bin noch nie so glücklich gewesen.«

»Das höre ich gern«, sagte er lächelnd.

Marina sah ihn an. Sein pechschwarzes Haar klebte flach an seinem Schädel, und seine Zähne leuchteten im Kontrast zu seiner gebräunten Haut. »Ich kann mir denken, dass all deine Frauen dasselbe sagen«, neckte sie.

Das Lachen schwand aus seinen Augen. »Gewöhnlich habe ich keine Frauen«, sagte er. »Mädchen – ja. Ich habe viele Mädchen gehabt, aber keine Frauen. Jetzt weiß ich, was ich die ganze Zeit verpasst habe.«

Sie fragte sich, ob er auch mit dem blonden Mädchen geschlafen hatte, das sie einige Male auf dem Hof gesehen hatte. Oder auch Tania. Aber dann verdrängte sie diese Gedanken. Was machte es schon, wenn er mit ihnen geschlafen hatte? Er hatte gerade Liebe mit ihr gemacht, und er hatte es geschickter und liebevoller gemacht als jeder andere, auch als Matthew. Deshalb störte sie die Vergangenheit nicht.

»Wann kann ich dich wiedersehen?«, fragte er, und sie hätte am liebsten vor Glück gelacht.

»Nicht vor Sonntag«, sagte sie mit Bedauern in der Stimme. »Morgen Abend habe ich zu einer Dinnerparty eingeladen, deshalb kann ich mich nicht verdrücken, aber Sonntagmorgen, das müsste klappen.«

»Wir führen dann die Pferde aus«, sagte er, und seine Augen leuchteten bei der Aussicht. »Hast du was dagegen, wenn wir hierhin zurückkommen? Wir benutzen dann aber das Schlafzimmer.«

»Mir ist es egal, wohin wir gehen«, sagte sie ehrlich.

Sie ritten langsam und verhältnismäßig schweigend zurück, aber es war ein freundliches Schweigen. Marina bemerkte, dass Jerry jede Gelegenheit wahrnahm, zu ihr zu schauen, als wäre er stolz, in ihrer Gesellschaft sein zu können.

»Kommt Sir Matthew Stevens auch am Samstagabend?«, fragte er, als er ihr vor den Ställen aus dem Sattel half.

Marina berührte seine rechte Hand. »Ja, aber er ist nicht mehr so wichtig für mich. Ich glaube nicht, dass wir überhaupt etwas gemeinsam haben.«

»Manchmal dauert es lange, bis man jemanden richtig kennen lernt«, sagte er bedächtig, »und bei anderen Menschen hat man das Gefühl, oder vielleicht den Instinkt, dass es beim ersten Kennenlernen sofort stimmt. Weißt du, was ich meine?«

Marina nickte. Sie wusste, es war lächerlich, denn er war jünger als sie, arbeitete für ihren Mann, hatte die meiste Zeit seines erwachsenen Lebens junge, gerade mal heiratsfähige Mädchen in sein Bett geholt, und doch war sie ziemlich sicher, dass er ein besonderer Mann in ihrem Leben sein würde.

»Wir sehen uns am Sonntag«, versprach sie.

Jerry sah ihr nach und fragte sich, ob sie ihre Begegnung bereuen würde, wenn sie wieder zurück in ihrem luxuriösen Haus war. Er hoffte, das wäre nicht der Fall. Schon nach diesem einen Mal wusste er, dass sie ihm mehr bedeutete als jede andere Frau bisher, und das überraschte ihn sehr.

»Wir müssen warten und sehen, was auf uns zukommt, Betsy«, sagte er der geduldigen Stute und führte sie zurück in den Stall. »Ich muss verrückt sein, aber wie ich im Moment fühle, möchte ich gern den Rest meines Lebens mit dieser Frau verbringen. Sie ist sehr empfänglich für Lust, und ich will der Mann sein, der sie ihr besorgt.«

Als Marina zur Haustür kam, fand sie Matthew Stevens vor, der auf der Treppe auf sie wartete. Er lächelte, und sie stellte erstaunt fest, dass sein Lächeln nicht mehr die Wirkung auf sie hatte wie bisher. Noch vor einer Woche wären ihre Knie schwach geworden, und in ihrem Bauch hätte es sich angefühlt, als wirbelten dort mehrere Schmetterlinge. Aber jetzt spürte sie – nichts.

»Deine Kleidung lässt mich vermuten, dass du einen Ausritt unternommen hast«, sagte er leise, und seine Augen strahlten über ihre Leistung. »Auch wenn du nie eine erfolgreiche Reiterin wirst, so wirkst du in deinen Kleidern unglaublich. Sogar sehr erotisch.«

Sie lächelte, aber es war ein abwesendes Lächeln, und Sir Matthew erkannte das. Er fragte sich, ob es ihr keinen Spaß brachte, wieder im Sattel zu sitzen. »Wenn du nicht glücklich im Sattel bist, dann gib es auf«, sagte er mit einem neuen Lächeln. »Ich bin sicher, dass wir einen anderen Weg finden, uns zu treffen.«

»Es macht mir Spaß«, versicherte Marina ihm, öffnete die Tür und ging ihm voraus in die Eingangshalle. »Ich kann mich nicht erinnern, schon mal so glücklich gewesen zu sein«, fügte sie dann noch hinzu.

»Das klingt gut. Auch ich kann mich nicht erinnern, schon mal so glücklich zu sein wie jetzt«, sagte er, die Stimme leise und schmeichelnd.

Marina verglich ihn mit Jerry, und Matthew schloss dabei nur als Zweiter ab. Jerry war immer ernsthaft, und wenn er ihr ein Kompliment machte, wusste sie, dass es ernst gemeint war. Bei Matthew konnte sie nicht sicher sein, und sein jüngstes Beharren, ihre sexuellen Fähigkeiten auf eine Weise auszubauen, die ihm gefiel, statt ihr Verlangen mit ihr auszuleben, behagte ihr nicht und ließ sie auf Distanz gehen.

»Ich fürchte, ich habe heute viel zu tun«, sagte sie höflich. »Möchtest du mir was Bestimmtes sagen? Ich habe jetzt etwa eine halbe Stunde noch frei, aber dann muss ich mit den Vorbereitungen für die Party morgen Abend beginnen.«

Matthew war wie vor den Kopf gestoßen, und so fühlte er sich auch. »Ich hatte gehofft, wir könnten etwas Zeit zu zweit verbringen«, sagte er. »Ich bin gerade aus der Stadt zurückgekehrt und freue mich darauf ...«

»Ausgeschlossen, fürchte ich«, unterbrach Marina ihn. Ihre Stimme klang ungewöhnlich fest.

Matthew trat näher an sie heran und legte eine Hand auf ihren linken Ellenbogen. »Was ist los? Habe ich etwas gesagt oder getan, was dich beleidigt hat?«

Sie schaffte ein Lächeln, aber es war nicht das sonstige verehrende Lächeln, an das er sich gewöhnt hatte. »Natürlich nicht. Womit hättest du mich beleidigen können?«

Das versuchte er herauszufinden, denn trotz ihres Leugnens wusste er, dass sich etwas verändert hatte. Er hatte den Verdacht, dass es mit ihrer letzten Begegnung zu tun hatte, als er versucht hatte, ihr beizubringen, wie sie ihn am besten mit dem Mund fertigmachen konnte. Er hatte gewusst, dass sie es nur widerwillig tat, hatte ihren Widerwillen während des Aktes auch geahnt, aber weil er diese Art der Liebe sehr mochte, wollte er, dass sie darin zur Meisterin wurde.

Jetzt begriff er, dass er vielleicht einen Fehler begangen hatte, und er fluchte in sich hinein. Er hatte nicht erwartet, dass die Affäre lange anhalten würde, aber er hätte es vorgezogen, diesen Zeitpunkt selbst zu bestimmen. Er hatte es genossen, ihr die Variationen des Liebesspiels beizubringen, trotz ihres Mangels an robuster, extremer Sexualität, die er liebte.

Er sah plötzlich ein Bild vor sich, wie sie vor ihm kniete, ihre langen Haare fielen ihr ins Gesicht, während sie ihren weichen, zögernden Mund um seine Erektion schloss, und plötzlich begehrte er sie mit einer fast schmerzenden Dringlichkeit.

»Ist dein Mann da?«, fragte er, und der Griff um ihren Ellenbogen verstärkte sich.

Marina schüttelte den Kopf. »Er ist in London. Warum?«

»Dann können wir die halbe Stunde hier verbringen. Keiner würde etwas davon wissen, und selbst wenn jemand es erahnte, würde er nichts sagen.«

Sie schüttelte seine Hand um ihren Arm ab und hob die Augenbrauen, plötzlich ganz Lady Corbett-Wynne und nicht mehr Marina, seine Geliebte. »Ich würde nicht einmal davon träumen, mich in meinem eigenen Zuhause derart zu kompromittieren«, sagte sie eisig. »Wirklich, Matthew, ich finde es schwer zu glauben, dass du das von mir erwartest.«

»Ist es nicht ein bisschen spät, die Lady des Hauses zu spielen?«, fragte er.

Marina fühlte, wie sie errötete und wandte sich ab, wütend

darüber, dass sie sich nach seiner ungehörigen Frage so billig fühlen musste.

Trotz seines Mangels an Kinderstube wusste er instinktiv, wie er mit ihr reden musste, wie er sie zuerst als Frau begehrt hatte und nun als Sexobjekt.

»Ich werde diese Bemerkung vergessen, Matthew«, gab sie zurück. »Du solltest jetzt aber gehen. Falls du Annabel draußen irgendwo siehst, würdest du ihr bitte sagen, dass ich mit ihr reden möchte? Es gibt einige Dinge bei der Renovierung, die ich mit ihr diskutieren muss.«

Wütend über sich selbst, so einen groben Fehler begangen zu haben, nickte Matthew. »Natürlich. Und es tut mir leid, Marina. Aber ich begehre dich so sehr, dass ich für einen Moment die Kontrolle verloren habe, dafür kannst du mich nicht schuldig sprechen. Schließlich kann ich nicht dafür, dass du so begehrenswert bist.«

Normalerweise hätte ihr das geschmeichelt und ihre langsam aufblühende sexuelle Selbstsicherheit gestärkt, und sie wäre sogar ermutigt worden, wieder seine Nähe zu suchen, aber ihre Augen blieben ruhig und distanziert, und sie drehte sich um und ging ohne ein weiteres Wort.

Verärgert und verdutzt verließ Matthew das Haus und ging auf seinen geparkten Wagen zu. Dabei lief ihm Annabel über den Weg. Die goldenen Strähnen in ihren Haaren schienen in der hellen Sonne. Sie sah ihn von der Seite an und bedachte ihn mit einem halben Lächeln, in dem eine Welt sexuellen Wissens lag. Matthew fragte sich, was mit den Frauen von Leyton Hall geschah; sie veränderten sich bis zur Unkenntlichkeit.

Er konnte Marinas Verhalten immer noch nicht begreifen, aber das neue sexuelle Bewusstsein in Annabels Augen war, vermutete er, das direkte Resultat eines engen Kontakts mit

Crispian und Tania. Dieser Gedanke erregte sein Verlangen, und er wurde hart, als Annabel vor ihm stand.

»Haben Sie Lady Corbett-Wynne gesucht?«, fragte sie höflich. »Ich glaube, sie ist ausgeritten, aber sie sollte bald zurück sein.«

»Ich habe sie gesehen«, antwortete er und nahm ihre schlanke und sehr feminine Figur wahr. »Sie hat mich gebeten, auf meinem Rückweg Ausschau nach Ihnen zu halten. Sie möchte mit Ihnen reden.«

Annabel seufzte und schob ihre Haare hinter die Ohren. »Ich fürchte, sie und ich finden in diesen Tagen nicht wirklich zueinander«, gestand sie. »Ich beginne zu glauben, dass ich die falsche Person für diesen Job bin.«

Er runzelte die Stirn. »Ich hoffe, Sie gehen nicht vor dem Wochenende. Ich möchte nämlich, dass wir uns auf der Dinnerparty treffen.«

Als sie jetzt so dicht vor ihm stand, war Annabel wieder einmal von der mächtigen körperlichen Anziehungskraft fasziniert. Sie fragte sich, was es war, was sie so unwiderstehlich fand. Er musste fast zwanzig Jahre älter sein als sie, und obwohl er attraktiv war, sah er nicht atemberaubend gut aus.

Aber da war etwas in seinen Augen, und auch die Art, wie er sich bewegte, ließ eine aufregende Sexualität vermuten, in mehreren Jahrzehnten gepflegt und entwickelt. Sie war fast schwach vor Lust nach ihm, aber sie war entschlossen, ihm nicht zu zeigen, welche Wirkung er auf sie hatte.

»Keine Sorge«, sagte sie rasch, und es folgte wieder ein halbes Lächeln. »Ich kann unmöglich jetzt gehen, denn ich habe Crispian und Tania versprochen, dass ich bei ihren Spielen dabei bin.«

Matthews Mund wurde trocken, als er realisierte, dass er

Recht hatte. Seit ihrer Ankunft auf Leyton Hall hatte sich das Mädchen mit Crispian und Tania eingelassen, was nur bedeuten konnte, dass sie sexuellen Abenteuern gegenüber aufgeschlossen war.

»Spiele?«, fragte er.

Annabel sah ihm ins Gesicht. »Ja. Tania hat schon alle möglichen Dinge für die Spiele nach dem Essen gesammelt, denn wenn wir gegessen haben, findet eine kleine Party in Crispians Zimmer statt, zu der Lady Corbett-Wynne aber nicht kommen wird.«

»Ich bin sicher, dass Sie Recht haben, aber das heißt ja nicht, dass ich nicht teilnehmen kann«, sagte er leise.

»Ich dachte, Sie und Lady Corbett-Wynne wären enge Freunde?«

Matthew hob die Schultern. »Wir waren gut befreundet, aber ich habe das Gefühl, dass die Freundschaft abgekühlt ist. Als ich vor ein paar Minuten mit ihr gesprochen habe, schien sie ein wenig abgelenkt zu sein.«

»Wie enttäuschend für Sie«, sagte Annabel.

Matthew strich mit ein paar Fingern über ihr Gesicht, fuhr über Wange und Kinn und schickte Zuckungen des Verlangens durch sie. »Nicht wirklich. Die Freundschaft hatte ihren Höhepunkt wohl schon überschritten.«

»Dann halten Ihre Freundschaften nicht sehr lange«, bemerkte Annabel mit einem Lächeln.

Plötzlich berührten die Finger ihren Mundwinkel, und sie empfand das Verlangen, den Mund zu öffnen und sie einzusaugen.

»Nun, einige halten lange«, sagte er leise. »Es ist schwer herauszufinden, wie viel zwei Menschen gemeinsam haben. Manchmal ist es weniger, als man erwartet, aber manchmal ist es mehr.«

Er fuhr mit dem Zeigefinger um ihren Mund herum, wobei seine Berührungen federleicht waren. Annabel musste sich zusammenreißen, um nicht die Arme um ihn zu schlingen. Dann beugte er sich vor, und er küsste sie leicht auf die Nasenspitze, bevor er in sein Auto stieg.

»Bis morgen Abend.«

Sie sah ihm nach, und das Begehren wühlte ihren Bauch auf. Sie hätte gern gewusst, wie sich diese Finger an einer viel intimeren Stelle anfühlen würden.

Als das Auto nicht mehr zu sehen war, lief sie hastig ins Haus, weil sie sich wieder daran erinnerte, dass ihre Auftraggeberin mit ihr sprechen wollte. Zu ihrer Überraschung schien Lady Corbett-Wynne guter Laune zu sein, und sie lächelte Annabel mit viel mehr Wärme an, als sie es seit Tagen getan hatte.

»Annabel, meine Liebe, ich wollte mit Ihnen über den morgigen Abend sprechen.«

»Über morgen Abend?«

»Die Dekoration auf dem Tisch. Ich hatte zuerst an eine vornehmlich blaue Dekoration gedacht, aber jetzt bin ich mir nicht mehr sicher. Wäre das nicht zu schwer?«

»Vielleicht, ja«, sagte Annabel und erschauerte innerlich bei der Vorstellung eines blauen Arrangements in einem so dunklen Zimmer. »Warum nicht Altrosa? Das ist eine sehr schöne warme Farbe, besonders bei Kerzenlicht.«

»Kerzenlicht auch, finden Sie?« Marina wanderte durch ihren Salon, nahm einen Gegenstand in die Hand, stellte ihn wieder ab und hob wieder etwas auf. Sie war geistesabwesend. »Ja, Sie haben wohl Recht. Um ehrlich zu sein, Annabel, hängt mein Herz nicht mehr an der Party, und auch nicht am Haus, wie Sie vielleicht schon bemerkt haben.«

»Ich hatte eher das Gefühl, es könnte daran liegen, dass

wir unterschiedliche Auffassungen haben«, sagte Annabel taktvoll. »Ich habe mich schon gefragt, ob Sie möchten, dass ich abreise, damit Sie jemanden engagieren können, der mehr auf Ihrer Wellenlinie liegt. Auch wenn ich andere Ideen einbringen wollte, so habe ich nie vergessen, dass Sie es sind, die hier leben und sich wohl fühlen muss. Ich werde höchstens noch eine Woche hier sein.«

Marinas Augen weiteten sich, dann starrte sie Annabel nachdenklich an. »Wer weiß, was die Zukunft bringt«, murmelte sie. »Das Leben kann so unvorhersehbar sein, nicht wahr?«

Annabel war verwirrt und hatte keine Ahnung, wovon Lady Corbett-Wynne sprach. Selbst wenn sie einen kurzen Streit mit Sir Matthew gehabt hatte, dürfte der jetzt keine Rolle mehr spielen, und doch sprach sie so, als stünde sie vor einer ungewissen Zukunft. Dabei hatte Annabel das Gefühl gehabt, dass die dritte Lady Corbett-Wynne in dieser Rolle sehr gefestigt war.

»Ich stimme Ihnen zu, dass niemand etwas über die Zukunft weiß, aber es gibt doch bestimmte Fixpunkte, die unverrückbar sind«, sagte Annabel schließlich.

»Aber sind sie das wirklich?«, fragte ihre Auftraggeberin, und plötzlich strahlten ihre Augen. »Gehört zu den Fixpunkten auch, wie wir leben? Oder sollten wir offener für Wechsel sein?«

»Da ich alleinstehend bin, ist mein ganzes Leben ein ständiger Wechsel«, sagte Annabel lachend. »Aber ich glaube, dass es schwieriger wird, wenn man verheiratet ist und solche Verantwortung hat wie Sie.«

»Glauben Sie, dass mein Mann sich um seine Verantwortungen schert?«, fragte Marina heftig. »Ich habe diesen Eindruck nicht. Sehen Sie doch nur, wie er sich den Stallmädchen gegenüber verhält, selbst in meiner Anwesenheit. Ist das ein Verhalten eines erwachsenen Mannes mit Verantwortungen? Nein, das ist es nicht. Und wenn es ihm egal ist, was die Leute über ihn sagen, warum soll ich mich standesgemäß benehmen?«

Annabel wusste, dass die aufgewühlte Frau nicht wirklich Fragen stellte; sie redete zu sich selbst, und Annabel hatte nur das Pech, die Empfängerin all dieser Zweifel und Frustrationen zu sein. Sie konnte nur hoffen, dass Lady Corbett-Wynne nicht in einer Stunde bereute, dass sie sich bei ihrem Gast ausgeweint hatte und ihn auf der Stelle nach Hause schickte.

»Nun?«, fragte Marina und fixierte Annabel. »Antworten Sie mir!«

»Ich nehme an, es gibt keinen Grund, warum Sie nicht nur sich selbst gegenüber verantwortlich sein sollen«, antwortete Annabel und hoffte, dass es das war, was ihre Auftraggeberin hören wollte.

Zu ihrer Erleichterung schien das der Fall zu sein, denn das irre Leuchten in Marinas Augen wurde abgemildert, und sie nickte zustimmend. »Wie vernünftig Sie doch sind. Ich war sicher, dass Sie mich verstehen würden, schließlich haben Sie meine Familie seit Ihrer Anwesenheit bei uns aus nächster Nähe kennen gelernt, nicht wahr?«

Es war eine Feststellung, keine Frage, und Annabel trat unbehaglich von einem Fuß auf den anderen. Sie fragte sich, wie viel die Frau wirklich von dem wusste, was sich auf Leyton Hall abspielte.

»Ich hoffe, Sie verlieben sich nicht in meinen Stiefsohn«, fuhr Marina fort, und nun klang ihre Stimme so freundlich wie sonst. »Sehen Sie, er ist verliebt in meine Tochter, aber er muss Geld heiraten, was Sie von der Liste der Kandidatinnen streicht.«

»Ich bin nicht in Crispian verliebt«, warf Annabel rasch ein. »Er sieht sehr gut aus, aber …«

Marina lächelte. »Genau, es folgt immer ein großes Aber, wenn von Crispian die Rede ist.«

»Ich kenne weder ihn noch Tania gut …«

Marina seufzte. »Sie müssen mich für blöde halten, Annabel, wenn Sie annehmen, dass ich nicht über alles Bescheid weiß, was sich in diesem Haus abspielt. Mir ist die sinnlose Besessenheit meiner Tochter mit Crispian bekannt, und ebenso die Tatsache, dass die beiden Sie in ihre Spiele einbezogen haben. Schauen Sie nicht so überrascht. Crispian und Tania machen sich an jeden heran, der zu Besuch kommt, vorausgesetzt, dass er schön genug ist und zu ihnen passt. Ich hoffe, ich raube Ihnen keine Illusionen«, fügte sie noch hinzu.

Annabel schüttelte den Kopf.

»Gut. Zweifellos hat auch mein Mann sich schon einige Freiheiten bei Ihnen erlaubt, obwohl ich lieber glauben möchte, dass seine Form der Sexualität keine große Anziehungskraft für Sie enthält, aber da kann ich mich auch irren.«

Annabel hoffte, dass ihr Gesicht nicht zu viel verriet.

»Normalerweise würde ich diese Dinge Ihnen gegenüber gar nicht erwähnen«, fuhr Marina fort, »aber sehen Sie, allmählich weiß ich nicht mehr so genau, wie ich noch in dieses Schema passe, deshalb fühle ich mich frei, offener darüber zu sprechen. Mein Rat an Sie ist, bleiben Sie meiner Tochter und meinem Stiefsohn fern. Die dunkle Besessenheit, die sie füreinander haben, ist hoffnungslos, und wenn sie das endlich eingesehen haben, werden sie auf alles treten, was sich ihnen in den Weg stellt. Sie haben beide eine Neigung zur Selbstzerstörung, muss ich leider sagen, und dies verbunden mit ihren unheilvollen Lüsten macht sie zu einer gefährlichen Gesellschaft.«

»Ich verstehe nicht, warum sie sich nicht heiraten können«, sagte Annabel, ermutigt durch die Freimütigkeit ihrer Auftraggeberin. »Ich meine, sie sind schließlich nicht miteinander verwandt.«

»Tania hat kein eigenes Geld, und da ich schon Jahre meines Lebens mit Crispians Vater vergeudet habe, bin ich nicht gewillt, ihr Geld zu geben, damit sie es an seinen Sohn verschwenden kann. Und ohne Geld ist Tania wertlos als zukünftige Braut Crispians. Dieses Haus frisst Geld, wie Motten sich durch Wolle fressen.«

»Crispian wird nie glücklich werden mit einer anderen Frau«, sagte Annabel.

Marinas Stirn legte sich in Falten. »Glück ist nicht immer da, wo wir es erwarten. Außerdem habe ich keine Zweifel, dass er irgendwann eine geeignetere Kandidatin findet, Amanda Fitzwilliam vielleicht, und meine Tochter als Mätresse hält. Auf diese Weise wird er ein höheres Maß an Glück erleben, als die meisten von uns erlangen, glauben Sie nicht auch?«

Annabel schüttelte den Kopf. »Aber das wäre nicht fair gegenüber Amanda.«

»Wie ich ist auch Amanda in der Tradition der Pflichterfüllung erzogen worden. Sie weiß es besser, als durch Crispian Glück zu erwarten – und er würde ihr wenigstens ersparen, ihr ganzes Leben zu Hause bei ihren Eltern wohnen zu müssen.«

»Ich weiß wirklich nicht, warum Sie mir das alles erzählen«, sagte Annabel.

Marina legte den Kopf auf eine Seite und betrachtete die jüngere Frau. »Das weiß ich selbst nicht so genau. Vielleicht deshalb, weil ich fühle, Sie könnten in Kürze vor eine Entscheidung gestellt werden, und ich möchte nicht, dass Sie die falsche treffen.«

»Warum nicht? Was bedeute ich Ihnen denn?«

»Trotz Ihrer Erfahrungen, seit Sie bei uns sind, Annabel, kommen Sie mir wie ein unverdorbenes Mädchen vor. Es kann Ihnen nicht entgangen sein, dass jeder auf Leyton Hall korrupt ist, moralisch und sexuell korrupt. Ich hasse es, wenn Sie sich an dieser Krankheit anstecken.«

»Vielleicht bin ich nicht so, wie Sie glauben«, murmelte Annabel.

»Keiner von uns ist so, wie andere glauben, aber es gibt einen Unterschied zwischen Abenteuerlust und Verdorbenheit. Denken Sie daran, wenn Sie vor der Entscheidung stehen.«

»Ich weiß wirklich nicht ...«

»Crispian und Tania sind verdorben. Glauben Sie mir das. Ich weiß, dass es zutrifft. Sie genießen es, Menschen zu zerstören. Lassen Sie sich nicht auch zerstören, Annabel. Wie war das noch? Altrosa?«

Völlig benommen nickte Annabel, nachdem sie sich kaum noch daran erinnern konnte, warum sie ursprünglich zu Lady Corbett-Wynne gerufen worden war.

Marina lächelte. »Ich glaube, Sie haben Recht. Eine gute Wahl, Annabel. Sie können jetzt gehen. Ich habe noch eine Menge zu tun.«

»Ich habe die Notizen und Pläne fertig für die Räume im Erdgeschoss«, sagte Annabel zögernd. »Soll ich sie Ihnen hierlassen?«

»Wenn Sie wollen.«

Verwirrt legte Annabel ihre Notizen und die Skizzen auf einen niedrigen Kaffeetisch und ging hinaus. In ihrem Kopf spulte sie noch einmal die ungewöhnliche Unterhaltung ab, und als sie den Wohnbereich von Lady Corbett-Wynne verließ, wäre sie fast mit Crispian zusammengestoßen.

»Fleißig bei der Arbeit?«, fragte er fröhlich.

»Ja, kann man so sagen.«

»Ich habe mit Sir Matthew telefoniert. Er ist ganz begeistert davon, zu unserer kleinen exklusiven Party am Samstagabend zu kommen.«

Sie starrte in seine hellen blauen Augen und sah dort ein fast fiebriges Glänzen in ihnen. Sie erinnerte sich an die Warnung seiner Stiefmutter, aber sie wusste, dass sie trotzdem an der Party teilnehmen würde.

Nicht, weil sie in Crispian verliebt war, sondern weil er ihr eine neue, aufregende Art des Lebens gezeigt hatte, bei der sie eine nicht vermutete Seite von sich kennen gelernt hatte; eine Seite, von deren Existenz sie nichts gewusst hatte.

»Freut dich das nicht?«, fragte er grinsend.

»Natürlich. Er scheint sehr nett zu sein.«

Crispian lachte. »Er ist vieles, aber nett würde ich ihn nicht nennen. Teufel, wenn wir nur den langweiligen Teil der Dinnerparty schon hinter uns hätten! Aber danach werden wir alle eine Menge Spaß haben.«

»Du hast von deinen Spielen gesprochen«, sagte Annabel. »Gehören sie zu deiner privaten Party?«

»Himmel, nein! Sie sind bei Papas Dinnereinladungen schon Tradition. Die meisten Gäste wären enttäuscht, wenn sie nicht daran teilnehmen dürften.«

»Auch deine Stiefmutter?«

»Sie wird sich zurückziehen, wenn der Kaffee gereicht worden ist, es sei denn, Matthew hätte sie auch auf diesem Gebiet völlig verändert.«

»Er scheint zu glauben, dass er nicht mehr in der Gunst deiner Stiefmutter steht«, sagte Annabel.

Crispian freute sich über die Neuigkeit. »Das ist ja noch viel besser für uns. Ich habe mir ein paar wunderschöne Dinge für dich ausgedacht, Annabel. Du wirst außer dir sein vor Lust, wenn ich mit dir fertig bin.«

Ihr ganzer Körper spannte sich an, und sie zitterte leicht bei seinen Worten. Sie schufen wunderschöne Bilder, und allein davon schon begann sich ihr Fleisch zu dehnen und zu strecken und auf die Flutwelle zu warten, die sie bei jedem sexuellen Höhepunkt überschwemmen würde.

»Imaginationen sind eine wunderbare Sache«, sagte Crispian und bemerkte, wie sich ihre Brustwarzen aufstellten. »Die Vorfreude sollte deinen Appetit noch ein bisschen mehr anregen. Bei mir ist das jedenfalls so.«

»Und was ist mit Amanda?«, fragte Annabel.

Das Lachen schwand aus seinem Gesicht. »Sobald es geht und nicht mehr als Unhöflichkeit ausgelegt werden kann, werde ich sie nach Hause bringen, obwohl es auch sein kann, dass sie sich schon während der Partyspiele verdrückt, ohne dass ich mich um sie bemühen muss.«

»Arme Amanda«, sagte Annabel.

»Ja, aber dafür sind wir umso glücklicher«, flüsterte er, den Mund an ihrem Ohr, und als der warme Atem ihre Haut berührte, schüttelte sie sich vor Erregung.

Zehntes Kapitel

Um sechs Uhr am Abend der Dinnerparty begann Annabel mit ihren Vorbereitungen. Sie wollte alles perfekt haben, ihre Kleidung, die Art, wie sie die Haare trug, jedes noch so winzige Detail, denn wenn sie wusste, dass sie gut aussah, konnte sie die Selbstsicherheit aufbringen, die sie ihrer Meinung nach benötigte, um das zu überstehen, was Crispian und Tania nach der Party für sie vorgesehen hatten.

Den ganzen Tag über hatte sie sich gereizt gefühlt; ihre Sinne waren messerscharf geweckt, wenn sie nur an den Abend und an Sir Matthew Stevens dachte. Vergangene Nacht hatte sie von ihm geträumt, und obwohl die Einzelheiten verschwommen waren, als sie am Morgen in einem Stadium schmerzender Erregung aufwachte, eine verräterische feuchte Stelle zwischen den Beinen und mit harten Brustwarzen. Sie konnte sich nicht erinnern, einen Mann schon mal derart begehrt zu haben.

Genau um die Zeit, als Annabel ein ausgedehntes Duftbad nahm und die Haare mit einem Bananenshampoo wusch, saß Crispian auf dem Rand der Badewanne seiner Stiefschwester und schaute zu, wie sie ihre vollen Brüste einschäumte.

»Brauchst du Hilfe?«, fragte er.

Tania schüttelte den Kopf. »Wenn du anfängst, mir zu helfen, werde ich nie rechtzeitig fertig sein. Bist du sicher, dass wir alle Vorbereitungen getroffen haben?«

»Natürlich. Luke und Sheba werden sich oben mit uns treffen, ebenso Sir Matthew und natürlich die köstliche Annabel.«

Tania hob ein muskulöses Bein aus der Wanne und streckte es bis in die Zehenspitzen, während sie den Seifenschaum über die Wade rieb. »Dir gefällt Annabel, nicht wahr?«

»Sie ist sehr sexy«, sagte Crispian, fuhr mit einer Hand durchs Badewasser. Die Finger suchten – und fanden – Tanias Dreieck mit den krausen rotbraunen Haaren.

Tania hob ihre Hüften leicht an und seufzte leise, als die lustvollen Sensationen ihr Innerstes rührten. »Wenn dein Vater wollte, dass du Annabel heiratest, würdest du es tun, nicht wahr?«, fragte sie.

Er zupfte an den Löckchen und stieß mit einem Finger in die Spalte ihrer Sexlippen vor. Dabei massierte er die Labien mit leichten kreisenden Bewegungen. »Könnte schon sein«, antwortete er vorsichtig.

Tanias Augen funkelten. »Mein Glück ist es, dass sie nicht reich ist, was?«

»Sie ist nicht wie du«, behauptete Crispian. »Ich würde ihrer rasch überdrüssig. Es ist nur, dass sie irgendwas an sich hat, etwas Interessanteres, als alle Amandas dieser Welt haben.«

Tania ließ ihr Bein sinken und legte es über das andere, womit sie Crispians Hand gefangen nahm. »Ich glaube, du würdest mich für Annabel aufgeben«, sagte sie.

»Das ist Unsinn«, widersprach Crispian, und seiner Stimme hörte man sein Erstaunen an. Aber als Tania in seine Augen sah, fand sie dort den unschuldigen Ausdruck eines kleinen Jungen, der versucht, sich aus einer brenzligen Situation zu befreien.

»Sie ist nicht das, was du in ihr siehst, musst du wissen«,

fuhr Tania fort. Sie bewegte sich gegen seine Finger und ließ die Erregung zu, die sich allmählich in ihr zu bilden begann. »Annabel hat ihre Grenzen.«

Crispian wusste, dass Tania einem Orgasmus nahe war. Ihre Augen glänzten, und ihr Mund hatte sich leicht geöffnet. Ihr Atem ging schneller. Mit einiger Mühe zog er seine Hand zurück und sah einen Blitz der Verärgerung im Gesicht seiner Stiefschwester. »Wie ungezogen! Du hast mir gesagt, du hättest keine Zeit für mich, erinnerst du dich?«, sagte er lachend.

»Hast du gehört, was ich gesagt habe?«, fragte Tania gepresst.

»Dass Annabel Grenzen hat? Ja, sicher.«

»Glaubst du mir nicht?«

Crispian hob die Schultern. »Ich weiß es nicht, aber heute Abend werden wir es herausfinden.«

Endlich lächelte Tania wieder, und die leichte Anspannung, die in der Luft gelegen hatte, verzog sich. »Ja«, sagte sie, »das glaube ich auch.«

In glückseliger Ignoranz fuhr Annabel mit den Vorbereitungen für den Abend fort. Als sie sich für ein Kleid entscheiden musste, zögerte sie lange. Es sollte sexy und glamourös sein, deshalb wollte sie das Abendkleid anziehen, das sie schon bei der ersten Dinnerparty getragen hatte, aber dann fiel ihr Blick auf das paprikafarbene Seidenkleid. Dazu gehörte ein ärmelloses Mieder, das auf der einen Seite länger war als auf der anderen Seite und von dort wie ein Wasserfall hinunter bis zum Saum reichte. Sie hatte es im vergangenen Jahr gekauft und bisher noch nicht getragen, aber sie konnte sich noch an das sinnliche Gefühl erinnern, das sie beim Anprobieren gespürt hatte. Das Design und die Farbe passten zu dem Bild, das sie in dieser Nacht von sich zeigen wollte.

Als sie es angezogen hatte, wusste sie, dass sie Recht hatte. Sie trug es mit schwarzen Strümpfen und schwarzen italienischen Pumps, die ihr schmeichelten. Schließlich entschied sie sich für winzige goldene Ohrringe und ein schlankes Goldarmband als einzigen Schmuck.

Sie bürstete die Haare hinter das linke Ohr und ließ sie nach vorn zur rechten Seite fallen. Sie sprühte sich mit einem teuren Parfum ein, betrachtete sich im Spiegel und wusste, dass sie bereit war. Der heutige Abend würde in ihrer Erinnerung bleiben, und sie konnte den Beginn des Dinners kaum erwarten.

Um Viertel vor neun trafen die ersten Gäste ein, und fünf Minuten später ging Annabel hinunter. Tania, die auf das Öffnen von Annabels Tür gewartet hatte, schlüpfte gleichzeitig hinaus auf den Flur.

»Sollen wir gemeinsam hinuntergehen?«, rief sie. Annabel blieb stehen und drehte sich zu ihr um. Plötzlich war ihre Selbstsicherheit geschwunden, und sie fragte sich, ob sie einen schrecklichen Fehler begangen hatte.

Tania trug einen streng geschnittenen dreiteiligen Herrenanzug mit einem weißen Satinhemd und einer schwarzen Fliege. Ihre rotbraunen Haare waren mit pflaumenfarbenen Strähnchen aufgehellt und lagen flach um den Kopf wie bei einer Robbe. Auf diese Weise wurden die wunderbare Form ihres Kopfes und die hohen Wangenknochen betont.

Weil der Anzug eng saß, wirkten die vollen Brüste noch mehr, und Annabel wusste, dass Tania die Aufmerksamkeit aller auf sich ziehen würde, denn sich wie ein Mann zu kleiden, unterstrich ihre überwältigende Sexualität.

»Gefällt es dir?«, fragte Tania.

»Du siehst unglaublich gut aus«, antwortete Annabel ehrlich. »Du wirst die Männer in den Wahnsinn treiben.«

»Gut, denn darum geht es doch! Du siehst aber auch gut aus«, fügte sie hinzu. »Aus dem Kleid ist man bestimmt schnell raus, was?«

»Ja, aber ...«

»Sehr vernünftig von dir. Es ist nur schade, dass wir zuerst das langweilige Essen hinter uns bringen müssen, bevor der Spaß losgeht. Ach, auch egal. Hoffentlich habe ich einen interessanten Tischherrn. Ich habe die Tischkarten ein bisschen vertauscht; du hast zuerst neben einem besonders garstigen Freund meines Stiefvaters gesessen, aber jetzt sitzt du neben Matthew.«

Annabels Bauch schlug einige Salti, und ihre Handflächen wurden feucht. »Wird deine Mutter nicht enttäuscht sein?«

»Sie wird es kaum bemerken. In ihrem Kopf dreht sich im Moment alles um Jerry.«

»Jerry?«

»Ja, er ist ihr neuer Kavalier. Seltsam, was? Jahrelang weigert sie sich, sogar mit ihrem Mann zu schlafen, und nun hüpft sie von einem Bett ins andere. Wie ein sexverrückter Teenager! Wenigstens wird sie aufhören, mich zu kritisieren.«

»Ich glaube, ich kenne niemanden namens Jerry«, murmelte Annabel.

An der Tür zum Musikzimmer blieb Tania stehen. »Vermutlich nicht. Er ist der Stallmeister«, sagte sie grinsend, dann öffnete sie die Tür, und gemeinsam betraten sie das Zimmer.

Für einen Moment erstarb jede Unterhaltung. Annabel wurde bewusst, dass viele Augenpaare auf sie beide gerichtet waren. Obwohl auch einige Gäste auf sie schauten, war es Tania, auf die fast alle fasziniert blickten, und dann war es Lord Corbett-Wynne selbst, der das Schweigen brach und das Zimmer durchschritt, zwei Sherrygläser in den Händen.

»Hier habe ich was für die Ladys, genau wie ihr es liebt, nicht wahr?«

Tania schürzte die Lippen. »Mir war gar nicht bewusst, dass du weißt, wie ich es liebe«, murmelte sie provozierend, und er schluckte schwer. Wenn sie sich so aufgedonnert hatte, fand er seine Stieftochter beunruhigend attraktiv; sie sah so aggressiv und dominant aus, dass er sich gut vorstellen konnte, wie sie vor ihm stand, die Peitsche in der Hand, während er auf ihre Befehle wartete.

»Willst du mich nicht deiner Freundin vorstellen, Tania?«, fragte eine männliche Stimme, und Sir James wandte sich ab, dankbar für die Unterbrechung.

Tania zeigte ein Lächeln von echter Wärme. »Luke! Wie schön, dich wiederzusehen! Das ist Annabel. Sie ist eine Inneneinrichterin aus London und hilft Mama, Leyton Hall neu zu dekorieren.«

Luke lächelte Annabel mit seinen hellbraunen Augen an. »Crispian hat mir von dir erzählt. Er und ich sind gemeinsam auf der Schule gewesen, jetzt schaffen wir es höchstens, uns zwei-, dreimal im Jahr zu treffen, deshalb versuchen wir, immer etwas Erinnerungswürdiges steigen zu lassen. Ich bin sicher, dass er heute Abend einen neuen Standard setzt.«

»Luke wird anschließend an unserer Privatparty teilnehmen«, flüsterte Tania in Annabels Ohr.

Annabel nickte, erwiderte Lukes Lächeln und schaute sich dann im Raum nach Sir Matthew Stevens um. Zuerst dachte sie, er wäre noch nicht eingetroffen, aber dann sah sie, dass er sich mit der Gastgeberin unterhielt. Er trug einen Frack, und da sein dunkles krauses Haar weniger störrisch war als sonst, fand Annabel ihn noch attraktiver als beim letzten Treffen, und wieder spürte Annabel, wie sie nach ihm lechzte.

Ein paar Sekunden betrachtete sie ihn ohne sein Wissen,

und dabei fiel ihr auf, dass Tania Recht hatte: Marina Corbett-Wynne war von ihrem Nachbarn nicht mehr gefesselt. Während er sprach, blickte sie ihn zwar lächelnd an, aber das war nur ein höfliches Lächeln, das sich nur um den Mund abspielte, und nicht mehr in den Augen.

Sie trug ein puderblaues Kleid mit einem plissierten Rock, der bis zur Hälfte der Waden reichte, sowie einem gefalteten Oberteil mit breiten Trägern. Sie sah wieder einmal sehr unnahbar und elegant aus. Ihre lange Goldkette hielt eine beeindruckende Perlenträne, zu der die Ohrringe passten.

In diesem Moment sah sich Sir Matthew um und fing Annabels Blick auf. Bevor sie eine Chance hatte, in eine andere Richtung zu schauen, lächelte er sie freundlich an, und nach einer gemurmelten Entschuldigung zu Marina kam er an Annabels Seite.

»Sie sehen fantastisch aus«, sagte er begeistert. »Jede Frau in diesem Raum beneidet Sie.«

»Mich nicht«, erwiderte Annabel und nippte an ihrem Sherry. »Es ist Tania, die alle Aufmerksamkeit auf sich zieht, und das überrascht mich nicht. Finden Sie nicht auch, dass sie unglaublich gut aussieht?«

»Fast schon dramatisch, aber das ist Tanias Stärke; sie ist immer für eine Ungeheuerlichkeit gut, entweder durch ihre Kleidung, durch eine gezielte Bemerkung oder durch ihr Auftreten.«

»Ich finde trotzdem, dass sie hervorragend aussieht«, beharrte Annabel.

»Sie ist ein erstaunliches Mädchen, habe ich gehört. Über Sie habe ich noch nicht viel gehört, was mir nur lieb ist, denn dann habe ich eine Chance, es selbst herauszufinden.«

Ein Schauer rann über Annabels Rücken, als sie in seine

Augen schaute und kleine goldene Flecken in den Tiefen der Puppillen sah. »Das klingt aufregend«, sagte sie leise.

In dem Augenblick gesellte sich eine kaffeebraune junge Frau zu ihnen, die fast ein Meter achtzig groß war. Sie hatte ihre pechschwarzen Haare aufgetürmt, wodurch sie noch größer wirkte.

»Hallo. Ich bin Sheba, Lukes Freundin«, sagte sie mit einem Lächeln. »Er hat mir aufgetragen, mich vorzustellen, da wir uns später alle auf Crispians kleiner Privatparty treffen.«

Da Tania und Sheba auf der Party sein würden, kam sich Annabel sehr konservativ vor. Sie lächelte Sheba an, und während die andere Frau sprach, bewunderte sie deren orangefarbenes Kreppkleid mit den Spaghettiträgern und dem langen Schlitz auf der linken Seite.

»Wer ist Luke?«, fragte Matthew, als Sheba weitergegangen war.

»Ein alter Schulfreund von Crispian, habe ich erfahren«, antwortete Annabel.

»Das wird bestimmt lustig, wenn wir nachher unter uns sind. Oder sind Sie nervös?« Annabel hörte in Sir Matthews Stimme einen Unterton heraus.

Annabel schaute ihn an. »Sollte ich denn nervös sein?«

Er lächelte, die weißen Zähne im auffälligen Kontrast zur gebräunten Haut. »Ganz bestimmt nicht. Aufgeregt ja, aber nicht nervös.«

»Das ist gut, denn ich bin furchtbar aufgeregt.«

Er legte eine warme Hand auf ihren nackten Arm. »Ich glaube, Sie sind nicht so aufgeregt wie ich«, murmelte er. »Ich glaube, ich habe gerade den Gong gehört. Erlauben Sie mir, Sie zu Tisch zu führen?«

Annabel nickte; sogar die Berührung seiner Finger setzte

ihre Haut in Brand. Als sie das Esszimmer betraten, zog er ihren Stuhl heraus, und als er sich vorbeugte, berührte er ihre Haare mit seinem Kinn, und das geschah wieder, als er den Stuhl zurückschob. Es fühlte sich an, als wäre ein elektrischer Strom ihr Rückgrat hinuntergeschossen. Als er dann neben ihr Platz nahm, lächelte er ihr zu, und sie wusste, dass er durch die Nähe so erregt war wie sie.

Das Essen war ausgezeichnet, obwohl Annabel später dachte, dass es in ihrem Fall eine pure Verschwendung war, denn sie dachte die ganze Zeit nur daran, wie es sein würde, wenn Matthew mit ihr Liebe machte. Trotzdem nahm sie gern zur Kenntnis, dass die Vorspeise aus gebackenen Auberginen mit Ziegenkäse hervorragend war, ebenso perfekt war das gegrillte Rinderfilet. Zum Dessert gab es Maronenpüree mit Schlagsahne auf einem Schaumgebäck – puh, diesen Geschmack würde sie nie vergessen, dachte Annabel.

Die Weine gehörten zum Feinsten, was der Keller von Lord Corbett-Wynne hergab, angefangen vom frischen, fruchtigen Chardonnay, der zu den Auberginen gereicht wurde, bis zum unglaublichen Petrus 1990, den es zum Rinderfilet gab.

Endlich war das spektakuläre Essen vorüber, und das Personal zog sich zurück, nachdem Kaffee und Minzplätzchen serviert worden waren.

Ein kurzer Blick in die Runde, dann erhob sich Lady Corbett-Wynne. »Für alle, die kein Interesse an Partyspielen haben, wird im Salon noch Kaffee nachgeschenkt«, verkündete sie. Sie und zwei andere Ladys zogen sich daraufhin zurück, aber die meisten Gäste blieben, auch Amanda, die während des Essens neben Crispian gesessen hatte.

James Corbett-Wynne schaute auf die verbliebenen Gäste und grinste breit. »Jetzt ist das dürre Holz beseitigt, und wir können richtig Spaß haben. Ich schlage vor, dass wir mit dem Kirschenspiel beginnen. Hast du welche, Tania?«

»Natürlich«, antwortete seine Stieftochter lachend und ging kurz aus dem Zimmer.

»Wie geht denn das Kirschenspiel?«, fragte Annabel ihren Tischherrn.

Matthew lachte nur. »Abwarten.«

Tania kehrte mit einem großen Teller zurück, den sie in die Mitte des Tischs stellte. Annabel sah, dass langstielige Maraschino-Kirschen auf dem Teller lagen, und die Gäste beeilten sich, eine Kirsche zu nehmen und auf einen kleinen Teller zu legen, der vom Personal nicht abgeräumt worden war.

Am Tischende saß ein grinsender Lord Corbett-Wynne. »Kennt jemand die Regeln nicht?«, fragte er.

Einige Gäste hoben die Hand, darunter auch Annabel und Amanda.

»Ganz einfach«, versicherte ihnen der Hausherr. »Jeder hält die Kirsche auf Höhe des Mundes und muss einen Knoten in den Stiel machen, wobei nur die Zunge benutzt werden darf. Die Damen fangen an, dann folgen die Herren. Die Gewinner aus den beiden Gruppen dürfen sich ihren Preis aussuchen.«

Alle lachten. Annabel schaute Matthew an. Er lächelte und fragte: »Glauben Sie, dass Sie es schaffen?«

»Ich glaube nicht, aber ich werde es gern versuchen. Und Sie?«

Seine Augen glänzten. »Sagen wir mal so – ich wäre sehr enttäuscht, wenn es mir nicht gelingt.«

»Das klingt vielversprechend.«

»Aber ich werde nicht der einzige Gewinner sein«, gab Matthew zurück. »Man sagt, dass Crispian ein Experte bei diesem Spiel ist.«

Sie erinnerte sich daran, wie geschickt Crispians Zunge ihr erregtes, gespanntes Gewebe zwischen ihren Schenkeln bearbeitet hatte, als er Buchstaben malte, die sie erraten musste, deshalb war sie sicher, dass Sir Matthews Information stimmen würde. Ihr Puls begann schneller zu schlagen, als sie an die Spiele dachte, die später stattfinden würden, in der privaten Atmosphäre von Crispians Zimmer.

Matthew sah, wie die Farbe in ihre Wangen stieg. »Habe ich Recht mit der Annahme, dass Sie etwas über Crispians geschickte Zunge wissen?«, fragte er leise.

Annabel nickte, aber bevor sie etwas sagen konnte, klopfte Lord Corbett-Wynne mit einem Löffel auf den Tisch, damit Ruhe einkehrte. »Irgendwelche Fragen? Keine? Ausgezeichnet, dann los, meine Damen.«

Unter dem Beifall und den Anfeuerungen der Männer nahmen die Damen die Kirschen vom Teller und bearbeiteten die Stiele mit den Zungen. Es war viel schwieriger, als auch Annabel vermutet hatte. Es war relativ einfach, den Stiel doppelt zu schlagen und das Ende mit der Zunge anzugreifen, aber als es galt, das Stielende durch die Schlinge zu schlängeln, geriet sie immer mehr in Verzweiflung.

Sie hatte keine Ahnung, wie es den anderen Frauen erging, denn sie hatte sich ganz auf sich konzentriert. Jedes Mal, wenn sie kurz davor war, den Stiel durch die Schlinge zu bugsieren, schaffte es ihre Zunge nicht. Sie Matthew beobachtete sie ganz genau und flüsterte ihr ins Ohr.

»Sie haben es bald geschafft«, sagte er, als Annabel den Stiel seinem Ziel zuführte. »Kommen Sie, Annabel, ich weiß, dass Sie es können.«

Sie konzentrierte sich so hart es ging, niemals hatte sie sich auf irgendwas derart konzentrieren müssen. Sie war gerade dabei, das Ende durch die Schlinge zu schieben, als Matthew ihr zuflüsterte: »Ich kann es nicht erwarten, Ihre Zunge auf mir zu spüren.« Das war der Moment, in dem sie den Stiel verlor. Er entschlüpfte ihrer Kontrolle und stand aufrecht da, und sie musste wieder von vorn beginnen.

»Oh, nein!«, jammerte sie.

Matthew Stevens lachte nur. »Das war schon sehr gut. Ich habe genug gesehen, um zu wissen, dass Sie sehr geschickt mit der Zunge umgehen können.«

Annabel wandte sich ihm zu. »Ich war gerade dabei, einen Knoten festzuzurren.«

»Tania hat schon gewonnen«, sagte er. »Sie waren so sehr mit dem Stiel beschäftigt, dass Sie gar nicht gehört haben, wie James die Entscheidung bekannt gegeben hat. Aber Sie scheinen solche Spiele zu genießen.«

Annabel errötete und war eigenartig erregt. Sie schaute zu Tania, die ihre Maraschinokirsche stolz und triumphierend in der Hand hielt. Crispian küsste ihren Nacken, und alle Männer klatschten bewundernd.

Tania lachte. »Ich hätte eigentlich gar nicht teilnehmen dürfen. Ich habe so viel Übung, dass es schon unfair ist.«

»Wie übst du denn? Oder sollte ich besser fragen, mit wem übst du?«, fragte Luke, und fast alle am Tisch lachten, nur Amanda nicht. Sie saß auf ihrem Platz, und die Kirsche lag auf ihrem Teller, scheinbar unangerührt.

»Hat Amanda es gar nicht versucht?«, wollte Annabel von Matthew wissen.

»Ich habe es nicht gesehen. Sie saß da und sah Crispian an, wie er Tania zuschaute. Das war alles sehr merkwürdig.«

»Wenigstens sieht sie jetzt vielleicht ein, dass es keinen Sinn ergibt, weiter auf Crispian zu warten.«

»Ihre Eltern sind Feuer und Flamme, und James ist es auch. Ich bin nicht sicher, ob sie ein Wort mitzureden hat.«

»Crispian wird sie nie heiraten«, sagte Annabel entschieden.

»Kann sein, dass Sie Recht haben. Jetzt sind die Männer dran. Ich hoffe, dass Sie mich so anspornen, wie ich Sie angespornt habe.«

»Sie haben mich abgelenkt«, rief Annabel. »Und das werde ich versuchen, Ihnen heimzuzahlen, indem ich Sie ablenke.«

»Das tun Sie schon, wenn Sie nur da sitzen«, sagte er lächelnd, dann nahm er seine Kirsche in die Hand. Es war Tania, die das Kommando für die Männer gab.

Sie zu beobachten, war noch erotischer, als den Knoten selbst zu versuchen, dachte Annabel. Crispians Zunge war sicherlich geschickt, und er war der einzige Mann, der den Stiel fest zwischen den Seiten der gewölbten Zunge halten konnte, aber Matthew schien im Vorteil zu sein, was die Geschmeidigkeit betraf.

Da sie neben ihm saß, konnte sie genau sehen, wie er den Stiel durch die Schlinge zog, und Annabel stellte sich vor, wie es wäre, wenn diese Zunge ihre jetzt schon geschwollenen Klitoris bearbeitete.

Sie konnte es bildlich sehen, wie die Zunge um die leichte Erhöhung wirbelte, dann träge über die inneren Labien strich, bevor sie tief in sie eindrang und mit festen, aber empfindsamen Bewegungen gegen die Seiten ihres Geschlechts trommelte, was sie verrückt vor Lust machen würde.

Die Bilder und Gedanken waren so echt, dass ihr Bauch sich spannte, und zwischen den Schenkeln konnte sie ihre Klitoris spüren, die gegen die enge Seide ihres Höschens rieb.

Sie schaute wieder zu Crispian und sah, dass er nun hinter Matthew lag, denn er schaffte es nicht sofort, den Stiel einzufädeln, während Matthew ganz nahe daran war, den Wettbewerb als Sieger abzuschließen.

Annabel lehnte sich dicht an ihn. »Ich will Ihre Zunge in mir fühlen«, murmelte sie, den Mund an seinem Ohr. »Ich will, dass Sie die Zunge genau so bewegen wie jetzt, damit sie mir Freude bringen kann. Werden Sie das für mich tun?«

Wie sie geahnt hatte, führten ihre sinnlichen Worte dazu, dass er die Konzentration verlor, genau wie eben, als sie sich auch nicht mehr hatte konzentrieren können. Plötzlich sprang der Stiel von seiner Zunge, und im gleichen Augenblick stieß Crispian ein Triumphschrei aus.

»Ich habe gewonnen!«, rief er ausgelassen.

Matthew wandte sich an Annabel, und seine Augen glänzten vor Lust. »Keine Sorge, Annabel, ich werde Sie heute Abend mit meinen ganzen Fähigkeiten bekannt machen«, versprach er, und sie erschauerte vor Lust.

»Was ist denn mit dem Preis?«, rief Luke, und nun wurden die Gäste am Tisch sehr still. Tania und Crispian saßen sich gegenüber und sahen sich an.

Ihre Blicke trafen sich, und die sexuelle Spannung zwischen ihnen war so stark, dass Annabel sich fragte, wie man sie übersehen konnte. Lord Corbett-Wynnes Wangen färbten sich dunkelrot, fast purpurn, aber er schien nicht in der Lage zu sein, das Schweigen zu brechen.

Schließlich zeigte Crispian sein überzeugendes Lächeln und legte eine Hand auf den nackten Arm von Amanda, die verlegen neben ihm saß, den Kopf tief gesenkt.

»Ich möchte, dass Amanda und Tania sich besser kennen lernen«, verkündete er. »Wenn Tania nichts dagegen hat, lade ich Amanda zu der anschließenden Party ein, die wir jungen Leute später feiern wollen. Was hältst du davon, Tania?«

Annabel schaute Matthew an. »Meint er das ernst?«, flüsterte sie.

Er hob die Schultern. »Es hört sich so an. Ich bin gespannt, was Tania dazu sagt.«

Tania schien für den Moment sprachlos zu sein, aber dann reagierte sie. In ihren Augen lauerte ein Blick, dass Annabel Mitleid mit Amanda empfand. »Das ist eine wunderbare Idee! Ich bin sicher, Amanda ist so neugierig wie ich, die ganze Familie besser kennen zu lernen, nicht nur Crispian. Du kannst doch über Nacht bleiben, Amanda?«

Die etwas mollige Amanda, recht unvorteilhaft gekleidet, war offenkundig unsicher, aber als Crispian einen Arm um ihre Schultern legte und etwas in ihr Ohr flüsterte, strahlte ihr Gesicht, und sie nickte. »Natürlich. Ich möchte Tania gern besser kennen lernen. Crispian hat mir so viel von dir erzählt«, sagte sie mit einem strahlenden Lächeln.

»Nun, alles wird er ihr nicht gesagt haben«, sagte Matthew leise zu Annabel. »Wenn mich nicht alles täuscht, kann dies ein höchst interessanter Abend werden.«

Annabel war noch nicht überzeugt davon. »Es könnte den ganzen Abend verderben und Amanda vielleicht für ihr ganzes Leben«, murmelte sie.

»Unsinn, sie ist ein heißblütiges Mädchen vom Land. Kann sein, dass sie uns alle überrascht. Außerdem ist James jetzt richtig fröhlich. Ich dachte schon, dass er einen Tobsuchtsanfall bekommt, als Tania und Crispian sich den ganzen Abend mit ihren Blicken abtasteten.«

Lord Corbett-Wynne schaute in der Tat heiterer drein, und seine Gesichtsfarbe sah jetzt wieder etwas gesünder aus. »Eine ausgezeichnete Idee«, sagte er knurrend. »Was haltet ihr denn vom Lakenspiel zum Abschluss unseres Spieleabends? Danach gehen wir zu den anderen zurück.«

Tania sprang auf und verließ wieder das Esszimmer. Kurz darauf kehrte sie mit zwei Lakaien zurück, die ein großes dickes Laken trugen. Entlang des oberen Rands befanden sich kreisförmige Ringe.

»Was um Himmels willen ist das denn?«, fragte Annabel.

»Keine Ahnung«, gestand Matthew. »Wir können nur abwarten und uns überraschen lassen.«

»Die Damen verlassen bitte das Zimmer«, sagte Tania, während die Helfer die einzelnen Ringe über einen hohen Holzstab schoben. »Ihr wartet draußen in der Bibliothek. Ich muss hierbleiben und rufe euch, wenn die Vorbereitungen abgeschlossen sind.«

»Machst du denn bei dem Spiel nicht mit?«, fragte Sheba, die anmutig ihre langen Beine streckte und vom Tisch aufstand.

»Nein, ich darf nicht mehr mitmachen, weil ich immer gewinne. Außerdem wird eine Frau gebraucht, damit die Szene auch genau gestellt wird.«

Während sie alle in der Bibliothek warteten, kam Amanda zu Annabel, ihr Gesicht blasser als während des Essens. »Ich bin bei solchen Spielen nicht gut«, gestand sie. »Das mit der Kirsche habe ich gar nicht erst angefangen. Ich fühlte mich wahnsinnig unbehaglich. Ich meine, jeder sah so ...«

»Wie denn?«, fragte Annabel freundlich.

»So sexuell sahen sie alle drein«, platzte es aus Amanda heraus. »Ich nehme an, wenn man mitmacht, fällt es einem gar nicht auf, aber es hat mich richtig mitgenommen, als ich euch zugesehen habe.«

»Ich glaube, dass es bei diesen Spielen genau ums Sexuelle geht«, sagte Annabel lachend. »Das sind Partyspiele für Erwachsene, und die sind eben anders als bei einem Kindergeburtstag.«

Amanda starrte sie an. »Ich bin nicht gerade stupide«, sagte sie, »aber findest du nicht auch, dass es ein paar Dinge geben sollte, die privat bleiben?«

Annabel dachte einen Moment nach. »So habe ich früher auch gedacht«, sagte sie dann. »Jetzt bin ich mir nicht mehr sicher. Aber ich bin schon der Meinung, dass Spiele wie mit der Kirsche ziemlich harmlos sind.«

»Vielleicht hast du nicht so viele Hemmungen wie ich«, sagte Amanda, die Stimme ganz leise.

»Ja, das ist ganz sicher so. Aber du musst wissen, Amanda, dass Crispian ein sehr ...«

»Ja, er ist fabelhaft, nicht wahr?«, unterbrach Amanda, und plötzlich klang ihre Stimme voller Gefühl. »Ich bin ja so glücklich, dass er sich überhaupt für mich interessiert. Gehst du auch zu dieser Party nachher?«

»Ja, aber ...«

Die Tür zum Esszimmer öffnete sich, und Tania trat heraus. Sie sah so unglaublich sexy aus in ihrem Hosenanzug.

»Ich habe die Szene gestellt, und wie es in diesen alten Detektivgeschichten so schön heißt, möchte ich, dass ihr alle ins Esszimmer kommt.«

»Ich glaube, der Detektiv bittet die Anwesenden immer in den Salon«, warf Annabel lächelnd ein.

»Nun ja, das Zimmer mag ein anderes sein, aber es geht trotzdem um ein Detektivspiel«, gab Tania zurück. »Geht leise hinein, meine Damen, denn die Herren können keine Ablenkung gebrauchen.«

Als sie das Esszimmer betrat, konnte Annabel ihren Augen kaum trauen. Das Laken war vom Holzpfahl geholt und an einem der Deckenbalken am hinteren Ende des Zimmers befestigt worden. Es hing hinunter bis zum Boden, und was zuvor als fast normales Betttuch ausgesehen hatte, zeigte sich jetzt als eine besondere Art von Laken, für einen bestimmten Zweck entfremdet.

Eine ganze Reihe von kreisförmigen Löchern war aus dem Laken geschnitten worden, und durch diese Löcher schoben sich viele Penisse. Sie waren alle voll erigiert, Beweis von Tanias Geschick, nahm Annabel an. Einige waren beschnitten, andere nicht; die Spitzen von einigen leuchteten purpurn, andere waren nur rot, aber auch bei den roten gab es Farbunterschiede. Einige Penisse waren mit Tropfen an den Schlitzen behaftet, die farblosen Tropfen der Vorfreude.

»Hier habt ihr ein Blatt Papier und einen Bleistift«, sagte Tania. »Ihr müsst jetzt das, was ihr seht, mit jeweils einem Namen versehen. Der erste Penis ganz links ist Penis A, der zweite Penis B und so weiter. Siegerin ist die Lady, die die meisten Penisse mit den korrekten Besitzern nennen kann.«

Hinter Annabel lachte eine Frau. »Einen von denen kenne ich sehr gut«, flüsterte sie einer Freundin zu. »Ich hoffe nur, dass ich den meines Mannes auch entdecke.«

Annabel, die wusste, dass sie keine Chance hatte, bei diesem Spiel zu gewinnen, da die meisten Männer bei der Dinnerparty Fremde waren, staunte über die aufgeregte Atmosphäre unter den Frauen. Selbst jene, die bei dem Kirschspiel gemurrt hatten, wollten diesmal unbedingt mitmachen.

»Ihr habt zehn Minuten von nun an«, sagte Tania.

»Dürfen wir anfassen?«, fragte eine Frau.

»Nur, wenn er reanimiert werden muss«, erklärte sie. »Ob das der Fall ist, müsst ihr mit euren eigenen Augen entscheiden.«

Annabel wollte sich an Amanda wenden, um sie zu bemitleiden, aber zu ihrem Erstaunen war das andere Mädchen schon in Richtung Laken gegangen und begann, das Blatt Papier mit Namen zu versehen.

Annabel ging vor dem Laken auf und ab und studierte die Phalli mit wachsender Begeisterung. Es war relativ leicht, Lord Corbett-Wynne herauszufischen; seine gewaltige Erektion, dick und dunkel mit den pochenden Adern, brachte die Erinnerung an die Szene zurück, die sie in seinem Schlafzimmer erlebt hatte, und schnell schrieb sie seinen Namen aufs Papier.

Der Mann neben ihm hatte eine weitaus weniger beeindruckende Erektion; sie war kurz und schlank und fing schon an zu hängen. Annabel erinnerte sich an Tanias Worte, streckte eine Hand aus und fuhr mit der Fingerspitze über die Unterseite. Sofort richtete sich der Penis wieder auf, und hinter dem Laken hörte sie ein schnelles Luftholen.

Ein Gefühl von Macht überkam sie, und sie konnte einer letzten leichten Berührung nicht widerstehen. Als ihre streichelnden Finger den unbekannten Mann direkt unterhalb der Eichel umringten, lugte ein klarer Tropfen aus dem Schlitz hervor, und sie wusste, wenn sie noch einige Male auf und ab gefahren wäre, hätte der Mann einen Orgasmus gehabt.

»Geh weiter, Annabel«, sagte Tania und versuchte, ihr Vergnügen an der Szene nicht preiszugeben. »Entweder kennst du ihn jetzt, oder du kennst ihn nicht.«

Annabel lächelte, gab den Mann widerwillig frei, der einen leisen Seufzer ausstieß, aber diesmal vor Erleichterung. Sie hatte keine Ahnung, wer er war, und es war ihr eigentlich auch egal, aber seine Hilflosigkeit und ihre Machtposition hatten sie noch mehr erregt, und sie sehnte den Moment herbei, in dem sie mit den anderen die Treppe hinaufging.

Der nächste Mann in der Reihe war Crispian. Sie konnte sich unmöglich irren; sein langer, beschnittener Penis, nicht allzu dick, beeindruckte durch seine Länge.

Die beiden nächsten Penisse waren ihr unbekannt, aber

beim dritten zögerte sie wieder, und obwohl sie ihn noch nie gesehen hatte, war sie davon überzeugt, dass dies Sir Matthew Stevens war. Die Erektion war steinhart, sie stand stolz aufrecht und wurde von einer geschwollenen, purpurroten Eichel gekrönt.

Der Penis war nicht so lang wie der von Crispian, aber er war viel dicker, und Annabel konnte sich vorstellen, wie er ihr Inneres ausfüllte und rhythmisch ein- und ausfuhr. Es gab keinen Grund für sie, ihn anzufassen, kein Zeichen, dass er reanimiert werden musste, aber sie fand es unmöglich, ihrem Verlangen nicht nachzugeben, und so strich sie rasch mit Daumen und Zeigefinger über die pralle, empfindsame Spitze. Die Adern pochten, und der Umriss der schweren Hoden war durch das Laken gut zu erkennen.

Annabel wäre gern auf die Knie gefallen, um ihn in den Mund zu nehmen, ihn zu lecken und zu saugen, bis Matthew an den Rand der Ekstase getrieben wäre, aber hinter ihr versuchte eine andere Frau, sie wegzuschieben, und Annabel begriff, dass sie die anderen Mitstreiter aufhielt.

Sie schrieb Matthews Namen hinter den Buchstaben, der seine Position in der Reihe angab, dann schlenderte sie zum Ende der Reihe und fing noch einmal von vorn an. Sie schrieb einen Buchstaben hinter Lukes Namen, aber das war nur geraten, denn sie kannte ihn natürlich nicht. Schließlich reichte sie Tania ihr Blatt Papier. Sie warf einen kurzen Blick darauf und lächelte.

»War Sir Matthew nur aufs Geradewohl geraten, oder hast du ihn schon privat in Augenschein nehmen können?«

»Nur geraten«, antwortete Annabel.

»Nun, du wirst keinen Preis gewinnen, aber ich bin sicher, dass du mehr an dem interessiert bist, was danach folgt, nicht wahr?«

»Ich kann es kaum erwarten.«

»Nicht zu nervös?«, fragte Tania.

»Ich bin nur nervös, weil es aus irgendeinem Grund abgesagt werden könnte«, sagte Annabel lachend.

»Weißt du, allmählich verstehe ich, warum Crispian einen Narren an dir gefressen hat«, murmelte Tania, dann wandte sie sich ab, weil eine andere Frau ihr Blatt abgeben wollte. »Ich glaube, du könntest eine gefährliche Konkurrentin werden.«

»Wir sind nicht hinter demselben Preis her«, sagte Annabel.

»Trotzdem. Ich hasse den Gedanken, dass Crispian dich genommen hätte, wenn du Interesse gezeigt hättest.«

»Ich glaube, Amanda ist die einzige Konkurrenz, die du zu fürchten hast«, sagte Annabel, die das Thema beenden wollte.

»Amanda interessiert mich nicht«, raunte Tania, und ihre Augen blickten kalt, als Annabel im Zimmer umherging. »Aber du interessierst mich. Ich muss heute Abend sicherstellen, dass Crispian endlich begreift, dass ich die einzige Frau bin, die ihn total befriedigen kann.«

Schließlich waren alle Blätter eingesammelt, und die Frauen verließen erneut das Esszimmer, damit die Männer sich in Ruhe anziehen konnten. Tania überprüfte die Schätzungen der Frauen. Als sie sie wieder zurückrief, um die Siegerin zu küren, hatte Tania einen seltsamen Blick in den Augen, einen Ausdruck, den Annabel nicht analysieren konnte. Die Männer saßen wieder um den Tisch herum, unterhielten sich oder erzählten Witze, und tranken Port. Es wurde erst still, als Tania auf den Tisch klopfte.

»Ich wette, dass alle unbedingt wissen wollen, wer die siegreiche Lady ist«, sagte sie mit schleppender Stimme.

Einige riefen Namen, aber Annabel kannte diese Namen nicht. Crispian und Luke flüsterten miteinander und ließen sich auch von Tanias strafenden Blicken nicht stören.

»Und die Siegerin ist«, sagte sie laut, »die einzige Frau, die alle Gentlemen richtig identifiziert hat – Amanda!«

Annabel konnte nicht glauben, dass sie Tania richtig verstanden hatte, aber als sie zu den Männern schaute, wandten sich einige ab oder blickten auf den Boden. Einige räusperten sich, und einige der älteren Gäste murmelten vor sich hin.

»Sie hat unmöglich alle kennen können«, rief Crispian, der völlig am Boden zerstört schien.

Annabel drehte sich um und schaute Amanda an, deren Gesicht sich leicht gerötet hatte, aber sonst sah sie wie immer aus, das unschuldige Mädchen mit der gesunden Gesichtsfarbe. »Ich hatte Glück«, sagte sie fast entschuldigend. »Die ganze Zeit habe ich raten müssen.«

»Du magst zwar glauben, dass man viele Dinge im Privaten tun sollte«, murmelte Annabel, »aber offenbar hast du nichts gegen Vielfalt einzuwenden.«

Amandas Augen blickten ohne Falsch. »Das stimmt auch! Ich meine, was zwischen zwei Menschen geschieht, sollte privat geschehen.«

Tania sah fast so verdutzt drein wie ihr Stiefbruder, und plötzlich schien die fröhliche Atmosphäre verschwunden zu sein. Eine Wolke aus Unbehagen und Fassungslosigkeit hatte sich im Zimmer ausgebreitet, und fast alle wurden davon erfasst – nur Amanda nicht.

»Gibt es einen Preis?«, fragte sie heiter.

»Mir fällt nichts ein, weil du schon alle gehabt hast«, antwortete Tania.

Bevor Amanda eine Antwort einfiel, erhoben sich die Männer von ihren Stühlen und gingen zurück zu ihren Frauen, sodass der Moment ohne weitere Unannehmlichkeiten verging.

Matthew kam zurück zu Annabel. »Haben Sie es nicht erwarten können?«, neckte er sie und legte einen Arm um ihre Taille.

»Ich weiß nicht, wovon Sie sprechen«, wehrte sie sich in gespielter Unschuld.

»Sie haben gegen die Spielregeln verstoßen. Sie haben berührt, als kein Grund dafür vorhanden war.«

»Woher wollen Sie wissen, dass ich das war?«

»Ich habe es geahnt. Und wie haben Sie gewusst, dass ich es war?«

»Intuition«, gab Annabel zu.

»Es scheint, dass wir auf einer Wellenlänge liegen«, murmelte Matthew. »Wie lange dauern die verdammten Spiele denn noch?«, fragte er verärgert.

»Ich glaube, einige werden jetzt gehen«, sagte Annabel und bemerkte erleichtert, dass die Frauen, die das Zimmer mit Lady Corbett-Wynne verlassen hatten, jetzt zurückkamen, um den jeweiligen Ehemann abzuholen. Sie hatten bereits ihre Mäntel angezogen.

Annabel hatte erwartet, dass Marina verärgert oder verächtlich reagierte, aber sie schien sehr gelassen zu sein und hatte sogar ein Lächeln für ihren Ehemann, als sie sich bei ihm einhakte, damit sie die Gäste gemeinsam verabschieden konnten. Aber als der letzte Gast gegangen war, zog sie ihren Arm zurück, und das Lächeln war verschwunden.

»Ich nehme an, dass die Spiele ein voller Erfolg waren«, sagte sie.

Ihr Mann nickte. »Wie gewöhnlich. Ein voller Erfolg. Schade, dass du nicht mehr Sinn für Humor hast, meine Liebe. Wenn du doch nur lernen würdest, ein bisschen aus dir herauszugehen, würdest du dich vielleicht selbst überraschen.«

Ein leichtes Lächeln umspielte Marinas Lippen, als sie antwortete: »Ich bin sicher, dass du Recht hast, James, aber deine Vorstellung von Spaß hat nichts mit meiner Vorstellung zu tun. Hast du eigentlich dieses Mädchen eingeladen, wie heißt sie noch – Sandra, nicht wahr?«

»Ich soll eine Pferdepflegerin einladen?« Lord Corbett-Wynne sah aus, als hätte man seine Würde verletzt. »Großer Gott, nein! Was hätten die anderen denn gedacht?«

»Etwa das, was sie auch jetzt denken, weil jeder weiß, dass du jede Minute deiner freien Zeit bei den Pferdepflegerinnen verbringst. Warum sollten sie nicht auch am Esstisch Platz nehmen dürfen? Ich meine, dein Schlafzimmer kennen sie ja schon, und das ist doch viel intimer.«

Crispian und Tania sahen sich erstaunt an, als ihre Elternteile sich vor allen Gästen stritten. »Was ist denn so plötzlich in deine Mutter gefahren?«, fragte Crispian und wandte sich Tania verwundert zu.

Seufzend sagte Tania: »Es ist eher eine Frage, wer in Mutter gefahren ist.«

Sir Matthew Stevens, der noch neben Annabel stand, versteifte sich und lauschte gespannt der Unterhaltung. Er hoffte, dass die junge Frau nicht seinen Namen nannte, denn er war gerade dabei, die köstliche, aufregende, sinnliche Annabel auf sich einzuschwören.

»Wer denn, verdammt?«, zischte Crispian, während sein Vater völlig konsterniert aus dem Zimmer ging und seine Stiefmutter sich offenbar auf ihre Zimmer zurückzog, aber sie sah deutlich fröhlicher aus als ihr Mann.

»Sie hat sich in ihren Reitlehrer verguckt«, sagte Tania.

»Jerry?«

»Ja. Es scheint, dass er ihr mehr beibringt als nur das Besteigen eines Pferdes. Irre, nicht wahr? Ich kann mir die beiden überhaupt nicht vorstellen, wie sie es treiben, aber offensichtlich ziehen sich Gegensätze doch an.«

Matthew wusste nicht, ob er verärgert oder erleichtert sein sollte, als er hörte, wer ihn bei Marina ersetzte. Da sie aber für ihn nur eine temporäre Herausforderung gewesen war, beschloss er, erleichtert zu sein.

Sie war eindeutig eine Frau, die einen Mann als Teil ihres Lebens brauchte und nicht als bloßen Liebhaber, und er hatte von Anfang an gewusst, dass er die Rolle, die sie sich wünschte, nicht spielen konnte.

Er fragte sich, ob Jerry eine so große Verpflichtung eingehen wollte, aber das konnte ihm egal sein, deshalb schob er diesen Gedanken weg. Er hatte nichts damit zu tun, und sein Augenmerk war nun auf Annabel gerichtet. Er hoffte, dass sie sich bald auf Crispians Zimmer zurückziehen konnten.

Crispian schaute sich um. Nur Luke, Sheba, Annabel, Matthew und Amanda blieben, und Tania natürlich, und das war genau die Gruppe, die er sich erhofft hatte, wenn er von Amandas Gegenwart einmal absah.

Aber da sie das Lakenspiel so überzeugend gewonnen hatte, dachte er darüber nach, dass Amanda mehr zu bieten hatte, als er bisher gedacht hatte. Vielleicht trug sie zum Abend etwas bei, was ihnen allen in Erinnerung bleiben würde, wenn es auch nur der Schock war, das erste Mal beim Gruppensex dabei zu sein.

»Möchte sonst noch jemand gehen?«, fragte er in die Runde. »Oder sollen wir auf mein Zimmer gehen?«

Matthews Arm spannte sich fester um Annabels Taille, und sie konnte vor nervöser Aufregung kaum atmen. »Gehen wir«, sagte er mit heiserer Stimme.

Tania lächelte ihn an. »Ich hoffe, dass sich das lange Warten gelohnt hat, Matthew.«

»Da bin ich mir sicher«, sagte er. »Mindestens werde ich herausfinden, ob all die sagenhaften Dinge, die ich über dich gehört habe, auch zutreffen.«

»Ja, richtig«, sagte Tania. »Aber ich kann dir jetzt schon sagen, dass sie alle stimmen. »Was ist mit dir, Amanda? Ist das wirklich dein Ding?«

»Ich will bei Crispian bleiben. Er hat sich ja für mich entschieden«, sagte Amanda trotzig.

»Du kannst nicht nur bei Crispian bleiben«, stellte Tania richtig. »Bei Crispians Party nimmt jeder am Spaß teil.«

Amanda nickte. »Natürlich. Ich meine, dafür sind Partys ja da, nicht wahr?«

»Ja, stimmt«, meldete sich Luke zu Wort. Er nahm Amanda an die eine Hand und Sheba an die andere. »Und ich liebe nichts so sehr wie Partys mit den richtigen Leuten. Kommt jetzt. Ich bin sicher, das wird eine Party sein, die wir unser Leben lang nicht vergessen werden.«

Matthew nahm Annabels linke Hand in seine rechte. »Glaubst du das auch?«, fragte er leise.

»Ich hoffe es«, erwiderte sie, und dann zog die Gesellschaft hinaus, die Treppe hoch und den Flur entlang zu Crispians Zimmer.

Elftes Kapitel

An der Tür zu seinem Zimmer verharrte Crispian plötzlich. »Ich glaube, wir werden Annabels Zimmer benutzen«, verkündete er. »Tania liebt das Himmelbett, und ich liebe die Decke.«

»Was ist denn an deiner Decke so besonders?«, wollte Matthew wissen, eine Hand auf Annabels Ellenbogen.

»Sie hat ein sehr ungewöhnliches Gemälde«, antwortete sie und sah die nackten Brüste der Reiterinnen in der farbenfrohen Jagdszene vor sich.

»Faszinierend«, murmelte er.

»Ich glaube, ich habe mein Zimmer ziemlich durcheinander zurückgelassen«, protestierte sie, als alle Crispian zu ihrem Zimmer folgten.

»Keine Sorge«, sagte er mit dem Anflug eines Lächelns. »Luke und ich haben es vor ein paar Minuten vorbereitet.«

»Vorbereitet?«, fragte Annabel verwirrt.

»Nun, du kennst doch die Sachen, die wir so gern benutzen, Annabel. Außerdem haben wir einen ausreichenden Vorrat an kleinen Metallringen zurechtgelegt.« Annabel fühlte, wie sie errötete, und sie zitterte unter Matthews Hand.

Als sie das Zimmer betraten, sah sie sofort, dass Crispian die Wahrheit gesagt hatte. Ihre Sachen lagen nicht mehr herum, und das Zimmer sah tadellos aus. Die Tür zum Badezimmer stand offen, und das flackernde Glühen kam von den Kerzen ums Waschbecken herum. Schatten wurden auf die dunklen Holzpaneele geworfen, widergespiegelt in der kupfernen Wanne.

»Was für ein schönes Bad«, rief Amanda.

Tanias Augen verengten sich. »Ich freue mich, dass es dir gefällt, später gehen wir nämlich in die Badewanne.«

»Aber ...«

Luke drehte den Schlüssel in der Tür, und das Schließgeräusch wurde von Amanda wahrgenommen. Ihre Augen wurden groß. »Hast du uns gerade eingeschlossen?«, fragte sie.

»Natürlich nicht; ich habe nur die anderen ausgeschlossen«, erklärte Luke. »Mach dir keine Sorgen; du kannst gehen, wann immer du willst. Ich habe den Schlüssel im Schloss stecken lassen.«

Das schien Amanda ein wenig zu beruhigen. Annabel nahm überrascht wahr, dass Amanda die Nähe Crispians suchte, offenbar versprach sie sich von ihm Unterstützung. Von ihm kann sie am wenigsten Hilfe erwarten, dachte Annabel, und wieder empfand sie so etwas wie Mitleid mit ihr.

»Fangen wir an«, sagte Tania. »Die Gentlemen müssen die Ladys ausziehen.« Sie stand in der Mitte des Zimmers. »Annabel, du kannst in den Alkoven beim Fenster gehen, Amanda stellt sich an einen der Bettpfosten, und Sheba bezieht ihre Position im Türrahmen zum Bad. Und wer will jetzt wen ausziehen?«

»Ist dir eigentlich klar, dass wir einen Mann zu wenig haben?«, fragte Sheba plötzlich.

»Aber nicht mehr lange«, antwortete Tania. »Ich habe einem der Lakaien Bescheid gesagt, dass er uns Gesellschaft leisten soll, sobald er seine Arbeit erledigt hat. Er wird genau das tun, was wir ihm sagen, falls ihm sein Job was bedeutet.

Er kennt mich ziemlich gut, wenn ihr wisst, was ich meine, auch wenn mein Stiefvater das nie billigen würde. Er kann sich mit den Pferdepflegerinnen verlustieren, aber er geht davon aus, dass ich mich vom Personal nicht beglücken lasse.«

In genau diesem Moment klopfte es zögerlich an der Tür. Luke schloss auf und ließ einen großen jungen Mann herein, gerade mal in den Zwanzigern. Er trug noch die dunkle Hose und das gestreifte Jackett, seine Uniform, die er beim Servieren des Abendessens schon getragen hatte.

»Ich habe gerade von dir gesprochen, Michael«, sagte Tania lachend. »Komm schnell herein; wir wollen nicht, dass dich jemand sieht.«

Er war verlegen und sah besorgt drein. »Wollten Sie was Besonderes von mir?«, fragte er scheu.

»Ja, so kann man es nennen. Ich möchte, dass du Sheba ausziehst. Sie ist das große Mädchen da drüben in der Tür zum Bad. Siehst du sie?«

Er nickte und befeuchtete die plötzlich trocken gewordenen Lippen mit der Zunge.

Tania lachte. »Ist das nicht eine schöne Aufgabe? Und du hast geglaubt, du würdest in Schwierigkeiten stecken, was?«

»Sehr freundlich, Miss.«

»Es gibt nur eine Sache, die du dir merken musst«, sagte Crispian, das Gesicht kalt. »Wenn ein Wort von dem, was hier heute Abend abläuft, nach draußen dringt, wirst du nie wieder eine Arbeit in Wiltshire finden, verstehst du?«

»Aber natürlich, Sir. Ich würde nicht mal davon träumen, auch nur ein Wort über die privaten Angelegenheiten der Familie zu sagen«, versicherte Michael ihm. Dann ging er die ersten Schritte auf Sheba zu.

»Private Angelegenheiten«, murmelte Crispian. »Das ist

eine gute Beschreibung. Sheba ist übrigens ein Filmstar, jedenfalls hat sie in gewissen Filmen mitgewirkt. Du wirst schon merken, dass sie einen hohen Standard hat, was ihre persönlichen Dienste angeht.«

Sheba lächelte Michael an. »Höre nicht auf Crispian«, sagte sie leise. »Ich mag scheue junge Männer.«

»Ja, das stimmt wohl«, sagte Crispian. »Und wie verteilt sich der Rest?«

»Matthew kann dich ausziehen, Tania, ich übernehme Annabel, und Luke kann sich um Amanda kümmern. Sobald die Kleider abgelegt sind, tauschen wir wieder, okay?«

Annabel fühlte sich einen Moment lang enttäuscht, aber sie wusste, je länger sie auf Matthew warten musste, desto süßer würde der erste Kontakt sein. Außerdem hatte Crispian immer noch die Fähigkeit, ihr Blut in Wallung zu bringen.

Er stand vor ihr und betrachtete ihr Seidenkleid. »Dein Kleid gefällt mir«, sagte er langsam. »Ich mag es sogar sehr, aber nackt habe ich dich am liebsten.« Annabel starrte ihn an, aber sie sagte nichts. »Lass mich raten, was du drunter trägst«, sagte er und fuhr mit einem Finger ihr Kinn entlang. »Einen trägerlosen BH vielleicht? Einen fleischfarbenen Body? Nein, ich tippe auf den trägerlosen BH. Lass mich sehen, ob ich Recht habe.«

Sehr langsam schälte er die Träger ihres Kleides von den Schultern und ließ sie bis zu den Ellenbogen rutschen. Sie wollte ihre Arme herausziehen, aber er hielt sie zurück. »Nein, du darfst dich nicht bewegen, das gehört zu den Regeln. Ich sehe, dass ich mich geirrt habe«, fügte er hinzu, und seine Augen leuchteten. »Du hast dir nicht die Mühe mit was drunter gemacht. Wie wagemutig!«

Er leckte über den Mittelfinger seiner rechten Hand und

zog feuchte Kreise um die entblößten Nippel. Sie richteten sich auf, als würden sie zu neuem Leben erwachen. Die rosa Spitzen wurden hart in der kühlen Luft des Schlafzimmers.

»Soll ich sie lecken?«, fragte Crispian »Ich würde es ja gern tun, aber ich weiß nicht, ob das jetzt schon erlaubt ist. Würdest du sie gern geleckt haben, Annabel?«

Sie wollte nein sagen, um ihm deutlich zu machen, dass sie ganz klar die Kontrolle über ihren Körper hatte. Aber zu ihrer Überraschung nickte sie, und ein leiser Laut entwich ihrem Mund. Crispian senkte den Kopf, aber in letzter Sekunde blies er nur gegen die Nippel, wodurch sie noch härter wurden. »Lieber nicht«, sagte er widerwillig. »Dafür haben wir später noch genug Zeit.«

Annabel stand in dem kleinen Alkoven, und ihre Brüste ragten stolz hervor. Crispian ließ sich auf die Knie fallen und strich über die Seiten ihrer Beine. Ihre Arme waren noch auf den Seiten, eingeengt durch die Träger ihres Kleides. Als sie spürte, wie seine Finger das Fleisch unter dem seidenen Höschen streichelten, fühlte sich ihr ganzer Körper heiß und fiebrig an, und in ihrem Bauch setzte sich ein Schmerz des Verlangens fest.

Sehr vorsichtig schob er die Daumen unter den Bund des Höschens und zog es ihre Beine hinunter. Dabei strichen seine Finger über die Seide ihrer Strümpfe, und in ihren Kniekehlen hielt er kurz inne, um über die dünne Haut zu streicheln.

Dann nahm er sich die Strümpfe vor, die von den elastischen Spitzenbünden gehalten wurden. Er war mit viel Freude bei der Sache, als er die Strümpfe genussvoll abrollte, wobei er jeweils kurz über ihre Schamhaare strich und die kurzen Locken neckte, aber mit viel zu wenig Druck, um bei Annabel mit den intimen Berührungen etwas anderes zu bewirken, als ihre Erregung zu erhöhen.

»Jetzt bleibt nur noch das herrliche Kleid«, sagte er, richtete sich auf und starrte wieder in Annabels Augen. Sie blickten nicht mehr so distanziert wie zu Beginn der Entkleidung, sondern strahlten heiß vor geiler Not. Die Pupillen waren geweitet. »Du siehst köstlich aus«, wisperte er, nahm ihre Arme und gab ihnen wieder mehr Spielraum. »Was werden wir heute Abend unseren Spaß haben.«

Seine Worte ließen sie ebenso brennen wie seine Handlungen. Er zog das Kleid über ihren Kopf, und dann stand sie nackt vor ihm, ihre Beine gespreizt und die Brüste hoch aufgerichtet. »Annabel ist fertig«, rief er, und nun drehten sich alle im Zimmer zu ihr um und sahen sie an.

Matthew, der damit beschäftigt gewesen war, Tanias Hosenanzug und das Hemd zu entfernen, schaute auf Annabels prächtige Nacktheit, und er fühlte, wie er hart wurde vor Verlangen. Er war schon beim Anblick von Tanias Brüsten erregt worden, als er sie aus der Enge des BHs befreit hatte, den sie unter dem weißen Hemd getragen hatte, aber Annabel strahlte eine Sinnlichkeit aus, die ihm mehr zusagte.

Luke, der noch dabei war, Amandas Strumpfhose abzustreifen, drehte sich auch zu Annabel um und ließ einen unzweifelhaften Laut der Lust hören, während Amanda schweigend blieb. Ihre ziemlich schweren Brüste waren jetzt entblößt, und die roten Streifen des BHs waren unterhalb der Brüste zu sehen. Ihr Kleid lag in einem Haufen um ihre Füße, und ein Ausdruck von eigenartiger, ungesunder Erregung kroch an ihr hoch, als ihre Strumpfhose nach unten gezogen wurde.

Als sie nun zu Annabel schaute, die so selbstsicher ihre Nacktheit präsentierte, wurde Amanda auf einmal ihren körperlichen Unzulänglichkeiten bewusst, und ihr Unbehagen erreichte einen Höhepunkt.

Aber Crispian schien zufrieden mit dem, was er sah.

»Starke Titten, Amanda«, rief er begeistert. »Ich kann es nicht erwarten, bis zu ihnen vorzustoßen. Was sagst du, Matthew?«

Matthew schaute auf die errötende Amanda, und sagte lächelnd: »Sehr einladend.«

»Kann ich sie anfassen, oder ist dies noch der Moment des Entkleidens?«, fragte Luke.

»Noch nicht anfassen«, gemahnte Crispian. »Ich musste mich auch zurückhalten, obwohl Annabel mich angefleht hat, ihre Nippel zu saugen.«

Sheba, die so nackt war wie Annabel, seufzte. »Beeilt euch, ihr alle. Ist es nicht Zeit, dass sich auch die Männer ausziehen?«

»Sobald ihr eure Aufgaben bei den Frauen erledigt habt, könnt ihr eure Kleider ablegen«, sagte Crispian.

Vor Sheba begann der junge Lakai Michael hastig an seiner Kleidung zu fummeln. Er konnte kaum sein Glück fassen und erwartete jeden Moment, aus dem Zimmer geschickt zu werden, bevor die richtigen Aktionen passierten. Das wäre eine Gemeinheit, die Tania durchaus zuzutrauen war.

Schließlich waren alle nackt, und die Frauen wurden eingeladen, sich in der Mitte des Zimmers zu versammeln. Alle Männer waren sichtbar erregt, und Michael schien Mühe zu haben, sich zu kontrollieren, denn Sehnsuchtstropfen liefen über.

»Jetzt zum ersten Spiel«, sagte Crispian mit einem kleinen Lächeln. »Luke, du musst Annabel von hinten halten, während Matthew ihr einen Orgasmus beschert, und Michael darf Amanda festhalten, während ich sie zum Höhepunkt bringe. Wir sagen uns gegenseitig, was wir gerade tun, um die Szene für die Nichtbeteiligten ein wenig spannender zu gestalten. Siegerin ist jene Frau, die zuletzt ihren Orgasmus hat. Die Verliererin wird bestraft, aber mir ist noch keine gemäße Bestrafung eingefallen; es kommt nämlich darauf an, wer die Verliererin ist.«

»Wie wäre es mit einem Drink, bevor wir beginnen?«, meinte Tania. »Du hast doch daran gedacht, was Trinkbares mitzubringen, Crispian?«

»Natürlich. Im Badezimmer gibt es Bellini. Ich hoffe, ihr mögt alle Bellini?«

»Was ist das?«, fragte Amanda mir gepresster Stimme.

»Halb Champagner und halb Pfirsichsaft«, erklärte Crispian. »Es wird dir schmecken. Da du beim Spiel dabei bist, reiche ich dir dein Glas, und vielleicht auch was zum Knabbern.« Er lachte. »Matthew, du kannst Annabel auch ihr Glas reichen, und ihr anderen füllt besser eure Gläser, bevor das Spiel beginnt.«

»Warum müssen die Frauen festgehalten werden?«, erkundigte sich Matthew. Er nippte an seinem Glas, und Annabel schaute ihm zu.

»Die Helfer sind für den Notfall gedacht. Es könnte ja zu viel für die Damen werden«, klärte Crispian auf. Annabel hörte Tania leise lachen. »Nun, ihr wisst doch alle, was passieren kann«, fügte er noch an. »Manchmal ist die Lust so intensiv, dass sie sich winden und heftig bewegen und sich um das größte Vergnügen bringen. Sie könnten sich auch bewegen, um dem Orgasmus zu entgehen, und das wäre nicht fair. Ich lege Wert darauf, dass meine Spiele fair sind.«

Annabel konnte sich nicht vorstellen, dass es bei ihr nicht sofort vorbei war. Noch bevor sie begannen, fühlte sich ihr Körper gespannt und geschwollen an, und ihre Haut sehnte sich nach Matthews Berührungen.

Sie wusste, dass Amanda viel langsamer zu erregen war,

allein schon deshalb, weil sie noch nicht an Sex in einer Gruppe gewöhnt war. Seit sie ihren Gesichtsausdruck beim Entkleiden gesehen hatte, war sich Annabel nicht sicher, ob diese neue Erfahrung ihr gefiel. Ganz egal, wie geschickt Crispian mit ihr spielen würde, die Hemmungen müssten ihren Orgasmus hinauszögern.

Es war besser, nicht zu verlieren, dachte Annabel, denn aus Erfahrung wusste sie, dass Crispians Bestrafungen aus hartem Holz geschnitzt waren.

»Zeit zu beginnen«, verkündete Crispian. Seine Stimme brach in Annabels Gedanken ein. Luke hielt Annabel an den Schultern fest, dann zog er ihre Arme auf den Rücken und hielt ihre Handgelenke in einem lockeren Griff, während er den freien Arm um ihre Taille legte. Er stand dicht hinter ihr; falls sie versuchte, einen Schritt zurückzuweichen, würde sein Körper das verhindern. Das bedeutete, dass sie Matthews ungeteilter Aufmerksamkeit ausgesetzt war.

Michael ahmte Luke nach, und plötzlich fanden sich Annabel und Amanda Seite an Seite in der Mitte des Zimmers. Die anderen saßen auf dem Bett oder auf dem Boden und beobachteten genau, was Crispian und Matthew mit den nackten Frauen anstellten, die in gespannter Erwartung vor ihnen standen.

Tania stellte einen kleinen Tisch zwischen die beiden Paare, und Annabel sah, dass verschiedene Apparate und Gleitcremes dort lagen, um den Männern bei ihrer Aufgabe zu helfen. Ihr Atem ging schneller, als Matthew ihr aus nächster Nähe in die Augen schaute.

»Soso, du hast also gewollt, dass Crispian deine Nippel lutscht«, sagte er leise. Seine tiefe samtene Stimme kam Annabel wie ein Streicheln vor. »Vielleicht fange ich damit an. Was hältst du davon?«

Sie sagte nichts, denn sie hatte Angst, wenn sie einmal anfing, würde sie ihm nacheinander sagen, was sie wollte, aber dann würde sie ihre Selbstkontrolle noch schneller verlieren. Sie bekam mit, dass Crispian auch redete, aber sie konnte nicht verstehen, was er zu Amanda sagte. Dafür war sie zu sehr auf den Mann konzentriert, der vor ihr stand.

Mit quälender Langsamkeit streckte er die Hand aus, und dann, endlich, berührte er ihre Haut. Seine Finger hoben die Unterseiten ihrer Brüste, eine nach der anderen. Er presste sie nach oben, als wollte er sie mit den Fingerspitzen wiegen, dann beugte er den Kopf, damit er ihre festen Nippel in seinem Speichel baden konnte.

In dem Moment, in dem Annabel die feuchte raue Zunge auf ihrer empfindlichen Haut um die Nippel herum fühlte, hörte sie sich ein tiefes Stöhnen ausstoßen. Die Zunge wischte über die rosa Spitze, hin und her, vor und zurück, aber es waren immer noch träge Bewegungen, und Annabel wollte nach vorn drängen, um einen stärkeren Druck zu empfangen, aber dann erinnerte sie sich an Lukes Gegenwart, denn der Arm um ihre Taille spannte sich; also musste sie bleiben, wo sie war und es Matthew überlassen, welchen Druck er ausübte. Ihr Mangel an Kontrolle erhöhte ihre Erregung noch, und zwischen ihren Beinen fühlte es sich feucht und geschwollen an.

»Ich glaube, ich nehme die Nippelklemmen«, sagte Matthew leise, und Tania lachte vergnügt.

»Das werde ich auch tun«, sagte Crispian, der fasziniert war von der Schwere von Amandas Brüsten und von der Länge ihrer jetzt erigierten Nippel. »Ich glaube nicht, dass Amanda sich damit auskennt – oder, Amanda?«

Annabel wünschte, die beiden Männer würden aufhören zu reden; sie wollte, dass Matthew mit dem fortfuhr, was er bisher gemacht hatte, aber für die anderen im Zimmer trugen die Gespräche ganz gewaltig zur Erregung bei, und Tanias rechte Hand schlüpfte zwischen ihre Schenkel und massierte genüsslich ihre Klitoris.

Matthew nahm zwei Nippelklemmen vom kleinen Tisch und drückte sie gegen Annabels Bauch, damit sie die ganze Länge fühlen konnte. Sie waren so lang wie eine normale Haushaltsschere, aber aus Kunststoff gefertigt, und wenn man die Griffe fest zusammenpresste, öffneten sich die anderen Enden, in die zwei Nischen eingelassen waren, vorgesehen für die Nippel.

Annabel fühlte sie auf ihrer Haut, dann auf den Brüsten. Ihre harten Nippel glitten ohne Schwierigkeit in die Nischen. Matthew ließ die Klemmen zuklappen, und sie fühlte eine Enge um die Basis der Brustwarzen, eine Enge, die auf eine neue Art schmerzvoll und zugleich seltsam angenehm war.

Sobald beide Nippel mit den Klemmen versehen waren, zog Matthew behutsam an ihnen, um zu sehen, wie weit sie sich ziehen ließen. Annabel gab einen gedämpften Laut von sich, in dem Erregung und Ängstlichkeit anklangen, als sie fühlte, dass die Brüste an den hoch empfindsamen Nippelspitzen gezogen wurden.

»Wunderbar«, rief Matthew und spielte weiter mit ihren Brüsten. Er ließ sie zurückschwingen, um die Klemmen dann seitlich zu ziehen, und Annabel spürte, wie die Nippel Blitze der Lust zu ihrem Gehirn schossen.

»Gefallen sie dir?«, wisperte Matthew. »Fühlen sie sich gut an?«

»Ja«, erwiderte Annabel, und ihre Hüften schwangen vor und zurück, obwohl Luke versuchte, sie regungslos zu halten.

Matthew fuhr fort, die Klemmen einzusetzen, aber manchmal nahm er sie weg, bis sich ihr Atem normalisiert hatte, dann begann er wieder, bis er sie wimmern hörte, und darin hörte er das steigende Verlangen nach etwas anderem, nach einer intimeren Berührung.

Während Annabel wimmerte, hörte sie, wie Amanda zu protestieren begann. Ihre schweren Brüste mit den sehr langen Nippeln boten den Zuschauern zwar einiges Vergnügen, aber ihr Körper wehrte sich gegen die Lust, die aus der köstlichen Quälerei gewonnen werden konnte. Stattdessen versuchte sie verzweifelt zu vergessen, dass der Raum voller Menschen war und konzentrierte sich auf die Tatsache, dass es sich ja um Crispian handelte, der sich an ihrem Körper erfreute.

»So, das reicht mir jetzt, glaube ich«, sagte Matthew nach einiger Zeit, und Annabels Nippel wurden befreit. Er zog die geröteten, geschwollenen kleinen Knospen in seinen Mund und saugte sie abwechselnd. Diesmal fühlte sie das herrliche Ziehen der Lust zwischen ihren leicht gespreizten Schenkeln, und von dort zog es zu den heißen Brüsten zurück. Eine sanfte Röte überdeckte ihren ganzen Körper.

Matthews kräftige Hände wanderten zu ihrem Bauch. Er legte eine Hand auf die Seite ihrer Taille, damit er ihre Bauchmuskeln mit den Daumen kneten konnte. Zuerst presste er hart, dann aber viel leichter, bis es sich für Annabel so anfühlte, als ob jeder Muskel in ihrem Bauch aus lauter Vorfreude zu tanzen begonnen hätte, und ihre Oberschenkel zuckten wie verrückt.

»Wo willst du, dass ich dich jetzt berühre?«, fragte er.

Annabel antwortete nicht. Sie wollte nicht, dass die anderen sie hören konnten. Aber sie bewegte ganz leicht die Hüften nach vorn. Luke hielt sie sofort fest umklammert und zwang sie, still stehen zu bleiben.

»Deine Hüften?«, fragte Matthew und missverstand sie absichtlich. Sie hätte vor Enttäuschung aufstöhnen können, als er einen kleinen Malerpinsel nahm und damit winzige Kreise auf der empfindlichen Haut ihrer Hüften beschrieb, bis ihr ganzer Unterleib zuckte und geschüttelt wurde. Es war, als würden elektrische Spiralen durch sie blitzen.

Annabel konnte fühlen, wie sich ein Orgasmus in der Tiefe ihrer Vulva zu bilden begann. Ihre Bauchmuskeln spannten sich, und ihr Herz raste, während ihre Erregung anstieg. Matthew gewahrte ihren nahenden Höhepunkt. Ihre inneren Labien nahmen eine dunklere rosa Farbe an, und die Aureolen um die Nippel färbten sich dunkelbraun.

Neben ihnen wuchs auch Amandas Erregung. Matthew konnte hören, wie sich ihr Atem beschleunigte, und als er zur Seite schaute, sah er, dass Crispian auch mit dem kleinen Malerpinsel arbeitete. Er benutzte ihn in den Falten von Amandas Schenkeln, direkt in den Leistengegenden, und ihre Beine wurden gewaltig geschüttelt, ausgelöst von den köstlichen Sensationen, die Crispian mit dem Pinsel hervorrief.

»Du darfst noch nicht kommen«, flüsterte Matthew seiner Annabel zu. »Du willst doch nicht, dass Amanda die Siegerin ist, oder?« Annabel schüttelte den Kopf, aber sie hatte keine Idee, wie sie sich zusammenreißen konnte, wenn Matthew sie weiter derart erregte.

»Vielleicht der Haartrockner«, sagte er nachdenklich, und während Luke genug damit zu tun hatte, Annabel still zu halten, nahm Matthew einen kleinen Reisehaartrockner in die Hand. Tania fand eine Steckdose, und er begann, warme Luft über Annabels Körper zu blasen.

Er begann mit den Brüsten, dirigierte den Trockner zuerst über die beiden Halbkugeln, dann konzentrierte er sich auf die Brustwarzen. Von dort ließ er die Luft über ihren gespannten Bauch blasen, und dann tiefer hinunter zu den Schamhaaren.

Die Sensationen waren wunderbar, ein sanftes, warmes Streicheln, das linderte und gleichzeitig erregte, bis der prickelnde Puls, der ihren Orgasmus ankündigte, sich hinter ihrer Klitoris bemerkbar machte.

Jetzt spreizte Matthew ihre Beine noch weiter auseinander, dann blies er warme Luft über ihre Klitoris. Doch bevor sie das Gefühl auskosten konnte, hatte er den Schalter auf kalt gestellt, und plötzlich fand sich die hoch empfindliche Knospe in einer kühlen Brise wieder. Der abrupte Kontrast in Temperatur ließ die Klitoris erigieren, und als Matthew einen Finger in Annabels Geschlecht schob, konnte er die enge Feuchtigkeit fühlen, die sich um seinen Finger wand.

Sehr behutsam bewegte er den Finger ein und aus, und Annabel keuchte vor Wonne; jeder Muskel spannte sich, und jedes Nervenende streckte sich, um Erleichterung zu erfahren. Trotzdem wehrte sich Annabel noch, sie wollte sich den Sensationen nicht hingeben, denn sie hörte von Amanda auch Geräusche, die auf ein baldiges Ende schließen ließen.

Für Amanda war die ganze Erfahrung ein überwältigendes Erlebnis. Nicht nur, dass Crispian die aufregendsten Dinge mit ihrem Körper anstellte, nein, sie war auch erstaunt, als sie herausfand, dass nach dem Ablegen ihrer ersten Scheu ihre Erregung noch anstieg, weil sie Zuschauer hatte. Jedes Mal, wenn sie keuchte oder stöhnte oder wenn ihre Hüften zuckten, hörte sie Tania juchzen, und das trug zu ihrem Entzücken bei, denn sie wusste, es gab dafür nur eine Erklärung: Tania war eifersüchtig auf sie.

Nachdem Crispian die Nippelklemmen bei ihr eingesetzt hatte, auch seine Finger und die Zunge, und dann erst den diabolischen kleinen Pinsel, da fühlte sie, dass ihr Körper jeden Moment bersten könnte. Aber wie Annabel wollte auch sie nicht verlieren, und zum ersten Mal in ihrem Leben versuchte sie, ihre eigenen Reaktionen zu dämpfen.

Crispian wusste, was sie versuchte. Er nahm eine Tube mit einem klaren Gleitmittel vom Tisch und verteilte sie zwischen ihren Schenkeln, massierte sie in jede Falte, rieb sie um die Klitoris herum, bis sich der empfindsame Knopf unter seine schützende Kapuze zurückgezogen hatte.

Mit einem Lächeln legte er seine Hand auf ihre Schamhaare und zog die Haut hoch, wodurch die Klitoris die Haube abschüttelte und sich seinen Fingern wieder entgegenreckte. Blitzschnell hatte er den kleinen Metallring um den Stamm der Klitoris gelegt. Er erinnerte sich noch gern daran, wie viel Spaß Annabel an diesem Ring gefunden hatte. Crispian erhob sich wieder und schaute Amanda in die Augen.

»Weißt du, was ich als Nächstes mit dir tun werde, Amanda?«, raunte er ihr zu. Sie schüttelte den Kopf; ihr ganzer Körper schmerzte von der Not, sich Erleichterung zu verschaffen. »Ich werde den klitzekleinen Pinsel nehmen und damit über deine Klitoris streichen, ganz langsam über die kleine Kuppe, bis du ganz verrückt wirst vor Lust.«

Amanda wimmerte bei seiner Ankündigung; sie lechzte nach dem Streicheln des Pinsels, auch wenn sie wusste, dass er fatale Auswirkungen haben würde, denn er würde zu ihrem Orgasmus führen, und sie würde ihren Körper nicht länger kontrollieren können.

»Aber zuerst, glaube ich, brauchst du etwas mehr Bellini«, fuhr Crispian leise fort, und auf sein Zeichen hin kippte Michael einen Guss des eiskalten Getränks über ihre Schultern. Die Flüssigkeit rann über ihre Brüste und den Bauch, dann in kleinen Rinnsalen über die Nervenenden, sodass sie sich jetzt schon hin und her wand und der Orgasmus näher kam.

Crispians forschende Hand zwischen ihren Beinen fand ihr Geschlecht triefend nass vor, und die Klitoris, durch den Ring nach oben gedrückt, war ebenfalls nass von einer Mischung aus ihrer eigenen Erregung und der Gleitcreme, die er überall verrieben hatte.

Ein paar Sekunden lang leckte Crispian den Champagner mit dem Pfirsichsaft von ihrem Körper auf. Mit der Zunge verfolgte er die Spuren des Getränks über Brüste und Bauch. Die Zunge bohrte sich in ihren Nabel, dann ging er vor ihr in die Hocke, und ganz langsam wischte er mit dem Pinselchen über die feste Masse des pochenden Gewebes.

Annabel, die jetzt die kalte Luft aus dem Haartrockner auf ihren Brüsten aushalten musste, hörte Amandas Wimmern und dann ihre Rufe: »Ja! Oh, ja!« Jetzt wusste Annabel, dass das andere Mädchen dicht vor der Erlösung stand, was auch ihre eigene Erregung antrieb. Die Bauchmuskeln bündelten sich, und das beharrliche Trommeln zwischen ihren Schenkeln wurde noch heftiger.

Matthew konnte es nicht länger erwarten, er wollte ihren Höhepunkt sehen. Jetzt war es ihm egal, ob sie verlor oder gewann, er wollte ihren bebenden, durchgeschüttelten Körper in den Windungen absoluter Glückseligkeit sehen.

Er legte den Haartrockner hin und kniete sich auf den Boden, dann begann er um den Eingang zu ihrer Öffnung zu lecken. Seine Zunge verbreiteten die milchigen Sekrete bis hoch zu ihrer Klitoris. Zugleich griff er hinter sie und presste ihre Pobacken fest zusammen, drückte ihren Körper leicht nach vorn gegen seine Zunge, wodurch ein delikater Druck auf ihren Anus ausgelöst wurde.

Annabel wusste, wenn seine forschende Zunge ihre Klitoris erreichte, würde sie explodieren. Die sexuelle Spannung wurde so intensiv, dass jeder Teil von ihr in Erwartung des Höhepunkts geschüttelt wurde. Plötzlich versammelten sich die anderen im Zimmer um die beiden Paare, denn sie wollten das Finale nicht verpassen.

»Annabel kommt zuerst«, sagte Sheba und beobachtete, wie Annabels Körper zu zittern begann. »Du bist sehr nah dran, nicht wahr?«

»Amanda aber auch«, fand Tania. »Du überraschst mich, Amanda. Ich hätte gedacht, deine Scham würde dich am Orgasmus hindern, aber es sieht so aus, als wärst du ein extrovertiertes Mädchen. Was sagst du zu diesen Klitorisringen, Sheba?«, fragte sie dann und schaute auf die Stelle, wo Amandas Ring saß. Ihre Kuppe wurde gerade wieder vom winzigen Pinsel gebürstet.

Amandas Atem kam schnell und wurde immer lauter; sie hatte den Mund geöffnet, und ihre Wangen glänzten rot, während Annabel die Augen geschlossen hatte. Den Kopf hatte sie in den Nacken geworfen. An ihrem Hals traten die Adern dick hervor, auch ein Zeichen für die nahende Ekstase.

Matthews Hände pressten die Backen von Annabels kleinem festem Po noch härter zusammen, und seine Zunge hatte endlich die Klitoris erreicht. Einen Moment lang berührte er sie leicht wie eine Feder, aber dann, als die glühendheißen Sensationen durch sie schossen, wechselte er das Tempo und begann gegen die zarte Spitze zu stoßen, und dieser schnelle Rhythmus beendete alle Hoffnung, dass sie den finalen Moment der Ekstase kontrollieren könnte.

Gerade, als ihr Körper zu reagieren begann, als das verzweifelte, gespannte Gewebe sich dem wunderbaren Moment des Höhepunkts ergab, zog Crispian den kleinen Pinsel um den Stamm von Amandas gefangener Klitoris herum und verteilte zugleich die kühle Gleitcreme. Mit einem ohrenbetäubenden Schrei wurde ihr Körper in eine Serie von gewaltigen Zuckungen gezwungen, als er vom Orgasmus eingeholt wurde.

Annabel war nur Sekunden hinter ihr, aber ihre Erleichterung darüber, dass sie gewonnen hatte, bedeutete auch, dass sie dem Moment die maximale Lust abgewinnen konnte. In ihr schien eine Explosion stattgefunden zu haben, und ihr ganzer Körper bestand aus glühender Hitze. Jeder Muskel wurde starr für ein paar Sekunden, bevor auch sie geschüttelt wurde, von Lukes kräftigen Händen gehalten.

Matthew, sein Penis straff und schmerzend vor Verlangen, sah ihr beim Höhepunkt zu, und als sich ihre Lippen ein wenig öffneten, um einen leisen miauenden Freudenschrei auszustoßen, goss er einen Schluck Bellini in ihren Mund. Die Flüssigkeit lief über, und er nahm sie aus Lukes Griffen und hielt sie fest an sich, wobei er von ihrem Kinn und den Brüsten trinken konnte, während sie kam.

Schließlich standen beide Frauen still da. Die schwere, erotische Stille im Zimmer wurde von Luke gebrochen, als er fragte: »Wer ist denn zuerst gekommen?« Man hörte seiner heiseren Stimme die Erregung an.

»Amanda«, sagte Tania schmunzelnd.

Amanda schlug die Augen auf und starrte Crispian mit einem fast ängstlichen Ausdruck an. »Bedeutet das, ich werde nun bestraft?«, flüsterte sie.

»Ich fürchte ja. Aber du brauchst keine Angst zu haben. Du hast dich gut gehalten«, sagte er und presste seine Hand zwischen ihre Schenkel. Ihr Körper zuckte ein letztes Mal. »Wir binden dich an einen Bettpfosten, und dann schaust du mir und Tania sowie Luke und Sheba zu.«

»Warum muss ich denn dabei festgebunden sein?«, fragte sie aufgebracht.

»Für den Fall, dass andere dich haben wollen, während wir beschäftigt sind«, erklärte er. »Sie können dich nehmen, wie es ihnen gerade gefällt. Du bist so eine Art Sexsklavin für den Augenblick, verstehst du?«

»Ich will keine Sexsklavin sein.«

»Okay, dann kannst du gehen. Beeil dich, nimm deine Sachen und zieh dich an. Wir anderen haben es nämlich sehr eilig.«

Amandas Augen wurden noch größer. »Ich will aber nicht gehen.«

»Nun, du musst dich für das eine oder andere entscheiden. Was soll es sein?«

»Dann bin ich lieber die Sexsklavin.«

»Das sollte interessant werden«, warf Matthew ein, als er Annabel half, sich aufs Bett zu setzen. »Du hast Glück gehabt, dass du nicht verloren hast, Annabel.«

Plötzlich hatte jeder im Zimmer alle Hände voll zu tun, abgesehen von Amanda, die allein am Bettende stand und auf das wartete, was mit ihr passieren würde. Tania reichte Matthew ein dünnes Nachthemd aus Musselin, der Amandas Arme über den Kopf hob und ihr dann das Nachthemd überstreifte. Er und Annabel führten die zeitweilige Sklavin ins Bad und halfen ihr in die Kupferwanne. Sie stand verunsichert da, während Matthew einen Duschkopf auf die Hähne schraubte. Dann wies er Amanda an, sich zu knien.

Annabel fand den Anblick des anderen Mädchens, das jede Anweisung sofort befolgte, hoch erotisch. Sie drückte Amandas Schultern hinunter, bis sie in der richtigen Lage war. Matthew ließ das kalte Wasser aus dem Duschkopf über das kurze Nachthemdchen sprühen, und Amanda keuchte entsetzt, als die eisigen Strahlen auf ihre Haut prasselten.

»Jetzt komm heraus«, sagte er knapp. »Annabel, reiche ihr eine Hand, denn sie sieht ein bisschen wacklig auf den Beinen aus.«

Als Amanda auf dem tiefroten Badeteppich stand, konnte man sehen, dass ihr Nachthemd völlig transparent geworden war, und wegen des kalten Wassers waren die Brüste angeschwollen. Die Nippel waren noch länger und sehr hart geworden. Annabel zwickte beide Nippel mit Daumen und Zeigefinger, und Amanda stieß einen zischenden Laut aus.

Matthew lachte. »Versuche dich zurückzuhalten, Annabel, dafür bleibt noch genug Zeit, wenn die anderen erst einmal loslegen. Bringe Amanda zurück ins Schlafzimmer, dann binden wir sie an den Bettpfosten.«

Annabel arbeitete geschickt und mit Eifer. Plötzlich konnte sie es nicht erwarten, Amanda selbst zu erregen. Sie wollte noch einmal hören, wie Amanda einen Orgasmus herausschrie, noch einen, nachdem sie den ersten unter Crispians Händen in ihrem spannenden Wettbewerb erlebt hatte.

Sobald Amanda gefesselt war, traten Crispian und Tania in die Mitte des Zimmers und stellten sich direkt vor sie, gefolgt von Sheba und Luke.

Trotz ihrer ursprünglichen Furcht setzte bei Amanda die Erregung ein. Ihr Körper wurde wieder warm, und das haftende Hemdchen wirkte wie ein ständiges Streicheln auf ihrer Haut. Sie wand sich in ihren Stricken.

»Bleib still stehen!«, befahl Matthew mit lauter Stimme, als er merkte, wie Amanda auf die Fesselung reagierte. »Du bist für unser Vergnügen da, nicht für deins.«

Amanda blieb sofort reglos stehen und starrte auf die beiden attraktiven Paare, die sich sofort zu lieben begannen, direkt vor ihren Augen.

Annabel sah gespannt zu, als Crispian seine Hände über den Körper der Stiefschwester streichelte. Er strich über jede Kurve und ließ die Finger über jede Senke streichen. Tania schloss die Augen und gab sich den herrlichen Gefühlen hin, die von Crispians Streicheln ausgelöst wurden.

Luke bearbeitete inzwischen Sheba, aber auf eine völlig verschiedene Methode. Er bedeckte ihren Körper mit einer gelartigen Gleitcreme, und als er die Creme zwischen ihren Schenkeln verteilte und verrieb, und als er seine Finger in ihre Öffnung schob, begann Sheba sich zu winden und zu drehen, und ihr Körper bebte vor Verlangen.

Als er mit seiner Arbeit zufrieden war, holte Luke zwei weich gefüllte Latexbälle, verbunden mit einer kurzen Kordel, und führte Sheba zum Bett. Sie musste sich quer übers Bett legen, die Beine weit gespreizt, die Füße berührten gerade noch den Boden. In dieser Position konnte er die Bälle leicht in ihre Vagina einführen, während Amanda genau zuschaute.

Sheba stöhnte leise, aber man hörte ihr an, dass es ein lustvolles Stöhnen war. Ihre Hüften hoben sich vom Bett, sie verdrehte sie ein wenig, um die Sensationen zu erhöhen, die von den Bällen herrührten, die in ihr bei jeder Bewegung der Hüften hin und her rollten. Als sie beide in ihr steckten, presste Luke die Handfläche gegen Shebas Vulva, und dieser Druck löste bei ihr bereits einen kleinen Orgasmus aus, der den kaffeebraunen Körper der großen Frau erzittern ließ.

Als Sheba aufstand, sah sie direkt auf Annabel, und Annabel konnte beinahe den stimulierenden Druck zwischen den eigenen Schenkeln fühlen. Sie lechzte danach, dass Matthew etwas Ähnliches mit ihr anstellte, aber dann erinnerte sie sich, dass es Amanda war, die diesmal für die Lust der anderen sorgen sollte. Sie sah zu Matthew.

»Glaubst du, dass diese Kugeln auch Amanda gefallen würden?«

»Nein, das würde mir nicht gefallen«, protestierte Amanda sofort. Aber ihre Stimme klang unsicher. Ihre Brüste und der Bauch waren deutlich durch den Musselinstoff zu sehen, und es konnte keinen Zweifel daran geben, dass sie sich im Zustand der Erregung befand.

Matthew bückte sich leicht und zog einen ihrer Nippel durch den nassen Stoff in den Mund. Sobald er zwischen seinen Zähnen war, nagte er daran, bis er fühlte, wie die Warze noch mehr anschwoll, dann stieß er seinen Atem aus, wodurch die ganze Brust mit einem Strom warmer Luft versorgt wurde. Amanda stöhnte und versuchte, sich zur Seite zu drehen, damit auch die andere schmerzende Brust auf diese Art stimuliert werden konnte, aber sie war zu fest an den Bettpfosten gefesselt, deshalb gab sie nach einem leisen klagenden Laut auf.

»Ja, ich glaube, das würde ihr gefallen«, sagte Matthew.

Annabel nahm ein weiteres Paar der weich gefüllten Latexbälle, setzte sich vor Amanda auf den Boden und spreizte deren Beine. Sehr langsam strich ihre Hand an einem Bein der jungen Frau hoch, bis sie die weichen Löckchen ihrer Schamhaare erreichte. Es verblüffte sie, wie ihre eigene Sexualität durch ihr Tun gesteigert wurde.

Wenn jemand ihr vor ihrer Ankunft auf Leyton Hall erzählt hätte, sie würde Spaß an solchen Szenen empfinden, sogar Lust, hätte sie es nie geglaubt. Aber jetzt schien eine Seite von ihr die Richtung zu bestimmen, von deren Existenz sie bisher nichts gewusst hatte. Der Druck in ihrem eigenen

Körper wuchs, als Amanda schon zu keuchen begann, als die schlanken, suchenden Finger ihr Ziel erreichten.

»Braucht sie zusätzliche Feuchtigkeit?«, fragte Matthew.

Annabel glitt mit einem Finger um Amandas inneren Kanal und fühlte, wie das festgebundene Mädchen zuckte und bei der zarten Berührung schon zu zittern begann. »Vielleicht ein bisschen«, sagte Annabel, »obwohl ich sagen muss, dass sie auch selbst schon eine Menge Feuchtigkeit produziert hat.«

Jetzt war es an Matthew, vor ihre Sklavin auf den Boden zu gehen. Er rieb ein großzügiges Maß des Gleitgels um den Eingang von Amandas Geschlecht, bevor er den ersten Ball mit einer Hand in sie hineinschob, während die andere Hand mit fast grausamer Leichtigkeit über ihre Klitoris rieb. Ein paar quälende Sekunden lang befand sich Amanda am Rand des Orgasmus.

»Sie wäre fast gekommen«, verkündete er und schob den zweiten Ball nach. Er richtete sich wieder auf. »Das nächste Mal gelingt es dir vielleicht zu kommen, Amanda.«

Tränen der Frustration standen in Amandas Augen, aber Annabel und Matthew ignorierten sie. Sie hatte das Pech gehabt, bei dem Wettbewerb zu verlieren, deshalb war sie für eine Weile das Mädchen, das zur Lust der anderen beitragen sollte, und diese Lust steigerte sich mit jeder Minute.

Annabel strich versonnen über Amandas runde Brüste, und Matthew ließ die Hand über ihrem Bauch kreisen, aber zu keiner Zeit gingen sie so weit, dass Amanda einen Orgasmus bekam.

Die beiden anderen Pärchen bewegten sich jetzt aufeinander zu, beide Frauen atmeten schnell und flach, und auf Tanias Schultern und Brüsten war ein leichter Schweißfilm zu sehen. Annabel schaute genau zu, als die beiden Frauen langsam und voller Anmut aufeinander zugingen, fast so, als beteiligten sie sich an einem erotischen Tanz.

Als sie sich trafen, schlangen sie die Arme umeinander. Sie gingen immer mehr aufeinander zu, bis sie sich in einer perfekten Umarmung befanden, ihre Körper berührten sich überall. Tania trat auf einen kleinen Schemel, sodass sie und Sheba die gleiche Größe hatten.

Die Frauen rieben ihre Brüste gegeneinander, was ein sinnlicher Anblick war. Sie ließen ihre Oberkörper rotieren, sodass ihre Nippel direkt stimuliert wurden. Annabel atmete jetzt auch schneller, als sie die blasse Cremefarbe von Tanias Haut gegen die dunkleren Töne von Sheba sah, dann schaute sie zu Crispian und Luke, die sich hinter den Frauen in Position brachten und deren Pobacken streichelten.

»Beeilt euch, schnell«, rief Tania den Männern ungeduldig zu. Ihre hohe Stimme klang wegen ihrer Erregung noch höher als sonst. Aber Crispian ließ sich Zeit. Er hob nacheinander die runden Pobacken hoch, quetschte sie mit beiden Händen, presste sie eng zusammen und rieb dann mit festen Bewegungen über das gespannte Fleisch.

Von nun an arbeiteten Luke und Crispian gemeinsam. Man sah, dass sie genau wussten, was der andere tun würde, denn kein Wort wurde gesprochen. Die einzigen Laute im Zimmer kamen vom schnellen Atmen der beiden Frauen und den leisen Wimmertönen von Amanda, deren Erregung alles übertraf, was sie bisher erlebt hatte.

Sehr zärtlich huschten die Finger der Männer über den Hintereingang der Frauen, dann reichte Michael ihnen große Stöpsel. Die Enden waren mit dem Gel bestrichen. Tania und Sheba spannten sich in Erwartung dessen, was kam, aber ihre Körper blieben noch reglos. Sie wussten, dass die köstlichen Sensationen bald beginnen würden.

Die Männer bewegten sich mit unglaublicher Langsamkeit. Sie schoben die breiten Köpfe der Stöpsel in die empfindsamen hinteren Öffnungen, um das Fleisch zu dehnen, damit es für alle Beteiligte nachher mit der Penetration leichter wurde.

Als die Stöpsel eingeführt waren und behutsam rotiert wurden, fingen Sheba und Tania an, ihre Brüste schneller gegeneinander zu reiben. Sheba schob ihre Beine vor, sodass sich ihre Hüften auch berührten, und wenn sie sich beide bewegten, als ob sie tanzten, begegneten sich auch ihre Schambeine. Annabel konnte sich gut vorstellen, welche herrlichen Sensationen die beiden erleben mussten.

Matthews Erektion war gewaltig. Er blickte zu Amanda, wie sie in ihrer Gefangenschaft zitterte. »Ich glaube, wir sollten ihr jetzt zu einem Orgasmus verhelfen, Annabel«, sagte er.

Eigentlich wollte Annabel selbst einen Orgasmus haben. Ihr war, als würde ihr Körper explodieren, wenn nicht bald eine Erleichterung kam. Seit Beginn des Abends befand sie sich in einer sexuellen Spannung, die sich dann gesteigert hatte, aber dies war ein Spiel, und sie musste sich an die Regeln halten, die Matthew ihr vorgab.

Widerwillig nickte sie und half Matthew, Amandas Fesseln zu lösen. Als sie die richtige Position eingenommen hatte, brachte Michael noch einen Stöpsel und reichte ihn Matthew. Amanda war unsicher und zischte ihren Protest.

»Sei nicht albern, Mädchen«, sagte Matthew. »Schau doch nur, wie die beiden anderen Frauen ihn genießen.«

»Aber ich habe nie …«

»Umso wichtiger ist es, dass wir ein wenig experimentieren«, unterbrach Matthew sie, dann teilte er ihre Pobacken, und mit einer geschickten Drehung des Handgelenks führte er den mit Gel eingeriebenen Stöpsel ins Rektum.

Amanda stieß zunächst einen Laut des Schreckens aus, weil der Stöpsel ihr ein außergewöhnliches Gefühl der Fülle gab, aber als Matthew ihn behutsam drehte, wurden die inneren Wände der hinteren Passage stimuliert, und Amanda spürte, wie Pfeile intensiver Lust sie durchschossen. Sie begann, ihre Hüften vor und zurück zu rucken, genau wie Sheba und Tania es taten.

»Stell dich vor sie, Annabel«, wies Matthew sie an, seine Stimme tief und voll des Verlangens. »Ich will, dass du dasselbe machst wie die beiden da, aber wir lassen Amanda weiter das Nachthemdchen an.«

»Nein, ich will ihre Haut an meiner spüren«, rief Amanda.

»Und ich will, dass Annabel ihre Brüste am Musselin reibt«, wies Matthew sie zurecht. »Vergiss nicht, dass es um unser Vergnügen geht, nicht um deins. Du hast den Wettbewerb verloren, deshalb entscheiden wir.«

Endlich, dachte Annabel. Endlich erhielt ihr zuckendes, tobendes Fleisch auch eine Art direkter Stimulierung, und rasch ging sie auf Amanda zu und drückte ihre Brüste gegen den Musselinstoff, der Amandas Hügel bedeckte.

Das ein wenig raue Gefühl war wunderbar erregend, und als Matthew ihre Pobacken presste und auseinander zog, um den Stöpsel einzuführen, rieben auch die Schambeine gegeneinander. Annabel wand sich und verstärkte den Druck; sie bewegte sich auf und ab und fühlte die köstliche indirekte Stimulierung der pochenden Klitoris.

In der Mitte des Zimmers erreichten die anderen Paare das finale Stadium des Liebesaktes. Die Stöpsel wurden vorsichtig herausgezogen, dann bewehrten sich die Männer mit dünnen Überziehern, bevor sie in die nun gedehnten hinteren Passagen der Frauen eindrangen.

Tania stieß einen Schrei der Freude aus und bockte gewaltig, als Crispian hart und schnell gegen das delikate Gewebe stieß, das ihn schmiegsam umschloss. Sheba reagierte langsamer, und Luke musste ein anderes Tempo gehen, bis auch sie in ihrer Ekstase zu stöhnen begann und dem Orgasmus entgegenruckte.

»Du darfst nicht vor ihnen kommen, Amanda«, warnte Matthew, als er den Analstöpsel herausholte und sich selbst vorbereitete. Amanda biss sich auf die Unterlippe und fragte sich, wie lange sie sich noch zurückhalten konnte, wenn jeder Zentimeter von ihr sich so gespannt anfühlte.

»Du darfst auch nicht vor mir kommen«, sagte Annabel grausam, und Matthew lächelte, denn er wusste, dass es für Amanda unmöglich war, mit ihrem Orgasmus zu warten, bis Annabel oder Tania und Sheba gekommen waren, schließlich würde sie doppelt stimuliert werden.

»Was passiert, wenn doch …?«, fragte Amanda.

»Dann wirst du wieder bestraft«, teilte Annabel ihr mit, während sie sich immer noch an Amanda rieb und heiße, wie Lava wirkende Sensationen fühlte, die sich besonders in der Beckengegend verteilten.

»Das stimmt genau, Amanda. Ich komme jetzt in dich hinein«, raunte Matthew, und sehr langsam schob er die Spitze seines Penis in ihre geheime Öffnung. Nachdem die Eichel eingedrungen war, hielt er einen Moment inne, damit sie sich an das Gefühl gewöhnen konnte.

Amanda ruckte nach vorn, überzeugt davon, dass sie den Umfang seines Schafts niemals aufnehmen könnte. Die Vorderseite ihres Körpers wurde durch ihr Rucken hart gegen Annabel gedrückt.

Das Geräusch von Tanias Schreien der Erregung und Shebas tiefes Stöhnen wirkten wie ein Aphrodisiakum auf Annabel, die sich hin und her drehte, bis jeder Zentimeter ihres

Körpers von Amanda stimuliert werden konnte, und endlich begann die prickelnde Hitze sich überall auszubreiten, und Annabel wusste aus Erfahrung, dass sie bald in einen gigantischen Orgasmus explodieren würde.

Hinter ihr war Tania die Erste, die ihren Höhepunkt erlebte. Ihre Lustschreie ließen Amandas Körper pochen und zucken, zudem Matthew mit rhythmischen Stößen begonnen hatte. Seine Hüften ruckten kräftiger vor und zurück, schneller und härter, und Amandas Körper gewöhnte sich rasch an diese neue Art der Invasion.

»Ja!«, schrie Sheba, als sie vom Orgasmus geschüttelt wurde.

Plötzlich übertrugen sich die bittersüßen Sensationen, die Annabel durch ihre Körperbewegungen ausgelöst hatten, auf Amanda, die spürte, wie sich ihr Körper versteifte, als sich der Orgasmus näherte.

»Noch nicht«, warnte Matthew, aber er wusste, dass seine Worte es nur noch schlimmer machten für Amanda. Er lächelte, als sie geschüttelt wurde und krampfhaft versuchte, die Kontrolle über ihren Körper zu behalten.

Annabels Höhepunkt war jetzt auch ganz nah, sie krümmte den Rücken und schob sich weg von Amanda, damit ihre Brüste sich nicht mehr berührten, aber die Stimulierung des Schambereichs, die sie gegeneinanderrieben, verstärkte sich noch, wodurch Annabel in die Lage geriet, den Moment der finalen, glücklichen Erleichterung selbst zu bestimmen.

Wieder einmal war die arme Amanda nur einen Wimpernschlag früher dran als sie. Mit einem Schrei der Verzweiflung wurde ihr Körper von einer ganzen Serie heftiger Erschütterungen heimgesucht, die sich auch auf Annabel übertrugen, und so schrie auch sie ihre Erregung heraus, als sich der unerträgliche Druck auflöste und Annabel nur noch eine Explosion weißen Lichts sehen konnte.

Matthew zog sich aus der geschüttelten Amanda zurück, rollte ein neues Kondom auf seinen immer noch erigierten Penis und nahm Annabel ohne ein Wort in seine Arme, warf sie aufs Bett und drang innerhalb von Sekunden in sie ein.

Er stieß sofort stürmisch und hungrig zu, sodass die abebbenden Lüste von Annabels erstem Orgasmus wieder angefacht wurden. Die anderen schauten zu. Annabel hielt sich mit den Händen an Matthews Schultern fest. Ihre Nägel hinterließen lange rote Striemen auf seiner Haut, als sie bald erneut von einer Ekstase geschüttelt wurde, die zu ihrem zweiten mächtigen Orgasmus führte.

»Ich habe doch gesagt, dass es eine gute Party wird, oder?«, sagte der zuschauende Crispian zufrieden. Er zog die beiden Latexbälle zwischen Amandas Beinen heraus.

Ihr ekstatisches Stöhnen verriet ihm, dass es auch für sie eine denkwürdige Nacht gewesen war.

Zwölftes Kapitel

Der Morgen brach gerade an, als Marina Corbett-Wynne ein paar Kleider in einen Lederkoffer packte und dann still Leyton Hall verließ. Die Geschehnisse während des Abendessens und die Demütigung, im Musikzimmer mit einigen Gästen plaudern zu müssen, weil ihr Ehemann und andere Gäste im Esszimmer liederliche Spiele aufführten, hatten sie schließlich zu einer Entscheidung finden lassen.

Sie wollte sich nicht länger von einem Mann unterjochen lassen, der kein Interesse für ihre Nöte und Sehnsüchte zeigte und stattdessen seine Zeit damit verbrachte, Opfer für seine spezielle Art sexueller Genüsse zu finden. Zu lange schon hatte sie zu viel Energie darauf verschwendet, die Fassade von Leyton Hall aufrechtzuerhalten, wie man es von einer Ehefrau erwartete. Sie hatte die loyale Ehefrau und perfekte Gastgeberin gespielt, und sie hatte ihre eigene ungenutzte sexuelle Energie in der Aufgabe abgeladen, das Zuhause zu verschönern. Aber dann hatten zuerst Matthew und dann – wichtiger noch – Jerry ihr gezeigt, wie hohl ein solches Leben war.

Sie hatte keine Lust mehr, den Schein zu wahren. Was sie anging, konnten James, Crispian und Tania machen, was sie wollten. Wenn das Haus zusammenbrach und wegen Vernachlässigung zur Ruine wurde, interessierte sie das nicht mehr, denn von nun an würde sie eigennützig sein.

Mit Jerry hatte sie einen Mann gefunden, der sie verstand, der sie nicht nur sexuell zum Leben erwachen ließ, sondern auch als Frau schätzte. Er würde ihr nicht spöttisch begegnen oder sich über sie lustig machen. Er mochte sie, und wenn es möglich war, hatte sie vor, den Rest ihres Lebens mit ihm zu verbringen.

Er wartete auf dem Hof vor den Ställen auf sie. Die dunklen Haare fielen ihm unordentlich in die Stirn. Als er sie sah, zögerte er einen Moment, dann schritt er zügig auf sie zu.

»Ich habe nicht geglaubt, dass du wirklich kommst«, sagte er leise.

»Warum nicht?«, fragte Marina überrascht.

Er hob die Schultern. »Ich dachte, wenn du die große Dinnerparty hinter dir hast und Zeit mit den Gästen verbringst, mit deinen Freunden, würdest du einsehen, dass ich nichts als ein kleines Abenteuer war.«

Sie schüttelte den Kopf. »Wenn du auf der Dinnerparty gewesen wärst, wüsstest du, warum ich hier bin. Können wir jetzt zu deinem Cottage gehen?«

Jerry sah ihr fest in die Augen. »Bist du sicher? Ich warte nicht aus Spaß auf dich. Du bedeutest mir was.«

Jetzt schenkte Marina ihm eines ihrer seltenen Lächeln. »Ich hatte gehofft, dass du das sagst.« Ihre Stimme klang weich und leise. »Bitte, ich möchte nicht flehen. Gehen wir zu deinem Cottage. Ich habe nicht die Absicht, noch einmal hierhin zurückzukehren. Deshalb habe ich meinen Koffer mitgebracht.«

Jerrys Augen weiteten sich, aber er sagte nichts. Er erwähnte nicht seine Zweifel, dass sie in der Lage war, in seinem kleinen Haus zu leben, dem einzigen Haus, das er ihr bieten konnte, und dass sie von ihren ganzen Freunden und Bekannten abgeschnitten war, sobald die Affäre publik wurde.

Der Grund seines Schweigens lag darin, dass er sich nach ihr verzehrte. »Gehen wir«, sagte er schnell. »Ich habe mein

Auto mitgebracht. Ich lege dein Gepäck in den Kofferraum. Weil ich mit dem Auto gekommen bin, brauche ich später auch nicht die Pferde zurückzubringen.«

Während der Fahrt schwiegen sie beide, verloren in der Welt erotischer Fantasien. Sobald sie im Cottage ankamen, führte Jerry sie gleich die Treppe hoch zum Schlafzimmer, das er vorher aufgeräumt hatte, und dort zog er sie behutsam aus und legte sie, das Gesicht nach unten, aufs Bett.

Als er auch nackt war, grätschte er über ihre Waden, ließ Massageöl auf seine Handflächen tropfen und rieb sie leicht über ihre Pobacken. Marina ließ einen Seufzer der Zufriedenheit hören, als sie die kuscheligste Lage gefunden hatte. Allmählich erhöhte sich der Druck auf ihren Po, und sie gab ein leises Stöhnen von sich, ausgelöst von der Lust, den Schambereich gegen die Matratze zu drücken.

Jetzt ließ er die Hände wieder leichter über die schönen runden Hügel gleiten, und dann waren es nur seine Fingerspitzen, die über die eingeölte, glänzende Haut strichen. Er sah, wie sich ihre Hüften bewegten, und daraus schloss er, dass ihre Erregung wuchs. Mit den öligen Fingern fuhr er die Innenseiten ihrer Schenkel hoch; er begann in der Kniekehle und strich hinauf bis zum Steißbein. Wenn er den Rückweg antrat, war der Druck so leicht, dass sie die Fingerspitze kaum spürte, aber jeder Nerv ihres Körpers sehnte sich nach einem größeren Druck. Doch es war der Kontrast zwischen den Aufwärts- und den Abwärtsbewegungen, der ihre sexuelle Spannung erhöhte.

»Dreh dich um«, flüsterte er, als ihr Juchzen immer lauter geworden war. Halb benommen von den herrlichen Sensationen befolgte sie seine Aufforderung sofort, und sie sah, wie ein Blick der Bewunderung in seinen Augen lag, eine solche Zärtlichkeit, die ihre restlichen Zweifel, die noch im Hinterkopf nagten, ob sie die richtige Entscheidung getroffen hatte, auf der Stelle beseitigt waren.

Zu ihrer Überraschung hob er ihren rechten Fuß und legte ihn in seine Hände. Er legte eine Hand um die Ferse und ließ den Fuß langsam rotieren. Zuerst fühlte es sich nur angenehm und entspannend an, aber als er das Kreisen des Fußes beibehielt, spürte sie eine Regung im Becken und im Unterleib, eine Regung, die sich im ganzen Bereich ausdehnte und dazu führte, dass ihre Sehnsucht noch stärker wurde.

Sie konnte es kaum ertragen, dass er den Fuß behutsam aufs Bett legte, aber dann nahm er sich den linken Fuß vor und wiederholte die Prozedur. Jetzt machte sich die Schwere in ihrer Vulva bemerkbar, und sie spürte, wie sich die äußeren Schamlippen teilten, und wie sie zwischen den Schenkeln immer nasser wurde.

Jerry sah an ihren geschwollenen Brüsten, an den erigierten Nippeln und den ständigen leichten Zuckungen ihrer Hüften, wie erregt sie geworden war, aber trotzdem verlängerte er die exquisite Folter. Er setzte sich jetzt neben sie aufs Bett und ließ seine Finger vom Bauch aus in seitlichen Bewegungen kreisen, dann wiederholte er dieses Kosen und Streicheln um Hüften und Rippen.

Zwischen Marinas Schenkeln entstand ein Pochen, das nach Beachtung schrie, und je mehr er sie berührte, desto intensiver spürte sie das Pulsieren zwischen den Beinen, bis sie, ohne es bewusst gewollt zu haben, eine Hand hinunter schob und die Stelle berührte, die sie fast ins Delirium trieb vor lauter Verlangen.

Sehr zärtlich schob Jerry ihre Hand weg und ignorierte ihren gestöhnten Protest. »Nur noch einen Moment«, versprach er, während seine Finger über ihre Brüste strichen und kleine Kreise um die Nippel beschrieben.

Marina schloss die Augen und genoss jeden Moment seiner Verführung. Ihr Körper war gespannt und geschwollen, und der Druck seiner Hände wurde immer stärker. Sie schien auf einer Wolke aus glückseliger Erotik zu schweben.

»Wie soll ich dich nehmen?«, fragte er an ihrem Ohr. »Sage mir, was du am liebsten hast.«

Marina hatte keine Ahnung. Sie wollte nur, dass er fortfuhr, sie wie jetzt zu verwöhnen, dass er ihr weiterhin diese Spannung gab bis zum Moment der explosiven Erleichterung. »Das musst du entscheiden«, sagte sie leise.

Jerry war selbst so erregt durch die Art, wie Marina auf sein Streicheln, auf jede Berührung reagiert hatte, und nun sollte er eine Position aussuchen, die ihren Höhepunkt auch so sicher herbeiführen sollte.

»Sobald ich in dich eingedrungen bin, möchte ich, dass du deine Pobacken ganz fest zusammenkneifst«, sagte er und fuhr fort, ihre Brüste zu massieren. »Dann bäumst du dich mit den Hüften auf, und wenn du zurück aufs Bett fällst, spannst du deine inneren Muskeln an, als wolltest du versuchen, mich abzumelken, verstehst du?«

Seine Worte ließen sie vor Vorfreude erzittern, und als er langsam in sie eindrang, seine Erektion steinhart, spannte sie die Pobacken an, und gleich darauf fühlte sie, wie sich die inneren Wände ihrer Pussy um die Dicke seines Schafts klammerten. Kleine Wellen liefen durch ihren Unterleib, die irgendwo hinter ihrem Schambein ihren Ursprung nahmen.

»Jetzt hebst du dich hoch«, erinnerte Jerry sie, und sie befolgte, was er sagte, sie bockte mit den Hüften hoch, und die wirbelnden Wellen der Lust wurden stärker und vereinten sich zu einer großen Welle, die sie zu überschwemmen drohte. Bei der Abwärtsbewegung spannten sich ihre inneren Muskeln wie von selbst an, weil sie ihn dann besser spüren konnte.

Plötzlich schien sich der Druck in ihr zusammenzuziehen, bis er sich direkt hinter ihrer Klitoris einnistete, und dort verbündete er sich mit dem schweren Klopfen, das sie zum Wahnsinn trieb, denn es schrie nach totaler Erlösung.

»Noch einmal«, sagte Jerry, die Stimme gepresst ob seiner eigenen Bemühungen um Selbstkontrolle. »Mach es immer wieder, und bewege dich jetzt ein bisschen schneller.«

Marina kümmerte sich nur noch um ihre eigene Lust. Sie hörte seine Worte und befolgte sie, aber nur, weil sie spürte, dass sie auf diese Weise – und nur auf diese Weise – zu einer raschen Erleichterung kommen würde. Auch bei der zweiten Abwärtsbewegung ihrer Hüften hielt sich der Orgasmus noch zurück. Dabei darbte sie ganz verzweifelt nach dieser letzten Explosion, die sie so sehr brauchte.

Wie wild ging sie nun alle Bewegungen mit. Ihr Puls begann zu rasen, jeder Muskel ihres Körpers wurde hart, und dann, bei der vierten Abwärtsbewegung, wurden der ganze Körper durchbohrt von unerträglich intensiven Glücksmomenten, die sie dazu brachten, sich immer stärker aufzubäumen und mit den Armen wild um sich zu schlagen – unverkennbare Zeichen der Kraft ihres Orgasmus.

Als es ihr kam, packten ihre inneren Muskeln fast mit grausamer Energie Jerrys Schaft, und er spürte, wie sein Samen nach oben schoss. Die Muskeln um sein Rektum spannten sich kurz vor dem Moment der Entladung an. Er hörte sich grunzen, als er kam und kam und kam. Die letzten Zuckungen waren fast schmerzhaft für ihn, aber sie hatten es geschafft, und nur darauf kam es an. Er ließ sich neben sie aufs Bett sinken und zog ihren verschwitzten Körper an sich.

»Ich bin noch nie so glücklich gewesen«, sagte Marina,

drückte sich an ihn, um jeden Zentimeter dieses wunderbar maskulinen Körpers zu fühlen und die Härte seiner Muskeln zu genießen.

»Ich auch noch nicht«, gab Jerry zu. »Ich frage mich nur, ob ich dich glücklich machen kann. Du wirst es bald satt sein, in einem Cottage zu leben, ganz egal, wie gut der Sex ist.«

Marina lachte. »Wir brauchen nicht ewig hier zu leben. Ich habe genug Geld. In der Vergangenheit habe ich es für Leyton Hall ausgegeben, aber von nun an werde ich es für uns ausgeben. Wir werden irgendwo eine Farm mit einer Pferdezucht kaufen. Würde dir das gefallen?«

Es gab nichts, was Jerry lieber hätte, aber er zögerte. »Ich will nicht von dir ausgehalten werden«, sagte er.

»Aber das wirst du doch nicht«, versicherte Marina ihm. »Wir werden die Farm auf unsere beiden Namen kaufen, und da ich nichts von Pferden weiß, wird der Erfolg oder Misserfolg ganz von dir abhängen.«

»Aber was wirst du tun? Die Pferdezucht verlangt harte Arbeit.«

»Wir werden uns Hilfe leisten können. Ich begnüge mich nur zu gern auf die Arbeit im Haus. Ich werde mich jeden Tag auf die Nacht mit dir freuen.«

»Was ist mit Lord Corbett-Wynne?«

»Ich werde mich von ihm scheiden lassen«, sagte Marina entschlossen. »Er wird keine Schwierigkeiten machen, weil er fürchten muss, dass ich seine Schwächen für Pferdepflegerinnen öffentlich bekannt gebe.«

»Du hast schon alles geplant, was?«, rief Jerry überrascht aus.

Marina glitt mit den Händen an seinem Körper entlang, bis sie seinen Penis berührte, der schlaff und verschrumpelt zwischen seinen Beinen lag. »Ja«, sagte sie mit einem kehligen Lachen. »Ich habe entschieden, dass mir auch ein bisschen Glück zusteht, findest du nicht auch?«

Zu seinem Erstaunen spürte Jerry, dass sein Penis sich schon wieder rührte, nachdem sie ihn in die Finger genommen hatte und sanft streichelte. »Ich hoffe nur, dass du mir noch genug Kraft lässt, um die Pferdezuchtfarm zu führen«, sagte er lachend, dann bewegte er sie wieder auf und ab, um ihren Körper erneut zu stimulieren. Bald fühlte auch sie die Lust zurückkehren, und in diesem Moment wusste sie, dass sie Leyton Hall nie vermissen würde.

In Crispians Schlafzimmer hatten die Aktivitäten auch wieder begonnen. Tania war ins Bad gegangen, weil sie sich umziehen wollte, und jetzt kam sie mit einem schwarzen Strapsuit aus Leder heraus. Die Lederbänder umgaben ihre Brüste, und von der schlanken Taille ging es hinunter zu den Oberschenkeln, die ebenfalls von Lederbändern eingekreist waren. Die Pussy blieb unbedeckt und offen, weil die äußeren Lippen von zwei schmalen Strapsen zur Seite gezogen wurden.

Sie ging durchs Zimmer und reichte Matthew eine Peitsche, eine neunschwänzige Katze. »Benutze sie auf mir. Du brauchst dich nicht zu genieren. Ich mag Schmerzen.«

Matthew schüttelte den Kopf. »Tut mir leid, Tania, aber das ist nicht mein Ding.«

Zum ersten Mal, seit sie auf Leyton Hall war, sah Annabel eine sprachlose Tania. »Wie meinst du das?«, fragte sie nach dem ersten Schock über Matthews Reaktion.

Er lächelte. »Ich peitsche keine Frauen aus.«

»Aber wenn es das ist, was ich mir wünsche?«, fragte sie wütend. »Es macht mich an.«

»Ich bin sicher, dass einer der anderen gern dazu bereit ist. Ich glaube, es ist Zeit, dass Annabel und ich jetzt gehen.«

»Nun halt mal die Luft an«, sagte Crispian zu ihm. Er hatte die ganze Zeit den Dialog mit Interesse verfolgt. »Du kannst Annabel nicht mitnehmen. Sie arbeitet hier.«

Matthew wandte sich an Annabel. »Was meinst du, Annabel?«

Sie hob ihr Abendkleid auf und begann es anzuziehen. »Ich glaube, es ist Zeit, dass ich meine Kündigung einreiche«, sagte sie mit einem Lächeln.

Matthew half ihr, das Kleid über ihren Kopf zu ziehen. Dabei streichelten seine Hände jeden Zentimeter nackte Haut, den er zu fassen bekam. »Ich will wieder Liebe mit dir machen«, sagte er mit belegter Stimme. »Ich will sehen, wie es dir kommt, und es soll dir oft kommen, so oft, bis du um Gnade winselst. Ich will dich in jeder Position nehmen. Ich werde dich ...«

»Was ist mit meiner Mutter?«, fragte Tania kalt. »Glaubst du, sie wird dir vergeben? Und dann gibt es ja auch noch David Crosbie. Er wird zur Lachnummer von ganz London werden, wenn die Leute erfahren, dass seine beste Mitarbeiterin hoffnungslos unfähig war und sich absolut unprofessionell verhalten hat.«

»Was kümmert dich, was deine Mutter von Annabel hält?«, fragte Matthew scharf.

Tania lächelte; es war ein dünnes Lächeln. »Es kümmert mich nicht wirklich, aber ich kann so tun, als läge sie mir am Herzen. Aber ich sage dir was, wenn dir so viel daran liegt, Annabels guten Namen zu beschützen, dann nimm die Peitsche, verdresche mich mit ihr, und ich sage kein Wort.«

Crispian sah, wie Matthew sich bemühte, die Ruhe zu behalten. Es war offensichtlich, dass der Mann nicht darauf stand, sich mit Tania einzulassen, aber er wollte auch nicht, dass Davids Karriere darunter litt, dass er sich mit Tania überhaupt abgegeben hatte. Er zögerte, und seine Hand streckte sich langsam zur Peitsche aus, aber in diesem Augenblick meldete sich Amanda.

»Ich habe deine Mutter gesehen. Sie hat das Haus mit einem Koffer verlassen. Ist noch gar nicht so lange her, Tania«, sagte sie mit unschuldigem Gesicht. »Vielleicht verreist sie für eine bestimmte Zeit, deshalb spielt es keine Rolle, ob Annabel nun gute Leistung abgeliefert hat oder nicht.«

Tania fauchte sie an. »Meine Mutter kommt vor zehn Uhr nicht aus dem Bett«, zischte sie.

»Aber heute hat sie es getan«, beharrte Amanda.

»Amanda hat Recht«, bestätigte Sheba. »Ich habe sie auch gesehen. Durch die Fenster im Alkoven. Sie sah wie eine Frau aus, die zu einem heimlichen Treffen unterwegs ist.«

Crispian lachte. »Vielleicht hat sie sich tatsächlich dafür entschieden, Papa zu verlassen. Sehr amüsant. Es wird ihn umhauen. Ist es der Stallmeister? Der doch wohl nicht. Marina ist viel zu gut erzogen für ein primitives Bumsen im Heu, meinst du nicht auch, Tania? Im Gegensatz zu Annabel, die es mehr als genossen hat. Erinnerst du dich, Annie?«

Annabel erinnerte sich, erinnerte sich nur zu gut, aber das war das Letzte, an das sie im Moment erinnert werden wollte, denn Matthew hatte ihr viele sinnliche Freuden versprochen, und ihr ganzer Körper lechzte nach ihm.

»Ich hatte nicht damit gerechnet, dass du wie eine Nonne gelebt hast«, versicherte Matthew ihr und lächelte ihr zu, als er ihr betroffenes Gesicht sah.

Tania verlor ihre Geduld mit Matthew, sie ging hinüber zu Luke und wollte ihm die Peitsche in die Hand drücken. »Mach du es«, lockte sie ihn und stieß ihm ihre Brüste entgegen.

Luke schüttelte den Kopf. »Sheba und ich gehen jetzt.

Würdest du mit uns kommen, Amanda? Ich glaube, wir drei könnten eine Menge Spaß haben, denn Sheba hat gern eine zweite Frau dabei, stimmt's, Sheba?«

Das hoch aufgeschossene Mädchen nickte und drückte Amandas Brüste leicht zwischen den langen Fingern. »Ja, es stimmt«, bestätigte sie, »und ich bewundere deinen Körper, Amanda. Er ist so prächtig, so drall. Warum kommst du nicht mit uns, dann kannst du ein paar Tage bei uns in London bleiben. Wir könnten einkaufen und schicke Sachen kaufen, Unterwäsche und aufregende Outfits.«

Amanda schaute zu Crispian, aber er hatte nur Augen für seine Stiefschwester, und während Amanda ihn anstarrte, ging Tania langsam zu ihm, die Peitsche in der ausgestreckten Hand. Sie ließ die einzelnen Lederriemen über seinem straffen Bauch baumeln, dann reichte sie ihm den Griff.

»Du weißt, was ich haben will«, sagte sie mit leiser Stimme. »Nur du kannst mich befriedigen. Mach es jetzt, Crispian, bevor sie alle gehen. Ich will, dass sie zuschauen.«

Matthews Griff um Annabels Hand verstärkte sich, aber er bewegte sich nicht auf die Tür zu, auch die anderen nicht. Sie standen alle schweigend da, als der blonde Erbe von Leyton Hall und seine kastanienbraune Stiefschwester nur Zentimeter auseinanderstanden, ihre Blicke trafen sich, und das gegenseitige körperliche Verlangen zwischen ihnen lag in der Luft wie eine elektrische Spannung.

Schließlich griff Crispian die Peitsche, und als er sie an sich nahm, veränderten sich seine Gesichtszüge. Die blauen Augen blickten kalt, und sein Mund wurde schmal. Mit seiner freien Hand zwickte er Tanias Nippel zwischen den Fingern. »Ich will ein besseres Ziel haben. Jemand wird dich für mich vorbereiten müssen.«

Tania atmete schnell und flach. Sie sah flehendlich zu den

anderen. »Will einer von euch das tun, was er verlangt?« Sie klang verzweifelt und wollte ihre Art von Lust erleben.

Luke nickte; er schob sich an Sheba vorbei und nahm Tania an die Hand. Er führte sie ins Badezimmer. Fast gegen ihren Willen folgten die anderen, nur Crispian nicht, er blieb in seinem Schlafzimmer und klopfte mit der Peitsche gegen sein nacktes Bein.

Annabel schaute zu, als Luke das Waschbecken mit kaltem Wasser aus dem Leitungshahn füllte, dann packte er Tania bei den Schultern und drückte sie hinunter, bis ihre Brüste über dem Wasser schwebten.

Tania zögerte; sie wollte ihre Brüste nicht in das eiskalte Wasser tauchen; also musste Luke es für sie tun. Er drückte sie immer tiefer, bis die in Leder gefassten Brüste unter der Oberfläche des Wassers schwammen. Alle hörten sie Tanias Keuchen über den Schock der plötzlichen Kälte.

Nachdem Tanias Brüste fast eine halbe Minute unter kaltes Wasser getaucht waren, zog Luke Tania wieder hoch, und sie alle konnten sehen, wie ihre Nippel stolz erigiert waren, hart und steif von der Kälte.

»Lass auch Wasser über ihren Bauch und Rücken laufen«, rief Crispian aus dem Zimmer. »Ich mag das Geräusch, wenn die Peitsche auf feuchte Haut knallt.«

Tania versuchte, zurück ins Schlafzimmer zu rennen, aber Annabel hielt sie fest, bis Luke sie zurück ins Bad ziehen konnte. Er hielt sie fest, während Annabel einen Schwamm ins Wasser hielt. Sie quetschte das meiste Wasser heraus und drückte den schwamm dann auf Tanias Rippen. Einzelne kalte Tropfen liefen über ihre Haut, sie rannen über Bauch und in die Falten ihrer Oberschenkel.

Tania zitterte und schüttelte sich. Luke drehte sie herum, und jetzt stöhnte das kastanienbraune Mädchen auf, als der

Schwamm auf ihrem nackten Rücken ausgepresst wurde. Sie musste stillhalten, bis das Wasser über ihre heiße Haut gelaufen war, ihr Rückgrat hinunter.

Trotz ihrer Proteste war deutlich an Tanias leuchtenden Augen und dem geschwollenen Körper zu sehen, dass sie genau das haben wollte, und als sie zurück zu ihrem Stiefbruder geführt wurde, starrten sie sich an, und in ihren Augen standen der Wahnsinn und das gemeinsame Verlangen.

Crispians Zunge schnellte heraus und befeuchtete seine Lippen, während Tania vor ihm stand, die blasse, cremige Haut mit dem Glanz des Wassers bedeckt. Beinahe träge hob Crispian seine Hand und mit einer schnellen Drehung aus dem Handgelenk heraus knallte die Peitsche in der Luft, bevor sie auf Tanias rechte Brust fiel. Sie hinterließ kleine rote Linien.

Ihr Körper zitterte so sehr, als die Peitsche mit Wucht auf ihren Körper traf, dass Annabel glaubte, die junge Frau hätte gleich auf der Stelle einen Orgasmus, aber das war nicht so, sie zitterte nur, weil sie sich am Rand des Höhepunkts befand. Crispian schaute sie zufrieden an.

»Du kannst mich fragen, ob ich das auch mit der anderen Brust machen soll«, sagte er.

Tania schüttelte den Kopf. »Du weißt, dass ich das so gern hätte wie du auch, also mach schon weiter.« Aber Crispian weigerte sich. Er stand immer noch vor ihr, das Instrument der Lust in der Hand, und wartete darauf, dass sie das richtige Stichwort gab. Aber Tania schwieg auch.

Matthew drückte Anabels Hand. »Komm, lassen wir sie allein. Sie brauchen uns nicht mehr.«

Annabel fand große Faszination an der Szene, die sich vor ihnen ausbreitete. Aber nach den nächsten Schlägen hatte sie auch genug. Die Verzweiflung des jungen Paares eröffnete sich den Zuschauern; man konnte den Eindruck haben, als würden sie von ihrem gegenseitigen Verlangen verzehrt. Es war eine pervertierte, dunkle Obsession, die sie meistens vor der Außenwelt geheim hielten.

»Ich wusste nicht, dass es sich so entwickelte«, flüsterte Annabel, als sie und Matthew aus dem Zimmer gingen, dicht gefolgt von Sheba, Amanda und Luke. Die Tür wurde von Michael, dem Lakai, geschlossen.

Vergessen von allen, seit sie seine Dienste nicht mehr brauchten, war Michael entschlossen, bis zum bitteren Ende zu bleiben, weil er sich sagte, dass das junge Paar, das inzwischen verschlungen auf dem Boden lag, jemanden aus dem Haushalt brauchten, dem sie vertrauen konnten. Nach all den Dingen, die er gesehen hatte, schloss er, dass er dieser vertrauenswürdige Mann sein würde.

»Ich hatte von Gerüchten gehört, die in diese Richtung zielten«, sagte Matthew. »Aber es ist ganz anders, wenn man eine solche Szene mit eigenen Augen sieht. Übrigens, ich kann mir nicht vorstellen, dass Crispian irgendjemanden heiraten wird. Glaubst du daran?«

Annabel schüttelte den Kopf. »Wie könnte er? Sie werden nie frei voneinander sein, und sie werden sich auch nicht trennen, ob er nun heiratet oder nicht. Schlimm wäre es nicht, weil sie ja keine Blutsverwandte sind. Es ist nur Geld, oder das fehlende Geld, was ihnen entgegensteht.«

»Geld, das die Familie braucht, damit sie Leyton Hall erhalten kann«, schlussfolgerte Matthew.

»Crispian und Tania werden wahrscheinlich ihr ganzes Leben hier verbringen und ihrer sexuellen Leidenschaft frönen«, sagte Luke lachend. »Es wird mit ihnen erst zu Ende sein, wenn ihnen das Dach auf den Kopf fällt.«

Ende